中國語言文字研究輯

十　編

許 錟 輝 主編

第11冊

李漁韻學研究（下）

辜 贈 燕 著

花木蘭文化出版社

國家圖書館出版品預行編目資料

李漁韻學研究（下）／辜贈燕 著 -- 初版 -- 新北市：花木蘭文化出版社，2016〔民 105〕

目 2+222 面；21×29.7 公分

（中國語言文字研究輯刊 十編；第 11 冊）

ISBN 978-986-404-542-6（精裝）

1. 漢語 2. 聲韻學

802.08　　　　105002068

ISBN-978-986-404-542-6

9 789864 045426

中國語言文字研究輯刊

十　編　　第十一冊　　ISBN：978-986-404-542-6

李漁韻學研究（下）

者　辜贈燕

編　許錟輝

編輯　杜潔祥

總編輯　楊嘉樂

輯　許郁翎

版　花木蘭文化出版社

長　高小娟

絡地址　235 新北市中和區中安街七二號十三樓

電話：02-2923-1455／傳真：02-2923-1452

址　http://www.huamulan.tw 信箱 hml 810518@gmail.com

刷　普羅文化出版廣告事業

版　2016 年 3 月

字數　208785 字

價　十編 12 冊（精裝）台幣 30,000 元

中國語言文字研究輯

十　編

許 錟 輝 主編

第11冊

李漁韻學研究（下）

辜 贈 燕 著

花木蘭文化出版社

李漁韻學研究（下）

辜贈燕 著

目次

下　冊

第三章　《笠翁詩韻》註音字相關語音現象分析

第一節　註音凡例說明

李漁在《笠翁詩韻》中，採取不同於以往詩韻書的模式，多數韻字以「某」標誌讀音，並於其下以註腳形式錄有該字字義，如「東冬。東方。」。言「多」不言「都」，乃因除此基本形式外，尚有「音某」、「音與某同」……等十一種註音形式。如將十一種註音形式依出現次數多寡整理，則如下所示：

（1）某：《笠翁詩韻》中大部分韻字所使用的註音形式，如「東冬。」。

（2）叶某某聲：《笠翁詩韻》中出現一百三十八次，僅次於直音，如「燒叶少平聲。」。

（3）某某聲：《笠翁詩韻》中出現一百次，如「酸算平聲。」。

（4）音與某同：《笠翁詩韻》中出現二十一次，如「盲音與蒙同。」。

（5）某某數音：《笠翁詩韻》中出現十一次，多數爲二音並陳，如「傞瑳、婆二音。」；僅一例五音並附，如「霅劄、匣、喋、活、殺五音。」。

（6）某。音與某同：《笠翁詩韻》中出現兩次，如「嬰英。音與罌同。」及「輕卿。音與阬同。」。

（7）某。音某：《笠翁詩韻》中出現兩次，如「丁叮。音爭。」及「薨轟。

音烘。」。

（8）某某切：《笠翁詩韻》中出現三次，如「打都瓦切。」、「溺娘部切。」及「削相雀切。」。

（9）音某：《笠翁詩韻》僅出現一次，如「藏音臧。」。

（10）某。又音某：《笠翁詩韻》亦僅出現一次，如「莛磊。又音恥。」。

（11）某。叶某聲：《笠翁詩韻》亦僅出現一次，如「劑祭。叶平聲。」。

第一種註音方式「某」數量龐大，族繁不及備載，因此從略。除了第一種註音方式外，其他十種韻字及註音形式間的關係與細目詳列，則如下所示：（表中所謂「本部」、「他部」係指詩韻分部而言，唯「他部」中爲明韻類所在，故增加《廣韻》分部以爲對照。又，爲求簡明，故《廣韻》一行除入聲及去聲祭、泰、夬、廢四韻外，舉平賅上去，不另書上去韻目。本文爲避免與「韻字」一詞相混，又由外部形式言，代表韻字下註腳形式的標音方式；由內部語音言，代表韻字與註音字間存在語音聯繫關係，因此擬以「註音字」一詞代表韻字下呈現讀音的另一個韻字。）

叶某某聲

表 3-1　叶某某聲

序號	韻部	韻字	註音字	註音字在本部	註音字在本部他調	註音字在他部	
						《廣韻》	所在韻部
1	下平二蕭	燒	少		✓		
2	下平五歌	多	墮		✓		
3	下平六麻	遮	蔗		✓		
4	下平七陽	霜	爽		✓		
5	下平七陽	王	往		✓		
6	下平九青	汀	聽	✓	✓		
7	下平十蒸	僧	塞			咍／德	去聲十一隊
8	下平十一尤	鳩	糾		✓		
9	上聲一董	孔	空		✓		
10	上聲一董	蓊	翁		✓		
11	上聲一董	琫	崩			登	下平十蒸

12	上聲二腫	寵	充			東	上平一東
13	上聲二腫	洶	兇		✓		
14	上聲四紙	觜	錐		✓		
15	上聲四紙	揣	崔			灰	上平十灰
16	上聲五尾	尾	微		✓		
17	上聲六語	許	虛		✓		
18	上聲六語	楚	初		✓		
19	上聲七麌	取	趨		✓		
20	上聲九蟹	解	皆		✓		
21	上聲九蟹	矮	挨	《笠翁詩韻》未見「挨」字			
22	上聲十賄	腿	台		✓		
23	上聲十賄	改	該		✓		
24	上聲十賄	在	哉		✓		
25	上聲十賄	倍	杯		✓		
26	上聲十一軫	蜃	辰		✓		
27	上聲十二吻	粉	分		✓		
28	上聲十三阮	烜	喧		✓		
29	上聲十三阮	忖	村		✓		
30	上聲十三阮	狠	亨			庚	下平八庚
31	上聲十三阮	損	孫		✓		
32	上聲十三阮	穩	溫		✓		
33	上聲十四旱	亶	丹		✓		
34	上聲十四旱	坦	灘		✓		
35	上聲十四旱	瓚	簪			侵／覃	下平十二侵／十三覃
36	上聲十四旱	算	酸		✓		
37	上聲十四旱	卵	鑾		✓		
38	上聲十四旱	滿	瞞		✓		
39	上聲十五潸	限	寒			寒	上平十四寒
40	上聲十六銑	鉉	喧			元	上平十三元
41	上聲十六銑	犬	圈			元／先	去聲十四願
42	上聲十六銑	展	專		✓		
43	上聲十六銑	淺	千		✓		
44	上聲十六銑	遣	謙			添	下平十四鹽
45	上聲十六銑	件	堅		✓		

46	上聲十六銑	轉	專		✓		
47	上聲十七篠	曉	囂		✓		
48	上聲十七篠	沼	昭		✓		
49	上聲十七篠	縹	漂		✓		
50	上聲十七篠	表	彪			幽	下平十一尤
51	上聲十七篠	湫	焦		✓		
52	上聲十八巧	巧	敲	《笠翁詩韻》未見「敲」字			
53	上聲十八巧	爪	嘲		✓		
54	上聲十八巧	稍	梢	《笠翁詩韻》未見「梢」字			
55	上聲十九皓	討	叨		✓		
56	上聲十九皓	好	蒿		✓		
57	上聲二十哿	哿	歌		✓		
58	上聲二十哿	我	俄		✓		
59	上聲二十哿	娜	那		✓		
60	上聲二十哿	妥	拖		✓		
61	上聲二十哿	荷	何		✓		
62	上聲二十哿	播	波		✓		
63	上聲二十哿	跛	波		✓		
64	上聲二十哿	麼	磨		✓		
65	上聲二十一馬	者	遮		✓		
66	上聲二十一馬	寫	些			齊／麻／歌	去聲二十一箇
67	上聲二十一馬	姐	嗟		✓		
68	上聲二十二養	賞	商		✓		
69	上聲二十二養	搶	鎗			庚	下平八庚
70	上聲二十二養	廣	光		✓		
71	上聲二十二養	榜	邦			江	上平三江
72	上聲二十二養	曩	囊		✓		
73	上聲二十二養	朗	郎		✓		
74	上聲二十三梗	井	精		✓		
75	上聲二十三梗	請	青			青	下平九青
76	上聲二十四迥	等	登		✓		
77	上聲二十四迥	肯	硜			耕	下平八庚
78	上聲二十五有	糗	丘		✓		

79	上聲二十五有	酒	鄒		✓		
80	上聲二十五有	塿	婁		✓		
81	上聲二十五有	走	奏		✓		
82	上聲二十五有	取	咀	《笠翁詩韻》未見「咀」字			
83	上聲二十六寢	稟	賓			眞	上平十一眞
84	上聲二十七感	糝	參		✓		
85	上聲二十七感	膽	丹			寒	上平十四寒
86	上聲二十八琰	檢	堅			先	下平一先
87	上聲二十八琰	慊	謙		✓		
88	去聲一送	諷	風		✓		
89	去聲一送	仲	充		✓		
90	去聲一送	眾	中		✓		
91	去聲一送	痛	通		✓		
92	去聲二宋	用	容		✓		
93	去聲二宋	重	仲	✓			
94	去聲二宋	共	工		✓		
95	去聲三絳	戇	窗		✓		
96	去聲四寘	戲	希			微	上平五微
97	去聲四寘	熾	尸		✓		
98	去聲六御	去	區			虞	上平七虞
99	去聲六御	絮	須			虞	上平七虞
100	去聲六御	茹	儒			虞	上平七虞
101	去聲六御	處	吹			支	上平四支
102	去聲七遇	作	租		✓		
103	去聲八霽	砌	妻		✓		
104	去聲九泰	外	煨			灰	上平十灰
105	去聲十卦	畫	花			痲	下平六痲
106	去聲十卦	瘥	釵		✓		
107	去聲十一隊	退	推		✓		
108	去聲十二震	釁	欣			欣	上平十二文
109	去聲十二震	親	青			青	下平九青
110	去聲十三問	訓	勳		✓		
111	去聲十四願	困	坤		✓		
112	去聲十四願	噴	潘		✓		

113	去聲十四願	恨	痕		✓		
114	去聲十四願	寸	村		✓		
115	去聲十五翰	鑽	簪			侵／覃	下平十二侵／十三覃
116	去聲十五翰	鍛	登			登	下平十蒸
117	去聲十七霰	戰	占			鹽	下平十四鹽
118	去聲十七霰	倦	涓		✓		
119	去聲十七霰	變	邊		✓		
120	去聲十七霰	選	宣		✓		
121	去聲十八嘯	竅	敲	《笠翁詩韻》未見「敲」字			
122	去聲十九效	孝	爻	《笠翁詩韻》未見「爻」字			
123	去聲十九效	樂	教	《笠翁詩韻》未見「教」字			
124	去聲二十號	秏	蒿		✓		
125	去聲二十一箇	唾	拖		✓		
126	去聲二十一箇	磨	摩		✓		
127	去聲二十二禡	夜	耶		✓		
128	去聲二十二禡	化	花		✓		
129	去聲二十三漾	相	廂		✓		
130	去聲二十三漾	浪	郎		✓		
131	去聲二十五徑	興	形		✓	青	下平九青
132	去聲二十五徑	亘	更			庚	下平八庚
133	去聲二十六宥	瘦	搜		✓		
134	去聲二十六宥	漚	歐		✓		
135	去聲二十七沁	沁	心		✓		
136	入聲四質	弼	平			庚	下平八庚
137	入聲七曷	渴	看			寒	上平十四寒
138	入聲十藥	縛	房			陽／唐	下平七陽

某某聲

表 3-2 某某聲

序號	韻部	韻字	註音字	註音字在本部	註音字在本部他調	註音字在他部	
						《廣韻》	所在韻部
1	上平一東	蟲	重			鍾	上平二冬
2	上平十四寒	酸	算		✓		

3	上平十四寒	鑽	贊		✓		
4	上聲二腫	隴	龍		✓		
5	上聲七麌	苦	枯		✓		
6	上聲八薺	傒	奚		✓		
7	上聲九蟹	買	埋		✓		
8	上聲十賄	隗	委			支	上聲四紙
9	上聲十賄	宰	哉		✓		
10	上聲十賄	待	台		✓		
11	上聲十一軫	忍	任			侵	下平十二侵
12	上聲十一軫	窘	君		✓		
13	上聲十三阮	混	昏		✓		
14	上聲十四旱	斷	短	✓			
15	上聲十四旱	欵	寬		✓		
16	上聲十五濳	濳	衫			銜	下平十五咸
17	上聲十六銑	選	先		✓		
18	上聲十七篠	少	饒		✓		
19	上聲二十哿	坐	磋		✓		
20	上聲二十哿	火	呵		✓		
21	上聲二十一馬	把	巴		✓		
22	上聲二十一馬	瓦	蛙		✓		
23	上聲二十二養	彊	強		✓		
24	上聲二十二養	爽	霜		✓		
25	上聲二十二養	壤	攘	《笠翁詩韻》未見「攘」字			
26	上聲二十二養	沆	康		✓		
27	上聲二十三梗	猛	蒙			東	上平一東
28	上聲二十三梗	冷	稜			登	下平十蒸
29	上聲二十五有	蹂	柔		✓		
30	上聲二十五有	滫	脩		✓		
31	上聲二十六寑	品	洴	《笠翁詩韻》未見「洴」字			
32	上聲二十七感	慘	參		✓		
33	上聲二十九湛	減	兼			添	下平十四鹽
34	上聲二十九湛	摻	衫		✓		
35	去聲二宋	種	中			東	上平一東
36	去聲四寘	惴	朱			虞	上平七虞
37	去聲四寘	吹	炊		✓		
38	去聲四寘	喟	虧		✓		

39	去聲四寘	膩	尼		✓		
40	去聲七遇	污	烏		✓		
41	去聲九泰	酹	雷			灰	上平十灰
42	去聲十卦	噫	衣			微	上平五微
43	去聲十二震	璺	欣			欣	上平十二文
44	去聲十二震	純	脣		✓		
45	去聲十三問	分	分		✓		
46	去聲十四願	頓	敦		✓		
47	去聲十四願	褪	呑		✓		
48	去聲十四願	論	倫			諄	上平十一眞
49	去聲十五翰	旦	丹		✓		
50	去聲十五翰	散	三			談	下平十三覃
51	去聲十七霰	釧	川		✓		
52	去聲十八嘯	勡	漂		✓		
53	去聲十八嘯	少	燒		✓		
54	去聲十九效	鈔	抄	《笠翁詩韻》未見「抄」字			
55	去聲二十號	到	刀		✓		
56	去聲二十號	犒	高		✓		
57	去聲二十一箇	賀	何		✓		
58	去聲二十一箇	些	梭		✓		
59	去聲二十一箇	課	科		✓		
60	去聲二十一箇	過	戈		✓		
61	去聲二十一箇	破	坡		✓		
62	去聲二十二禡	借	去		✓		
63	去聲二十三漾	讓	穰		✓		
64	去聲二十三漾	釀	穰		✓		
65	去聲二十三漾	壯	莊		✓		
66	去聲二十三漾	創	窗			江	上平三江
67	去聲二十三漾	放	方		✓		
68	去聲二十三漾	當	當		✓		
69	去聲二十三漾	謗	邦			江	上平三江
70	去聲二十三漾	喪	喪		✓		
71	去聲二十四敬	競	京		✓		
72	去聲二十四敬	更	庚		✓		
73	去聲二十四敬	横	昏			魂	上平十三元
74	去聲二十四敬	命	明		✓		

75	去聲二十四敬	諍	爭		✓		
76	去聲二十四敬	鄭	稱			蒸	下平十蒸
77	去聲二十四敬	令	泠			青	下平九青
78	去聲二十五徑	聽	汀		✓		
79	去聲二十五徑	凝	吟			侵	下平十二侵
80	去聲二十五徑	甑	晶			清	下平八庚
81	去聲二十五徑	贈	曾		✓		
82	去聲二十六宥	奏	鄒		✓		
83	去聲二十六宥	透	偷		✓		
84	去聲二十七沁	譖	簪		✓		
85	去聲二十七沁	深	升			蒸	下平十蒸
86	去聲二十八勘	勘	堪		✓		
87	去聲二十八勘	濫	藍		✓		
88	去聲二十八勘	暫	簪			侵／覃	下平十二侵
89	去聲二十八勘	三	衫			銜	下平十五咸
90	去聲二十八勘	探	貪		✓		
91	去聲二十九豔	厭	燕			先	下平一先
92	去聲二十九豔	塹	僉		✓		
93	去聲二十九豔	忝	天			先	下平一先
94	去聲二十九豔	歉	牽			先	下平一先
95	去聲二十九豔	欠	牽			先	下平一先
96	去聲二十九豔	念	年			先	下平一先
97	去聲三十陷	泛	凡		✓		
98	入聲一屋	禿	通		✓		
99	入聲一屋	倏	熏			文	上平十二文
100	入聲九屑	雪	宣			仙	上平十三元

音與某同

表 3-3　音與某同

序號	韻　部	韻字	註音字	註音字在本部	註音字在本部他調	註音字在他部	
						《廣韻》	所在韻部
1	下平八庚	盲	蒙			東	上平一東
2	下平八庚	儜	能			登	下平十蒸
3	下平八庚	砰	烹	✓			

4	下平八庚	繃	崩			登	下平十蒸
5	下平八庚	轟	烘			東	上平一東
6	下平八庚	橙	棖	✓			
7	下平八庚	名	明	✓			
8	下平九青	靈	令			仙／清／青	下平八庚
9	下平十蒸	蒸	貞			清	下平八庚
10	下平十蒸	凌	令			仙／清／青	下平八庚
11	下平十蒸	膺	英			庚	下平八庚
12	下平十蒸	凭	平			庚	下平八庚
13	下平十蒸	蠅	盈			清	下平八庚
14	下平十蒸	稱	聲			清	下平八庚
15	下平十一尤	牛	尤	✓			
16	下平十三覃	弇	甘	✓			
17	下平十三覃	擔	耽	✓			
18	下平十三覃	耼	貪	✓			
19	下平十五咸	銜	咸	✓			
20	下平十五咸	巉	讒	✓			
21	下平十五咸	監	緘	✓			

某某數音

表 3-4　某某數音

序號	韻　部	韻字	註音字	註音字在本部	註音字在本部他調	註音字在他部	
						《廣韻》	所在韻部
1	下平五歌	傞	瑳	✓			
			娑	✓			
2	下平七陽	邙	忘	✓			
			忙	✓			
3	下平八庚	弸	兵	✓			
			烹	✓			
4	去聲十七霰	見	建	✓			
			現	《笠翁詩韻》未見「現」字			
5	去聲十九效	校	效	✓			
			教	✓			

6	去聲二十二禡	射	社		✓		
			夜	✓			
7	去聲二十六宥	覆	仆	✓			
			伏			尤／屋	入聲一屋
8	入聲五物	屈	詘	《笠翁詩韻》未見「詘」字			
			厥	✓			
9	入聲十一陌	百	陌	✓			
			栢	《笠翁詩韻》未見「栢」字			
10	入聲十六葉	捻	攝	✓			
			聶	✓			
11	入聲十七洽	霅	箚	✓			
			匣	✓			
			喋			帖／狎	入聲十六葉
			活			末	入聲七曷
			殺			黠	入聲八黠

某。音與某同

表 3-5　某。音與某同

序號	韻　部	韻字	註音字	註音字在本部	註音字在本部他調	註音字在他部	
						《廣韻》	所在韻部
1	下平八庚	嬰	英	✓			
			罌	《笠翁詩韻》未見「罌」字			
2	下平八庚	輕	卿				
			阬	《笠翁詩韻》未見「阬」字			

某。音某

表 3-6　某。音某

序號	韻　部	韻字	註音字	註音字在本部	註音字在本部他調	註音字在他部	
						《廣韻》	所在韻部
1	下平八庚	丁	叮	✓			
			爭	✓			
2	下平十蒸	薨	轟			耕	下平八庚
			烘			東	上平一東

某某切

表 3-7　某某切

序號	韻　部	韻字	註音字（反切下字）	註音字在本部	註音字在本部他調	註音字在他部	
						《廣韻》	所在韻部
1	上聲二十一馬	打	瓦	✓			
2	去聲十八嘯	溺	邵	✓			
3	入聲十藥	削	雀	✓			

音某

表 3-8　音某

序號	韻　部	韻字	註音字	註音字在本部	註音字在本部他調	註音字在他部	
						《廣韻》	所在韻部
1	下平七陽	藏	臧	✓			

某。又音某

表 3-9　某。又音某

序號	韻　部	韻字	註音字	註音字在本部	註音字在本部他調	註音字在他部	
						《廣韻》	所在韻部
1	上聲十賄	茝	磊	✓			
			恥			之	上聲四紙

某。叶某聲

表 3-10　某。叶某聲

序號	韻　部	韻字	註音字	註音字在本部	註音字在本部他調	註音字在他部	
						《廣韻》	所在韻部
1	平聲四支	劑	祭			祭	去聲八霽

在字音上，《笠翁詩韻》一書中雖以多達十一種的註音方式呈現讀音，卻仍有

漏網之憾，未見完備。該書中沒有任何註音形式附於韻字下者計三十九例，多數在韻字下列出異體通用字後即書字義及例詞，不見讀音的標誌，如「燈」下即云「鐙同。一火。」無論韻字或異體通用字皆未於書中呈現讀音。在字形上，除註音外，《笠翁詩韻》尚蒐羅了異體通用字，計五十九例，多以「某同」的方式標註於韻字底下，如「栖棲同。宿也。」或「鞵鞋同。履也。」其中有四例以「作某」表示，如「楠南。作枏。木名。」僅一例以「又某」方式標註，如「稜楞。又棱。四方木也。」一例以「古某字」方式標註，如「疋古雅字。正也。」

第二節　註音字表

上節已明《笠翁詩韻》以大量直音字明其音讀，故本節擬以系聯方式求其音韻系統，凡例如下：

（一）各韻平、上、去三部同表，入聲韻另行表之。

（二）欄位中首欄序號不計，後奇數欄表註音字，偶數欄表該註音字之聲、韻、數。

（三）註音字之聲、韻、數以「聲／韻／數」之形式表之，其聲、韻以《廣韻》爲主，《集韻》、《詩韻輯略》、《字彙》、《正字通》等韻書、字書爲輔。

（四）得以系聯者置於同一列，即位於同一序號中。

（五）根據系聯狀況，於表後作系聯說明。

東類

表 3-11　東類註音字表

	平聲										上聲										去聲									
1.	冬	端/冬/2	東	端/東/1							懂	端/東/1									宋	心/冬/1								
2.	侗	定/東/1	同	定/東/21	童	定/東/1					猛	明/庚/2									奉	奉/鍾/1								
3.	重	澄/鍾/1	蟲	澄/東/1	崇	牀/東/1					揔	精/東/3									哢	來/東/1								
4.	中	知/東/45	忠	知/東/1							琫	幫/東/1									控	溪/東/2								
5.	充	穿/東/8	沖	徹/東/1							壟	來/鍾/1									棟	端/東/1	凍	端/東/1						
6.	戎	日/東/4	茸	日/鍾/1							洞	定/東/1	動	定/東/1							瓮	影/東/1								
7.	松	邪/鍾/3																			動	定/東/1	洞	定/東/3						
8.	熊	爲/東/1	雄	爲/東/1																	哄	匣/東/1								
9.	終	照/東/1																			幪	明/東/1	夢	明/東/1						
10.	容	喻/鍾/4																			眾	照/東/1	中	知/東/1						
11.	弓	見/東/1	缺〔註1〕	缺/缺/1																										

〔註 1〕《笠翁詩韻・卷一・上平聲》東韻末錄「弓」字，然其下無釋音、釋義及詞目，故以「缺」代之。

12.	公	見/東/4	工	見/東/4																										
13.	穹	溪/東/1	芎	溪/東/1																										
14.	楓	非/東/1	風	非/東/6																										
15.	笻	群/鍾/1	窮	群/東/1																										
16.	馮	奉/東/2																												
17.	隆	來/東/14	龍	來/鍾/6																										
18.	蒙	明/東/15	萌	明/耕/1																										
19.	空	溪/東/5																												
20.	洪	匣/東/12	紅	匣/東/1																										
21.	叢	從/東/2	從	從/鍾/1																										
22.	怱	清/東/7	聰	清/東/1																										
23.	瓮	影/東去/1																												
24.	宗	精/冬/15																												
25.	蓪	透/東/1	通	透/東/1																										
26.	彭	並/庚/1	蓬	並/東/7																										
27.	轟	曉/耕/1																												

◎系聯說明

【平聲】

1. 11、12 及 13、19，聲母及韻部皆同的情況下不能系聯，當因東一與東三之別。

2. 23「瓮」字於《廣韻》爲東韻去聲，然於《集韻》則除該音外，尚見鍾韻平聲；《字彙》及《正字通》明其有東韻翁音，與李書同。

冬　類

表 3-12　冬類註音字表

	平聲					上聲					去聲				
1.	東 端/東 /1	冬 端/冬 /1				踵 照/鍾 /2	種 照/鍾 /1				送 心/東 /1				
2.	叢 從/東 /3	琮 從/冬 /2				隴 來/鍾 /1					粽 精/東 /2				
3.	蹤 精/鍾 /4					勇 喻/鍾 /3	擁 影/鍾 /1	湧 喻/鍾 /1			痛 透/東 /1				
4.	濃 娘/鍾 /1	農 泥/冬 /7				茸 日/鍾 /1	冗 日/鍾 /1				訟 邪/鍾 /1	誦 邪/鍾 /1			
5.	松 邪/鍾 /2	淞 心/鍾 /1				寵 徹/鍾 /1					諷 非/東 /1	俸 奉/鍾 /1			
6.	中 知/東 /5					塚 知/鍾 /1					雍 影/鍾 /2	壅 影/鍾 /1			
7.	隆 來/東 /1	龍 來/鍾 /2				捧 敷/鍾 /1	奉 奉/鍾 /1				仲 澄/東 /1				
8.	椿 端/江 /1	舂 審/鍾 /4				孔 溪/東 /1									
9.	充 穿/東 /1					珙 見/鍾 /1	拱 見/鍾 /4								
10.	容 喻/鍾 /13	庸 喻/鍾 /2	傭 禪/鍾 /1			悚 心/鍾 /1	竦 心/鍾 /1								

11.	沖	徹/東/4									洶	曉/鍾/1																		
12.	封	非/鍾/2	風	非/東/7																										
13.	凶	曉/鍾/3	兇	曉/鍾/1																										
14.	雍	影/鍾/7	邕	影/鍾/1																										
15.	重	澄/鍾/2	崇	牀/東/1																										
16.	篵	從/東/1																												
17.	逢	奉/鍾/1	馮	奉/東/1																										
18.	蛩	群/鍾/4	笻	群/鍾/1	邛	群/鍾/1	竆	群/東/1																						
19.	戎	日/東/3																												
20.	供	見/鍾/1	恭	見/鍾/3																										
21.	傾	溪/清/1	銎	溪/鍾/1																										

◎系聯說明

【平聲】

1. 雖由 8 可見鍾韻與江韻的合流，然筆者以爲此爲傳抄之誤，詳參後文。

【上聲】

1. 因冬韻無上聲，故全爲鍾韻字。

江　類

表 3-13　江類註音字表

	平聲												上聲												去聲											
1.	綱	見/唐/1	江	見/江/4									港	見/江/1	講	見/江/1									降	見/江/3	絳	見/江/1								
2.	忙	明/唐/3											蚌	並/江/1	棒	並/江/1									項	匣/江/1										
3.	幫	幫/唐/1											巷	匣/江/1											窗	初/江/1										
4.	杭	匣/唐/1	降	匣/江/1																																
5.	剛	見/唐/1																																		
6.	窗	初/江/1																																		
7.	雙	疏/江/1																																		
8.	旁	並/唐/2																																		
9.	籠	來/東/1																																		
10.	瘡	初/陽/1																																		
11.	床	牀/陽/2																																		
12.	羌	溪/陽/1																																		
13.	叢	從/東/2																																		
14.	庄	莊/陽/1																																		

◎系聯說明

【平聲】

1. 1 及 5 皆爲唐韻見母，然二者無法系聯。

【上聲】

1. 3「巷」字爲江韻去聲，顯然被註字於時音中亦讀爲去聲。

【去聲】

1. 2「項」字爲江韻上聲，在上聲部中爲「巷」之被註字，因其全濁聲母匣母關係，加以上聲條件，始爲去聲。

支　類

表 3-14　支類註音字表

	平聲										上聲										去聲									
1.	枝	照/支/1	支	照/支/6	之	照/之/4					止	照/之/12	旨	照/脂/3	指	照/脂/1					智	知/支/2	寘	照/支/2	置	知/之/1				
2.	移	喻/支/8	夷	喻/脂/20	宜	疑/支/8	頤	喻/之/1	怡	喻/之/5	市	禪/之/3	是	禪/支/1	史	疏/之/9	士	牀/之/2	使	疏/之/1	陛	並/齊/1	避	並/支/4						
3.	威	影/微/4	倭	影/支/2							米	明/齊/3									朱	照/虞/1								
4.	攜	匣/齊/3									鄙	幫/脂/1	彼	幫/支/1	婢	並/支/1	比	幫/脂/6	匕	幫/脂/1	戾	來/齊/1								
5.	歸	見/微/1	嫣	見/支/1							備	並/脂/1									利	來/脂/3	吏	來/之/3						
6.	迷	明/齊/6									悔	曉/灰/1									恣	精/脂/2	漬	精/支/1						
7.	揮	曉/微/2	麾	曉/支/1							偉	爲/微/1	委	影/支/2							賁	幫/支/5	閉	幫/齊/3	祕	幫/脂/4	畀	幫/脂/1		

8.	悲	幫/脂/3	碑	幫/支/1							隤	溪/怪/1	跪	溪/支/2							四	心/脂/4	泗	心/脂/1						
9.	奇	群/支/8	祈	群/脂/4	其	群/之/15					鬼	見/微/3									衛	爲/祭/1								
10.	陲	禪/支/1	垂	禪/支/2							妓	群/支/1	技	群/支/1							計	見/齊/5	忌	群/之/1	寄	見/支/5				
11.	披	滂/支/6	鈹	滂/支/1	丕	滂/脂/6					壘	來/脂/1	磊	來/微/3							芰	群/支/1	伎	照/支/2	企	溪/支/1				
12.	岐	群/支/3									以	喻/之/7	矣	爲/之/1	倚	影/支/1					異	喻/之/5	肄	喻/脂/1						
13.	縲	來/脂/1									錐	照/知/1									次	清/脂/1	刺	清/支/1						
14.	炊	穿/支/1	吹	穿/支/3	推	穿/脂/2					啓	溪/齊/1									議	疑/支/1	義	疑/支/2						
15.	隋	邪/支/1									此	清/支/1	泚	清/支/1							譬	滂/支/1								
16.	睽	溪/齊/1									洗	心/齊/2	徙	心/支/1							試	審/之/6	弑	審/之/1						
17.	闚	溪/支/1	窺	溪/支/1							雉	澄/脂/2	稚	澄/脂/1							墜	澄/脂/1	縋	澄/支/1						
18.	疲	並/支/1	皮	並/支/14							惢	日/支/1									畏	影/微/1								
19.	希	曉/微/12	羲	曉/支/1							里	來/之/7	李	來/之/1							胃	爲/微/1	位	爲/脂/1						
20.	時	禪/之/5	旹	禪/之/1							尔	日/支/3	耳	日/之/2							意	影/之/3	薏	影/職/1						
21.	離	來/支/1	离	來/支/22	梨	來/脂/5	犁	來/脂/6			恥	徹/之/2	侈	穿/支/1							希	曉/微/1								
22.	慈	從/之/2	疵	從/支/2	茲	精/之/1	孜	精/之/5	滋	精/之/1	始	審/之/1	矢	審/脂/2							瑞	審/支/1	睡	審/支/1						
23.	資	精/脂/6	咨	精/脂/7							子	精/之/5	紫	精/脂/1							至	照/脂/7	志	照/之/4						
24.	筓	見/齊/5									箠	照/支/1	捶	照/支/1							遂	邪/脂/7	燧	邪/脂/1						

25.	輩	幫/灰 /1	卑	幫/支 /3							鞈	滂/脂 /1											寐	明/脂 /1	媚	明/脂 /2						
26.	詩	審/之 /3									崔	清/灰 /1									歲	心/祭 /1	粹	心/脂 /2						
27.	規	見/支 /2	摫	見/支 /1							每	明/灰 /1									最	精/泰 /1								
28.	知	知/支 /2	蜘	知/支 /1							示	神/脂 /1									淚	來/脂 /1	類	來/脂 /1						
29.	雌	清/支 /2									几	見/脂 /4	己	見/之 /4							貴	見/微 /5								
30.	祭	精/祭 /1									似	邪/之 /7	祀	邪/之 /1							視	神/脂 /1	嗜	禪/脂 /1						
31.	衣	影/微 /10									軌	見/脂 /3	晷	見/脂 /1							稅	審/祭 /1								
32.	韋	爲/微 /1									笫	疏/脂 /1									喟	溪/脂 /1	虧	溪/支 /1						
33.	池	澄/支 /9	馳	澄/支 /1	遲	澄/脂 /1	持	澄/之 /2			痞	並/脂 /3									尼	娘/脂 /1								
34.	師	疏/脂 /7	獅	疏/脂 /1							嘻	曉/之 /1									氣	溪/微 /2								
35.	帷	爲/脂 /2	危	疑/支 /1	闈	爲/微 /1					芑	溪/之 /1	起	溪/之 /2							致	知/脂 /2								
36.	追	知/脂 /5	錐	照/脂 /1																	治	澄/脂 /4	稚	澄/脂 /1						
37.	尼	娘/脂 /3	泥	泥/齊 /1																	貳	日/脂 /1	二	日/脂 /4						
38.	飢	見/脂 /1	肌	見/脂 /1																	脆	清/祭 /1								
39.	痴	徹/之 /5	蚩	穿/之 /3	笞	徹/之 /1															悴	從/脂 /1								
40.	茨	從/脂 /4																			遞	定/齊 /1								
41.	司	心/之 /8	思	心/之 /7																	示	神/脂 /1	是	禪/支 /1						

42.	尸	審/脂/3	屍	審/脂/1																	黜	徹/術/1								
43.	蕤	日/脂/3																			字	從/之/1	自	從/之/1						
44.	雷	來/灰/4																			怡	喻/之/1								
45.	逵	群/脂/5	葵	群/脂/4																	伺	心/之/1	寺	邪/之/5						
46.	惟	喻/脂/4	維	喻/脂/2																	熾	穿/之/2	尸	審/脂/1						
47.	崔	清/灰/1																			士	牀/之/3								
48.	圭	見/齊/1																												
49.	眉	明/脂/5	彌	明/支/4																										
50.	雖	心/脂/2	綏	心/脂/1																										
51.	脽	禪/脂/1	誰	禪/脂/1																										
52.	搥	端/灰/1																												
53.	肥	奉/微/1																												
54.	而	日/之/10	兒	日/支/1																										
55.	欺	溪/之/7	攲	溪/支/1																										
56.	基	見/之/8	姬	見/之/1																										
57.	詞	邪/之/4	辭	邪/之/1																										
58.	菑	莊/之/4	甾	莊/之/1																										
59.	厘	來/之/1																												

◎系聯說明

【平聲】

1. 7 與 19 同爲支、微二韻曉母字的合流，二者卻無法系聯，乃因 7 爲合口，19 爲開口之由。

2. 24 與 48 同爲齊韻見母入止攝之例，二者亦無法系聯，乃因 24 爲開口，48 爲合口之由。

微　類

表 3-15　微類註音字表

	平聲						上聲						去聲					
1.	微 微/微 /2	惟 爲/脂 /1					微 微/微 /1	尾 微/微 /1					未 微/微 /1	味 微/微 /1				
2.	揮 曉/微 /6	暉 曉/微 /1					倚 影/支 /2						謂 爲/微 /1	胃 爲/微 /4				
3.	韋 爲/微 /4	違 爲/微 /1					紀 見/之 /1						桂 見/齊 /1					
4.	非 非/微 /11	緋 非/微 /1					螘 疑/微 /1						費 敷/微 /2	誹 非/微 /1	沸 非/微 /3			
5.	肥 奉/微 /4						匪 非/微 /1	斐 敷/微 /5					畏 影/微 /3	尉 影/微 /1				
6.	葳 影/微 /1	威 影/微 /2					韙 爲/微 /1	偉 爲/微 /2					芾 非/微 /3					
7.	其 群/之 /4	祈 群/微 /2					虺 曉/微 /1	毀 曉/支 /1					悔 曉/灰 /2					
8.	雞 見/齊 /3	幾 見/微 /8											戲 曉/支 /2	愾 曉/微 /2				
9.	希 曉/微 /6	稀 曉/微 /1											義 疑/支 /1					
10.	依 影/微 /2	衣 影/微 /1											計 見/齊 /1					

11.	夷 喻/脂/1	沂 疑/微/1									氣 溪/微/1	器 溪/脂/1			
12.	危 疑/支/2										記 見/之/2				
13.	圭 見/齊/2										意 影/之/1				
14.											僞 疑/支/1				

◎系聯說明

【平聲】

1. 8 及 13 皆爲齊韻見母入微韻例，然二者不可系聯，乃因 8 爲開口，13 爲合口之因。

【去聲】

1. 3 及 10 皆爲齊韻見母入微韻例，然二者不可系聯，乃因 3 爲合口，10 爲開口之因。與上聲同。
2. 4 及 6 皆爲微韻非母，然二者不可系聯。
3. 9 及 14 皆爲支韻疑母入微韻例，然二者不可系聯，乃因 9 爲開口，14 爲合口之因。

魚 類

表 3-16　魚類註音字表

	平聲					上聲					去聲				
1.	余 喻/魚/12	魚 疑/魚/1	予 喻/魚/1			語 疑/魚/4	与 喻/魚/1	與 喻/魚/1			御 疑/魚/2	馭 疑/魚/1			
2.	舒 審/魚/1	書 審/魚/4				旅 來/魚/1	呂 來/魚/3				濾 來/魚/1				
3.	居 見/魚/7	俱 見/虞/1				柱 澄/虞/5	佇 澄/魚/1	杵 穿/魚/1			倨 見/魚/5	句 見/虞/2			

4.	渠	群/魚/8	瞿	群/虞/1							煮	照/魚/1	渚	照/魚/1							樹	禪/虞/1	署	禪/魚/1						
5.	胥	心/魚/3	須	心/虞/1							乳	日/虞/1	汝	日/魚/1							區	溪/虞/1								
6.	疽	清/魚/6	蛆	清/魚/1	苴	清/魚/1	租	精/虞/3			暑	審/魚/2	鼠	審/魚/2							庶	審/魚/1	恕	審/魚/1						
7.	鋤	牀/魚/1	鉏	牀/魚/1							主	照/虞/2									注	照/虞/2								
8.	梳	疏/魚/1	疏	疏/魚/3							胥	心/魚/2	醑	心/魚/1							巨	群/魚/1								
9.	虛	曉/魚/4									許	曉/魚/1	虛	曉/魚/1							數	疏/虞/1								
10.	徐	邪/魚/1									巨	群/魚/4	炬	群/魚/1	拒	群/魚/1					箸	澄/魚/1								
11.	隨	邪/支/1									瑣	心/戈/1	所	疏/魚/1							須	心/虞/1								
12.	於	影/魚/3									楚	初/魚/1	初	初/魚/1							儒	日/虞/1								
13.	豬	知/魚/3									阻	莊/魚/1	詛	莊/魚/1							胙	從/虞/1								
14.	閭	來/魚/1	廬	來/魚/1							咀	從/魚/1									阻	莊/魚/1								
15.	諸	照/魚/1	朱	照/虞/2							敘	邪/魚/2	序	邪/魚/4							聚	從/虞/1								
16.	除	澄/魚/6	廚	澄/虞/1																	預	喻/魚/4	譽	喻/魚/1						
17.	如	日/魚/2	茹	日/魚/2																	吹	穿/支/1								
18.	區	溪/虞/6																												
19	樞	穿/虞/4																												

虞　類

表 3-17　虞類註音字表

	平聲										上聲										去聲									
1.	于	爲/虞/40	魚	疑/魚/2							雨	爲/魚/3	宇	爲/虞/2	羽	爲/虞/1					寓	疑/虞/1	遇	疑/虞/1						
2.	初	初/魚/1									甫	非/虞/3	府	非/虞/8	父	非/虞/2	腐	奉/虞/1			父	奉/虞/3								
3.	无	微/虞/6									武	微/虞/7	舞	微/虞/1							注	照/虞/4	註	照/虞/1						
4.	吁	曉/虞/5	虛	曉/魚/1							主	照/虞/2	煮	照/魚/1							句	見/虞/1	倨	見/魚/1						
5.	劬	群/虞/12	瞿	群/虞/1							所	疏/魚/2									煦	曉/虞/2								
6.	如	日/魚/6									與	喻/魚/2									庶	審/魚/1	戍	審/虞/1						
7.	須	心/虞/3	需	心/虞/2							汝	日/魚/1	乳	日/虞/1							屬	禪/燭/1								
8.	朱	照/虞/6	珠	照/虞/1							炬	見/魚/1									署	禪/魚/1								
9.	殊	禪/虞/5	殳	禪/虞/1							舉	見/魚/1	矩	見/虞/1							喻	喻/虞/1	裕	喻/虞/1						
10.	區	溪/虞/5	驅	溪/虞/1							趨	清/虞/1									茹	日/魚/2								
11.	蛆	清/魚/1									呂	來/魚/2									務	微/虞/3	婺	微/虞/1						
12.	婁	來/虞/5	樓	來/尤/1							母	明/侯/1									付	非/虞/4	富	非/尤/1						
13.	扶	奉/虞/6	符	奉/虞/1							杜	定/模/2	肚	定/模/1							具	群/虞/1	懼	群/虞/1						
14.	雛	牀/虞/2	徂	從/模/1							吐	透/模/1	土	透/模/1							雨	爲/虞/2	預	喻/魚/2						

15.	孚	敷/虞/10	夫	非/虞/8							魯	來/模/2	鹵	來/模/2							野	禪/魚/1								
16.	疽	清/魚/2									堵	端/模/2	睹	端/模/1							疏	疏/魚/1								
17.	書	審/魚/2									古	見/模/8	鼓	見/模/1							趣	清/虞/1	娶	清/虞/1						
18.	樞	穿/虞/1	樗	徹/魚/1							五	疑/模/1	午	疑/模/2							住	知/虞/1								
19.	廚	澄/虞/2	除	澄/魚/1							簿	並/模/1	部	並/模/1							筯	澄/魚/1								
20.	拘	見/虞/1	居	見/魚/5	俱	見/虞/1					組	精/模/1	祖	精/模/2							慮	來/魚/1								
21.	疏	疏/魚/1									滸	曉/模/1	虎	曉/模/1							沮	從/魚/1								
22.	模	明/模/3	謨	明/模/1							努	泥/模/1									暮	明/模/2	墓	明/模/1	募	明/模/1				
23.	蒲	並/模/3	酺	並/模/1							戶	匣/模/4	扈	匣/模/1							渡	定/模/1	度	定/模/1						
24.	胡	匣/模/9	乎	匣/模/4	呼	曉/模/1					普	滂/模/3	浦	滂/模/2	補	幫/模/1					路	來/模/6	輅	來/模/1						
25.	孤	見/模/1	姑	見/模/14																	妬	端/模/2								
26.	途	定/模/9	徒	定/模/3																	兔	透/模/1	吐	透/模/1						
27.	奴	泥/模/5	孥	泥/模/1																	故	見/模/6	雇	見/模/1						
28.	吾	疑/模/5	吳	疑/模/1	梧	疑/模/1															誤	疑/模/1	悞	疑/模/2						
29.	租	精/模/1	苴	精/模/1																	悟	疑/模/2	忤	疑/模/1						
30.	蘆	來/模/1	盧	來/模/12																	護	匣/模/1	互	匣/模/6						
31.	蘇	心/模/2	酥	心/模/1																	素	心/模/5	訴	心/模/1						
32.	殂	從/模/1																			胙	從/模/1	祚	從/模/2						

	平聲					上聲					去聲				
33.	嗚 影/模/1										笯 泥/模/1				
34.	逋 幫/模/2	晡 幫/模/1									布 幫/模/2	佈 幫/模/1			
35.	枯 溪/模/2	骷 溪/模/1									污 影/模/1	烏 影/模/1			
36.	都 端/模/1										餔 並/模/1				
37.	鋪 滂/模/1	痡 滂/模/1									醋 清/模/1				
38.	洿 影/模/1										捕 並/模/2	步 並/模/1			
39.											庫 溪/模/1	袴 溪/模/1			
40.											租 精/虞/1				

◎系聯說明

【去聲】

1. 8 及 15 皆爲魚韻禪母字，李漁直音系統卻未能系聯，當係「墅」本爲上聲字，加以禪母爲一全濁聲母，因此變爲去聲字。李漁不使其與「署」字得以系聯，或未保存其古音系統。
2. 36 及 38 皆爲模韻並母字，李漁直音系統卻未能系聯。唯「餔」字同兼平、去二聲，或爲李漁不使其與「捕」、「步」二字系聯之因。

齊　類

3-18　齊類註音字表

	平聲					上聲					去聲				
1.	臍 從/齊/1	齊 從/齊/2				擠 精/齊/2					祭 精/祭/7	際 精/祭/1			

2.	梨	來/脂 /8									里	來/之 /1	禮	來/齊 /3							蒂	端/齊 /1	帝	端/齊 /4						
3.	妻	清/齊 /4	淒	清/齊 /1							体	透/齊 /2									剃	透/齊 /1	替	透/齊 /2						
4.	低	端/齊 /6	羝	端/齊 /1							你	泥/之 /2									地	定/脂 /1								
5.	啼	定/齊 /20	提	定/齊 /2							底	端/齊 /2	氐	端/齊 /1							弟	定/齊 /3	遞	定/齊 /9						
6.	篦	幫/齊 /2	箄	幫/齊 /1							弟	定/齊 /2	地	定/齊 /1							砌	清/齊 /2	妻	清/齊 /1						
7.	笄	見/齊 /4	稽	見/齊 /1							啓	溪/齊 /2	起	溪/之 /1							記	見/之 /1	計	見/齊 /3						
8.	兮	匣/齊 /14	奚	匣/齊 /1							此	清/支 /1									婿	心/齊 /1	細	心/齊 /1						
9.	□〔註 2〕	缺/缺 /1									徙	心/支 /1									詣	疑/齊 /3	羿	疑/齊 /1						
10.	醫	影/之 /2									靡	明/支 /1									系	匣/齊 /3	係	見/齊 /1						
11.	伊	影/脂 /2									被	並/支 /2									意	影/之 /2								
12.	倪	疑/齊 /5	移	喻/支 /1							奚	匣/齊 /1									弃	溪/脂 /1								
13.	犀	心/齊 /1	西	心/齊 /3																	惠	匣/齊 /3	彗	匣/齊 /1						
14.	皮	並/支 /4																			貴	見/微 /2								
15.	希	曉/微 /2																			蔽	幫/祭 /1	閉	幫/齊 /1						
16.	睇	透/齊 /1	梯	透/齊 /1																	例	來/祭 /6	戾	來/齊 /4	利	來/脂 /1				
17.	枇	並/脂 /1																			芮	日/祭 /1								

〔註 2〕「□」未能於各韻書及字書中尋及，故以「缺」記。

18.	批	滂/齊/1																			膩	娘/脂/1								
19.	躋	精/齊/4	賷	精/齊/1																	胃	爲/微/1								
20.	迷	明/齊/1	縻	明/支/1																	綴	知/祭/1	贅	照/祭/1						
21.	泥	泥/齊/1	尼	娘/脂/1																	避	並/支/1	敝	並/祭/4						
22.	龜	見/脂/1	圭	見/齊/4																	睿	喻/祭/1	銳	喻/祭/1						
23.	魁	溪/灰/1	睽	溪/齊/2																	芰	群/支/1								
24.	威	影/微/1																			稅	審/祭/2	蛻	審/祭/1						
25.																					寐	明/脂/1								
26.																					置	知/之/1	制	照/祭/1						
27.																					筮	禪/祭/2	逝	禪/祭/2						
28.																					裔	喻/祭/2	曳	喻/祭/4						
29.																					治	澄/脂/1								
30.																					氣	溪/微/2								
31.																					世	審/祭/1	勢	審/祭/1						

◎系聯說明

【去聲】

1. 22 及 28 皆爲祭韻喻母，然二者無法系聯，乃因 22 爲合口，28 爲開口之由。
2. 24 及 31 皆爲祭韻審母，然二者無法系聯，乃因 24 爲合口，31 爲開口之由。

佳 類

表 3-19 佳類註音字表

	平聲										上聲										去聲									
1.	佳	見/佳 /2	皆	見/皆 /10							澥	匣/佳 /1	蟹	匣/佳 /2							掛	見/佳 /1	卦	見/佳 /3						
2.	鞋	匣/佳 /4	諧	匣/皆 /1							埋	明/皆 /1									械	匣/皆 /3								
3.	排	並/皆 /4	脾	並/佳 /1							皆	見/皆 /1									介	見/皆 /10	界	見/皆 /1						
4.	柴	牀/佳 /4									擺	幫/佳 /1									邁	明/夬 /1	賣	明/佳 /2						
5.	釵	初/佳 /3	差	初/皆 /2							洒	疏/佳 /1									花	匣/麻 /1	畫	匣/佳 /1						
6.	牙	疑/麻 /1									孩	匣/咍 /1									搤	影/麥 /1								
7.	雅	影/麻 /2									拐	群/佳 /1									寨	牀/夬 /1	債	莊/佳 /1						
8.	懷	匣/皆 /3	槐	匣/皆 /1							挨	影/皆 /1									敗	並/夬 /3	稗	並/佳 /1						
9.	齊	莊/皆 /1									鍇	溪/皆 /1									釵	初/佳 /1								
10.	霾	明/皆 /1	埋	明/皆 /1																	殺	疏/皆 /2	曬	疏/佳 /1						
11.	媧	見/佳 /3	瓜	見/麻 /1																	壞	匣/皆 /1	怪	見/皆 /2						
12.	楷	見/皆 /1	緒	溪/皆 /1	揩	溪/皆 /1															湃	滂/皆 /1	派	滂/佳 /1						
13.																					衣	影/微 /1								
14.																					快	溪/夬 /2	愧	溪/脂 /1						
15.																					貴	見/微 /1								

◎系聯說明

【平聲】

1. 1 及 11 皆爲佳韻見母，然二者無法系聯，乃因 1 爲開口，11 爲合口。

2. 由 12 可見皆韻的見母與溪母已合流，卻無法與 1 系聯。

【上聲】

1. 由 6 可見咍韻匣母可入佳類，然「孩」字爲咍韻平聲，李書未以其他註音形式表之。

灰　類

表 3-20　灰類註音字表

	平聲					上聲					去聲				
1.	揮 曉/微 /1	灰 曉/灰 /2				悔 曉/灰 /1	賄 曉/灰 /2				兌 定/泰 /2				
2.	魁 溪/灰 /1	恢 溪/灰 /3				委 影/支 /2					倍 並/咍 /6	佩 並/灰 /1			
3.	徊 匣/灰 /1	回 匣/灰 /3				壘 來/脂 /1	磊 來/灰 /5				妹 明/灰 /3	昧 明/灰 /1			
4.	煨 影/灰 /2	隈 影/灰 /2				每 明/灰 /1	浼 明/灰 /1				誨 曉/灰 /2	悔 曉/灰 /2			
5.	梅 明/灰 /1	枚 明/灰 /11				台 透/咍 /2	待 定/咍 /4				翠 清/脂 /1				
6.	堆 端/灰 /2					委 影/支 /1	隗 疑/灰 /1				沛 滂/泰 /2				
7.	圭 見/齊 /2					鎧 溪/咍 /1					醉 精/脂 /1				
8.	赔 滂/灰 /1	胚 滂/灰 /3				醢 曉/咍 /1					堆 端/灰 /1	對 端/灰 /1	碓 端/灰 /2		

9.	壘	來/脂/1	雷	來/灰/1							哉	精/咍/2	宰	精/咍/1							推	透/灰/1								
10.	陪	並/灰/1	培	並/灰/2	裴	並/灰/1					該	見/咍/1									會	匣/泰/2								
11.	崔	清/灰/2	催	清/灰/1							迺	泥/咍/1	乃	泥/咍/1							貴	見/微/1								
12.	頹	定/灰/1									劾	匣/咍/1									酹	來/灰/1	來	來/咍/3	賚	來/咍/1				
13.	巍	疑/微/1	嵬	疑/灰/1							藹	影/泰/1									快	溪/夬/1								
14.	哀	影/咍/2	埃	影/咍/1							採	清/咍/1	采	清/咍/3							歲	心/祭/2								
15.	杯	並/灰/2									杯	並/灰/1									輩	幫/灰/1	背	幫/灰/1						
16.	苔	定/咍/6																			穢	影/廢/1	濊	影/廢/1						
17.	推	透/灰/2	蓷	透/灰/1																	代	定/咍/6	袋	定/咍/1						
18.	開	溪/咍/1																			玳	定/咍/1								
19.	才	從/咍/5	材	從/咍/1																	再	精/咍/1	載	精/咍/1						
20.	該	見/咍/7	垓	見/咍/1																	賽	心/咍/1	塞	心/咍/1						
21.	萊	來/咍/1	來	來/咍/1																	大	定/泰/1								
22.	栽	精/咍/1	災	精/咍/1	哉	精/咍/1															太	透/泰/1								
23.	台	透/咍/2	胎	透/咍/1																	慨	溪/咍/1								
24.	腮	心/咍/3																			概	見/咍/1	丐	見/泰/3						
25.	侅	匣/咍/1	孩	匣/咍/1																	愷	溪/咍/1								
26.	愷	溪/咍/1																			艾	疑/泰/1								

27.																					曖	影/哈/1	愛	影/哈/3						
28.																					奈	泥/泰/1	耐	泥/哈/1						
29.																					茦	清/哈/2	采	清/哈/1						
30.																					裁	從/哈/1	在	從/哈/1						
31.																					費	敷/微/1								
32.																					沸	非/微/1								
33.																					義	疑/支/2								

◎系聯說明

【上聲】

1. 由 3 可見脂、灰二韻的來母字已合流。與平聲同。「壘」於李書作灰類韻字，然《廣韻》中作脂韻來母字，此處爲有判斷依據，故從《廣韻》。
2. 12「劾」字，《廣韻》作咍韻去聲，然《集韻》作上聲，《字彙》作胡改切，亦爲上聲。
3. 13「藹」字，《廣韻》作泰韻，其對應之韻字「靉」，《廣韻》則作咍韻去聲。《字彙》中，韻字「靉」作「衣海切」，註音字「靄」亦然，對照李書收字於上聲並互爲韻字及註音字之況，聊備一說。
4. 26「愷」字註「皚」字，《廣韻》作咍韻溪母，未有疑母音，語音差距甚大，或可視爲傳鈔之誤。

【去聲】

1. 灰類於去聲較平、上增加廢韻。
2. 17 及 18 同爲咍韻定母，然無法系聯。
3. 1 及 21 同爲泰韻定母，然無法系聯，乃因 1 爲合口，21 爲開口之由。
4. 2「倍」字，《廣韻》作咍韻並母上聲，李書收其爲去聲韻字及註音字，顯示濁上歸去的結果。
5. 8「堆」字，各韻書、字書皆作灰韻平聲，李書收其爲去聲註音字。《字彙》與《正字通》云其「對平聲」，聊備一說。

眞　類

表 3-21　真類註音字表

	平　聲					上　聲					去　聲				
1.	珍 知/眞/2	眞 照/眞/8	諄 照/諄/1	屯 知/諄/1		胗 照/眞/1	軫 照/眞/1				振 照/眞/3	震 照/眞/2			
2.	茵 影/眞/1	因 影/眞/9				蜃 禪/眞/1	辰 禪/眞/1				刃 日/眞/5	仞 日/眞/1			
3.	新 心/眞/1	辛 心/眞/2				審 審/侵/1	哂 審/眞/1				迅 心/眞/1	信 心/眞/3			
4.	臣 禪/眞/3	辰 禪/眞/3				眹 澄/眞/1					吝 來/眞/4				
5.	仁 日/眞/1	人 日/眞/1				錦 見/侵/1					孕 喻/蒸/1				
6.	申 審/眞/6	伸 審/眞/1				任 日/眞/1					儐 幫/眞/2	殯 幫/眞/1			
7.	鱗 來/眞/1	鄰 來/眞/7				淨 從/清/1					盡 從/眞/2	燼 從/眞/1			
8.	濱 幫/眞/1	賓 幫/眞/2				殯 幫/眞/1					甚 禪/侵/1				
9.	津 精/眞/1	璡 精/眞/1				君 見/文/1	窘 群/眞/1				晉 精/眞/4	進 精/眞/1			
10.	塵 澄/眞/1	陳 澄/眞/2				蚓 喻/眞/1	引 喻/眞/2				印 影/眞/1				
11.	嗔 穿/眞/2	瞋 穿/眞/1				困 群/眞/1					欣 曉/欣/2				
12.	嵘〔註 3〕 缺/缺/1	秦 從/眞/1				敏 明/眞/2	泯 明/眞/3				僅 群/眞/2	饉 群/眞/1			

〔註 3〕「嵘」未見於各韻書、字書中，故從缺錄。

13.	寅	喻/眞/3	夤	喻/眞/1									允	喻/諄/3	隕	喻/眞/1									櫬	初/眞/1										
14.	頻	並/眞/6	蘋	並/眞/1									准	照/諄/2											浚	心/諄/4	峻	心/諄/1								
15.	⿰言任	日/侵/1											笋	心/諄/1											唇	神/諄/1										
16.	銀	疑/眞/9	誾	疑/眞/1									盾	神/諄/1	循	邪/諄/1									青	清/青/1										
17.	君	見/文/1																							殉	邪/諄/1										
18.	岷	明/眞/1	民	明/眞/8																					瞬	審/諄/1	舜	審/諄/1								
19.	斤	見/欣/1																							雋	精/諄/1	俊	精/諄/1								
20.	云	爲/文/2	匀	喻/諄/1																					順	神/諄/1	閏	日/諄/2								
21.	豳	幫/眞/1	彬	幫/眞/1																																
22.	氳	影/文/1																																		
23.	荀	心/諄/6	詢	心/諄/1																																
24.	春	穿/諄/3	椿	徹/諄/1																																
25.	純	禪/諄/3	淳	禪/諄/1	蓴	禪/諄/1																														
26.	淪	來/諄/1	倫	來/諄/5																																
27.	踆	清/諄/1	逡	清/諄/2																																
28.	旬	邪/諄/5	巡	邪/諄/1																																
29.	存	從/魂/1																																		

30.	尊	精/魂/2							
31.	均	見/諄/3	鈞	見/諄/1					
32.	溱	莊/臻/2	臻	莊/臻/2					
33.	莘	疏/臻/3	詵	疏/臻/1					
34.	勤	群/欣/1							

◎系聯說明

【上聲】

1. 由 7 可見清韻從母可入眞類，顯示舌根鼻音韻尾在某種程度上漸成舌尖鼻音韻尾。且「淨」字於《廣韻》中爲清韻去聲，李書置於上聲，當爲呈顯其韻字「盡」雖爲上聲，實際上卻因濁上歸去作用而成去聲之結果。
2. 9 及 11 皆爲眞韻群母，然二者無法系聯，乃因「囷」爲眞韻平聲，李書置上聲，卻未加註其他註音形式，或爲傳鈔之誤，或爲李漁之失。

【去聲】

1. 7「盡」字，本爲眞韻上聲，李書以其爲去聲註音字，顯然該字已因濁上歸去作用而在實際語音中呈現去聲。可與上聲 7 參照。

文　類

表 3-22　文類註音字表

	平　聲										上　聲										去　聲									
1.	聞	微/文/1	文	微/文/4							刎	微/文/1									汶	微/文/4	問	微/文/1						
2.	云	喻/文/8	雲	喻/文/1							忿	敷/文/3	粉	非/文/1							奮	非/文/4	糞	非/文/1						

3.	元 疑/元/1					分 非/文/1					運 爲/文/3				
4.	焚 奉/文/12	枌 奉/文/1				慍 影/文/2	蘊 影/文/2	縕 影/文/2			勳 曉/文/1				
5.	分 非/文/8	芬 敷/文/1				錦 見/侵/1					慍 影/文/3	縕 影/文/1			
6.	氳 影/文/1	緼 影/文/1				引 喻/眞/1	隱 影/欣/2				忿 敷/文/1				
7.	裙 群/文/2	群 群/文/1				堇 見/欣/2					窘 群/眞/1				
8.	熏 曉/文/8	勳 曉/文/1									近 群/欣/2	靳 見/欣/1			
9.	軍 見/文/1	君 見/文/1									印 影/眞/1				
10.	因 影/眞/6														
11.	勤 群/欣/1	芹 群/欣/2													
12.	欣 曉/欣/2	昕 曉/欣/1													
13.	斤 見/欣/1														

元 類

表 3-23 元類註音字表

	平聲					上聲					去聲				
1.	原 疑/元/1	元 疑/元/8				遠 爲/元/2	苑 影/元/5				愿 疑/元/1	願 疑/元/1			
2.	員 爲/元/1	袁 爲/元/8				演 喻/仙/1					畹 影/元/1	怨 影/元/1			
3.	榱 爲/元/1					揵 見/元/1					勸 溪/元/1	券 溪/元/1			

4.	繁	奉/元/1	煩	奉/元/12							碾	娘/仙/1									飯	奉/元/1	犯	奉/凡/1						
5.	翻	敷/元/5	幡	敷/元/2							遣	溪/仙/2									曼	微/元/1	萬	微/元/1	蔓	微/元/1				
6.	冤	影/元/4	鴛	影/元/1							反	非/元/3	返	非/元/1							見	見/先/1								
7.	萱	曉/元/1	暄	曉/元/2	喧	曉/元/3					挽	微/元/1	晚	微/元/1							宴	影/先/2								
8.	宛	影/元/1									畚	幫/魂/1									倦	群/仙/1								
9.	免	明/先/1									喧	曉/元/1									憲	曉/元/1	獻	曉/元/1						
10.	堅	見/先/4									倦	群/仙/1									件	群/仙/1								
11.	延	喻/仙/1	言	疑/元/2							沌	定/魂/2	遯	定/魂/1							院	爲/仙/2								
12.	軒	曉/元/2	掀	曉/元/1							混	匣/魂/1	昏	曉/魂/1							混	匣/魂/1								
13.	昆	見/魂/6	崑	見/魂/1							滾	見/魂/1	袞	見/魂/2							敦	端/魂/1	頓	端/魂/1						
14.	渾	匣/魂/1	魂	匣/魂/1							梱	溪/魂/1									坤	溪/魂/1								
15.	溫	影/魂/1	縕	影/魂/1							村	清/魂/1									巽	心/魂/2	遜	心/魂/1						
16.	門	明/魂/4	捫	明/魂/1							捆	溪/魂/1									潘	滂/桓/1								
17.	飧	心/魂/1	孫	心/魂/3							亨	曉/庚/1									腝	泥/魂/1								
18.	樽	精/魂/2	尊	精/魂/1							孫	心/魂/1									遁	定/魂/1	遯	定/魂/1	鈍	定/魂/1				
19.	墩	端/魂/1	敦	端/魂/3							墾	溪/痕/1									懣	明/魂/1								
20.	蹲	從/魂/1	存	從/魂/1							溫	影/魂/1									呑	透/痕/1								
21.	呑	透/痕/3	暾	透/魂/1																	亘	見/登/1								

22.	豚	定/魂/5	屯	定/魂/1																	倫	來/諄/1								
23.	邨	定/魂/1																			痕	匣/痕/1								
24.	奔	幫/魂/1	犇	幫/魂/1																	村	清/魂/1								
25.	溢	並/魂/1	盆	並/魂/1																										
26.	崙	來/魂/1																												
27.	倫	來/諄/4																												
28.	坤	溪/魂/1	髡	溪/魂/1																										
29.	昏	曉/魂/4	婚	曉/魂/1																										
30.	歕	滂/魂/2																												
31.	痕	匣/痕/1	鞎	匣/痕/1																										
32.	根	見/痕/1	根	見/痕/1																										
33.	茵	影/眞/1																												
34.	因	影/眞/1																												

◎系聯說明

【平聲】

1. 2、3 皆爲元韻爲母，然二者無法系聯；6、8 皆爲元韻影母，22、23 皆爲魂韻定母，亦然。

【上聲】

1. 14 及 16 皆爲魂韻溪母，然二者無法系聯。

【去聲】

1. 由 8、10、11 可見仙韻的群母、爲母可入元類。其中 8 及 10 皆爲仙韻群母，然二者無法系聯，乃因「件」字於《廣韻》作仙韻上聲，李書視其爲去聲註音字，顯示該字已藉濁上歸去的作用在實際語音中呈現去聲。

寒　類

表 3-24　寒類註音字表

	平聲										上聲										去聲									
1.	韓	匣/寒/1	寒	匣/寒/4							悍	匣/寒/1	旱	匣/寒/1							旱	匣/寒/6	汗	匣/寒/1	翰	匣/寒/1				
2.	單	端/寒/1	丹	端/寒/4							丹	端/寒/1									案	影/寒/1	按	影/寒/1						
3.	鞍	影/寒/1	安	影/寒/1							坦	透/寒/3	灘	透/寒/1							但	定/寒/3	彈	定/寒/1						
4.	南	泥/覃/1									傘	心/寒/1									歎	透/寒/1	嘆	透/寒/1	炭	透/寒/1				
5.	灘	透/寒/2	攤	透/寒/1							坎	溪/覃/2									榦	見/寒/1	幹	見/寒/1						
6.	檀	定/寒/2	壇	定/寒/1							覽	來/談/1									丹	端/寒/1								
7.	干	見/寒/5	玕	見/寒/1							浣	匣/桓/2									矸	匣/寒/1	岸	疑/寒/2						
8.	闌	來/寒/3									斷	端/桓/1	短	端/桓/1							勘	溪/覃/1	看	溪/寒/2						
9.	蚕	從/覃/1									簮	精/覃/1									濫	來/談/3								
10.	紈	匣/桓/1	丸	匣/桓/4							管	見/桓/3	琯	見/桓/1							暵	曉/寒/1	漢	曉/寒/1						
11.	刊	溪/寒/1	看	溪/寒/1							琬	影/元/1									攤	泥/寒/1	難	泥/寒/1						

12.	刓	疑/桓/1									酸	心/桓/1									燦	清/寒/1	粲	清/寒/3						
13.	灣	影/刪/1									寬	溪/桓/1									瓚	從/寒/1	贊	精/寒/3						
14.	算	心/桓/1									纘	精/桓/1	酇	精/桓/1							三	心/談/1								
15.	耑	端/桓/2									欒	來/桓/1									奐	曉/桓/5	煥	曉/桓/1						
16.	摶	定/桓/1	團	定/桓/2							暖	泥/桓/1									碗	影/桓/1	腕	影/桓/1						
17.	官	見/桓/5									半	幫/桓/1									灌	見/桓/1	貫	見/桓/8						
18.	巒	來/桓/4									滿	明/桓/1	瞞	明/桓/1							簪	精/覃/1								
19.	懽	曉/桓/1	歡	曉/桓/2																	寸	清/魂/1	竄	清/桓/1						
20.	旛	敷/元/1	盤	並/桓/8																	翫	疑/桓/1	玩	疑/桓/1						
21.	般	幫/桓/1																			登	端/登/1	鍛	端/桓/1	碫	端/桓/1	段	定/桓/1		
22.	贊	精/桓/1																			蒜	心/桓/1								
23.	瞞	明/桓/1	漫	明/桓/4																	曼	微/元/1	漫	明/桓/5	慢	明/刪/1				
24.	寬	溪/桓/1																			泮	滂/桓/1	判	滂/桓/2						
25.	柈	並/桓/1																			絆	幫/桓/1	半	幫/桓/1						
26.																					叛	並/桓/1	畔	並/桓/1						

◎系聯說明

【平聲】

1. 20 及 25 皆爲桓韻並母，然二者無法系聯。

【去聲】

1. 由 7 可見寒韻的匣母與疑母已合流，然 1 及 7 皆為寒韻匣母，二者卻無法系聯。

刪　類

表 3-25　刪類註音字表

	平聲										上聲										去聲									
1.	山	疏/山 /2	刪	疏/刪 /1							衫	疏/咸 /1									澗	見/刪 /1	諫	見/刪 /3						
2.	彎	影/刪 /2									琬	影/元 /2									鷃	影/刪 /1	晏	影/刪 /1						
3.	寰	匣/刪 /1	還	匣/刪 /6							板	幫/刪 /1									疝	疏/刪 /1	訕	疏/刪 /1						
4.	頒	幫/刪 /1	班	幫/刪 /4							赧	泥/刪 /1									嫚	明/刪 /1	慢	明/刪 /1						
5.	蠻	明/刪 /2									睅	匣/刪 /1									腕	影/桓 /1								
6.	岩	疑/銜 /1									寒	匣/寒 /1									患	匣/桓 /2	幻	匣/山 /3						
7.	官	見/桓 /2									饌	牀/刪 /1									湛	定/咸 /1								
8.	奸	見/寒 /2									鏟	初/山 /1	産	疏/山 /1	棧	牀/山 /1					旱	匣/寒 /1	捍	匣/寒 /1						
9.	閑	匣/山 /3	閒	匣/山 /1							簡	見/山 /1	揀	見/山 /1							站	知/咸 /1								
10.	圜	見/刪 /1									演	喻/仙 /1									辦	並/山 /1								
11.	艱	見/山 /1	間	見/山 /2																	盼	滂/山 /1								
12.	讒	牀/咸 /1	孱	疏/山 /1																										

13.	黳 影/山/1														
14.	（本部下缺）														

◎系聯說明

【平聲】

1. 本部末有「（下缺）」字樣，表本部未全，尚有闕遺。

先　類

表 3-26　先類註音字表

	平聲					上聲					去聲				
1.	仙 心/仙/1	先 心/先/5				跣 心/先/3	銑 心/先/2	鮮 心/仙/1			線 心/仙/3				
2.	錢 從/仙/1	前 從/先/1				忝 透/添/2					茜 清/先/3	倩 清/先/1			
3.	阡 清/先/1	千 清/先/1				點 端/添/1					洵 邪/諄/1	絢 曉/先/3			
4.	尖 精/鹽/7	箋 精/先/1				筧 見/先/2					現 匣/先/2				
5.	添 透/添/1					晛 匣/先/1	峴 匣/先/3				胘 匣/先/1				
6.	肩 見/先/4	堅 見/先/2				匾 幫/先/4	辦 並/仙/3				佃 定/先/5	甸 定/先/1	殿 定/先/1		
7.	弦 匣/先/4	賢 匣/先/1				鉉 匣/先/1	泫 匣/先/1				鍊 來/先/1	練 來/先/1			
8.	烟 影/先/3					喧 曉/元/1					煉 來/先/1	楝 來/先/1			
9.	田 定/先/5	鈿 定/先/1				圈 群/仙/1					衍 爲/仙/2	彥 疑/仙/4	諺 疑/仙/1		

10.	連	來/仙/3	廉	來/鹽/1	聯	來/仙/1					演	喻/仙/1	衍	喻/仙/2							燕	影/先/1	宴	影/先/3						
11.	顚	端/先/5	瘨	端/先/1							俴	從/仙/2									戰	照/仙/1	占	照/鹽/1						
12.	駢	並/先/1	胼	並/先/5							專	照/仙/2	轉	知/仙/1							騙	滂/仙/1								
13.	愆	溪/仙/4	牽	溪/先/2	謙	溪/添/1					善	禪/仙/3	單	禪/仙/1	闡	穿/仙/1					僭	精/添/1								
14.	研	疑/先/1	妍	疑/先/1							千	清/先/1									欠	溪/嚴/3	譴	溪/仙/1						
15.	邊	幫/先/6									謙	溪/添/1									洊	從/先/1								
16.	綿	明/仙/1	眠	明/先/2							輦	來/仙/1	臉	來/咸/1							善	禪/仙/4	繕	禪/仙/1						
17.	涓	見/先/3	鵑	見/先/1							剪	精/仙/1									麵	明/先/1								
18.	寃	影/元/3	淵	影/先/2							免	明/仙/7	勉	明/仙/1							願	疑/元/1	院	爲/仙/2						
19.	懸	匣/先/1									監	見/銜/1									眷	見/仙/4	絹	見/仙/1						
20.	嚴	疑/嚴/1									騫	溪/仙/1									釧	穿/仙/2								
21.	言	疑/元/2	延	喻/仙/4							攣	溪/仙/1									箭	精/仙/4								
22.	氈	照/仙/6	旜	照/仙/1							捲	見/仙/1									煽	審/仙/1								
23.	扇	審/仙/3									喘	穿/仙/1	舛	穿/仙/1							涓	見/先/1								
24.	脡	徹/仙/1									先	心/先/1	選	心/仙/2							汴	並/仙/1	卞	並/仙/3						
25.	燀	穿/仙/1	禪	禪/仙/7	蟬	禪/仙/4															撰	牀/仙/1	饌	牀/仙/1						
26.	軒	曉/元/2																			邅	澄/仙/1								

27.	宣	心/仙/2	瑄	心/仙/1																	旋	邪/仙/1								
28.	楩	並/仙/1	便	並/仙/2																	宣	心/仙/1								
29.	偏	滂/仙/2	萹	滂/仙/1																	邊	幫/先/1	變	幫/仙/1						
30.	儇	曉/仙/5	喧	曉/元/3																	轉	知/仙/1	展	知/仙/2						
31.	泉	從/仙/1	全	從/仙/2																	踐	從/仙/1	賤	從/仙/3						
32.	耎	日/仙/1																												
33.	穿	穿/仙/1	川	穿/仙/1																										
34.	堧	日/仙/3																												
35.	原	疑/元/5																												
36.	筌	清/仙/3	佺	清/仙/5	銓	清/仙/1																								
37.	旋	邪/仙/3	璇	邪/仙/1																										
38.	船	神/仙/1																												
39.	撏	禪/鹽/1																												
40.	磚	照/仙/1	專	照/仙/2																										
41.	樿	照/仙/1																												
42.	員	爲/仙/2	圓	爲/仙/1																										
43.	乾	群/仙/3	鉗	群/鹽/1																										

44.	拳	群/仙/4	權	群/仙/1																									
45.	椽	澄/仙/1	傳	澄/仙/1																									
46.	棬	溪/仙/1	弮	溪/仙/1																									
47.	焉	影/仙/1	嫣	影/仙/2																									

◎系聯說明

【平聲】

1. 由 25 可見仙韻的穿母與禪母已合流，又 25 及 33 皆爲仙韻穿母，然二者無法系聯，乃因 25 爲開口，33 爲合口。

2. 32 及 34 皆爲仙韻日母，然二者無法系聯，乃因「耎」字於各韻書、字書中作仙韻上聲，然李書未以其他註音形式表之。

3. 22、40 及 41 皆爲仙韻照母，然三者無法系聯，乃因 22 爲開口，40 爲合口；又「樿」字於《廣韻》中作仙韻上聲，然李書亦未以其他註音形式表之。

4. 43 及 44 皆爲仙韻群母，然二者無法系聯，乃因 43 爲開口，44 爲合口。

5. 13 及 46 皆爲仙韻溪母，然二者無法系聯，乃因 13 爲開口，46 爲合口。

6. 8 及 18 皆爲先韻影母，然二者無法系聯，乃因 8 爲開口，18 爲合口。

7. 7 及 19 皆爲先韻匣母，然二者無法系聯，乃因 7 爲開口，19 爲合口。

8. 21 及 35 皆爲元韻疑母，然二者無法系聯，乃因 21 爲開口，35 爲合口。

9. 1 及 27 皆爲仙韻心母，然二者無法系聯，乃因 1 爲開口，27 爲合口。

10. 2 及 31 皆爲仙韻從母，然二者無法系聯，乃因 2 爲開口，31 爲合口。

【上聲】

1. 13 及 23 皆爲仙韻穿母，然二者無法系聯，乃因 13 爲開口，23 爲合口。

2. 20 及 21 皆爲仙韻溪母，然二者無法系聯，乃因 20 爲開口，21 爲合口。此外，二字均爲仙韻平聲字，然李書未以其他註音形式表之。

3. 由 24 可見先、仙二韻的心母已合流，然與 1 無法系聯。24「先」字爲開口，「選」字爲合口，1 三字皆爲開口，顯示仙韻心母合口字有向開口靠攏之趨向。

【去聲】

1. 由 3 可見諄韻邪母與先韻曉母已合流。「洵」於《廣韻》作諄韻邪母，義爲「均也龕也」，《集韻》則引《說文》義爲「渦水中也」，及引《爾雅》義爲「均也」，皆不符李書義其爲「遠也」。然於《字彙》云該字「又呼縣切音絢遠也」，無論字音或字義都完全符合，毫無疑問可爲系聯。
2. 4 及 5 皆爲先韻匣母，然二者無法系聯，乃因「眩」字爲先韻平聲，然李書未以其他註音形式表之。
3. 7 及 8 皆爲先韻來母，然二者無法系聯。
4. 由 9 可見仙韻的爲母與疑母已合流，當爲零聲母化之結果。其中「衍」字於上聲中亦得見，然《廣韻》於上聲中作仙韻喻母，於去聲卻書仙韻爲母。
5. 18 與 9 皆爲仙韻爲母，二者卻無法系聯，乃因 9 爲開口，18 爲合口。
6. 1 及 28 皆爲仙韻心母，然二者無法系聯，乃因 1 爲開口，28 爲合口。

蕭　類

表 3-27　蕭類註音字表

	平聲					上聲					去聲				
1.	霄 心/宵/1	宵 心/宵/12	消 心/宵/1			小 心/宵/1	篠 心/宵/1				笑 心/宵/2	肖 心/宵/1			
2.	挑 透/蕭/3	祧 透/蕭/1				梟 端/蕭/1	鳥 端/蕭/3				跳 定/蕭/2	眺 透/蕭/2			
3.	刁 端/蕭/7					了 來/蕭/3	繚 來/蕭/1				吊 端/蕭/2	釣 端/蕭/1			
4.	迢 定/蕭/1	條 定/蕭/9	調 定/蕭/1			朓 透/蕭/1					噭 見/蕭/1	叫 見/蕭/1			

5.	僚	來/蕭/1	寮	來/蕭/16	聊	來/蕭/1					皎	見/蕭/4									調	定/蕭/3	掉	定/蕭/1						
6.	梟	見/蕭/4	澆	見/蕭/1							囂	曉/宵/1									敲	溪/肴/1								
7.	姚	喻/宵/1	堯	疑/蕭/2							夭	影/宵/1	杳	影/蕭/2							嘹	來/蕭/1	料	來/蕭/3						
8.	囂	曉/宵/2	枵	曉/宵/5	膮	曉/蕭/1					沼	照/宵/1	昭	照/宵/1							要	影/宵/1	窔	影/蕭/1						
9.	怊	徹/宵/1	超	徹/宵/2							佻	端/蕭/1	窕	定/蕭/2							詔	照/宵/1	照	照/宵/1						
10.	晁	澄/宵/1									趙	澄/宵/1	兆	澄/宵/3							邵	禪/宵/1	紹	禪/宵/1						
11.	昭	照/宵/2	招	照/宵/3							遶	日/宵/2	撓	泥/肴/1							橋	群/宵/1	嶠	群/宵/2						
12.	譙	從/宵/1	樵	從/宵/3							眇	明/宵/6	藐	明/宵/1							趙	澄/宵/1								
13.	焦	精/宵/5	椒	精/宵/1							燒	審/宵/1									剽	滂/宵/2	勡	滂/宵/1	漂	滂/宵/1				
14.	嬌	見/宵/4	驕	見/宵/1							表	幫/宵/1	彪	幫/幽/1							廟	明/宵/1	妙	明/宵/1						
15.	蕘	日/宵/2	饒	日/宵/2							莩	並/宵/1									俏	清/宵/1								
16.	遙	喻/宵/18	搖	喻/宵/1							漂	滂/宵/1									醮	精/宵/2								
17.	少	審/宵/1									紹	禪/宵/1	佋	禪/宵/1							票	並/宵/1	驃	並/宵/1						
18.	沼	照/宵/1	韶	禪/宵/1							愀	清/宵/1	悄	清/宵/1							少	審/宵/1	燒	審/宵/1						
19.	標	幫/宵/8	猋	幫/宵/1							焦	精/宵/1									溺	娘/宵/1								
20.	鑣	幫/宵/2	麃	幫/宵/3																										
21.	苗	明/宵/3	描	明/宵/1																										

22.	瀌	並/宵/1	瓢	並/宵/2
23.	腰	影/宵/1		
24.	么	影/蕭/8		
25.	鍫	清/宵/1	鍬	清/宵/2
26.	喬	群/宵/2	橋	群/宵/1

◎系聯說明

【平聲】

1. 由 7 可見宵韻喻母與蕭韻疑母合流，當爲零聲母化之結果。然而，同爲宵韻喻母，7 與 16 卻無法系聯。

2. 由 18 可見宵韻的照母與禪母已合流，然「沼」於各韻書、字書中皆作上聲，李書置其爲平聲註音字，卻未以其他註音形式表之。

3. 19 及 20 皆爲宵韻幫母，然二者無法系聯。

【去聲】

1. 由 2 可見蕭韻的透母與定母已合流，當爲定母濁音清化之結果。然而，同爲蕭韻定母，2 及 5 卻無法系聯。

肴　類

表 3-28　肴類註音字表

	平聲		上聲		去聲			
1.	袍	並/豪/1	敲	溪/肴/1	校	匣/肴/1	效	匣/肴/5
2.	敲	溪/肴/1	保	幫/豪/1	教	見/肴/3	校	見/肴/1
3.	抄	初/肴/3	惱	泥/豪/1	爻	匣/肴/1		

4.	嘲 知/肴/1	抓 莊/肴/1				卯 明/肴/2					報 幫/豪/2				
5.	抱 並/肴/1	庖 並/肴/5				狡 見/肴/4					磽 溪/肴/2				
6.	腰 影/宵/1	坳 影/肴/2				嘲 知/肴/1					茂 明/侯/1				
7.						寶 幫/豪/1					哨 清/宵/1				
8.						梢 疏/肴/1					鬧 泥/肴/3	撓 泥/肴/1			
9.											要 影/宵/1				
10.											教 見/肴/1				
11.											抄 初/肴/1				

◎系聯說明

【上聲】

1. 2 及 7 皆為豪韻幫母，然二者無法系聯。

【去聲】

1. 1 及 2 皆有「校」字，然二者無法系聯，乃因「校」為一字二讀之情況。此外，2 及 10 皆有「教」字，然亦為一字二讀之情況，故不得系聯。

豪　類

表 3-29　豪類註音字表

	平聲					上聲					去聲				
1.	毫 匣/豪/5	豪 匣/豪/2				鎬 匣/豪/1	皓 匣/豪/4	杲 見/豪/3	槁 見/豪/3		浩 匣/豪/1				

2.	牢	來/豪/5	勞	來/豪/1							潦	來/豪/1	老	來/豪/1							道	定/豪/7	導	定/豪/1						
3.	高	見/豪/1	羔	見/豪/6							鮑	並/肴/1									到	端/豪/1	刀	端/豪/1						
4.	毛	明/豪/7	茅	明/肴/1							稻	定/豪/1	道	定/豪/2							告	見/豪/3	誥	見/豪/1						
5.	蒿	曉/豪/2	稿	見/豪/1							惱	泥/豪/2	腦	泥/豪/1							冒	明/豪/3	帽	明/豪/1						
6.	叨	透/豪/8	弢	透/豪/1							叨	透/豪/1									慠	疑/豪/1	傲	疑/豪/2						
7.	刀	端/豪/4	忉	端/豪/1							掃	心/豪/2	嫂	心/豪/1							造	清/豪/2	操	清/豪/3						
8.	搔	心/豪/7	騷	心/豪/1							倒	端/豪/2	島	端/豪/2							澇	來/豪/1	勞	來/豪/1						
9.	桃	定/豪/15	萄	定/豪/1	逃	定/豪/1					棗	精/豪/1	早	精/豪/3							抱	並/豪/1	暴	並/豪/3						
10.	包	幫/肴/1									草	清/豪/1									豹	幫/肴/1								
11.	敖	疑/豪/10	遨	疑/豪/1							皀	從/豪/1									墺	影/豪/1	奧	影/豪/2	噢	影/豪/1				
12.	鐃	娘/肴/3									寶	幫/豪/1	保	幫/豪/3							作	精/歌/2								
13.	糟	精/豪/1	糟	精/豪/1	曹	從/豪/1					蒿	曉/豪/1									埽	心/豪/1	掃	心/豪/1	噪	心/豪/2				
14.	鏖	影/豪/1	熝	影/豪/1							奧	影/豪/3									高	見/豪/1								
15.	懆	清/豪/1																			灶	精/豪/2								
16.	庖	並/肴/1																			耗	曉/豪/1	蒿	曉/豪/1						

◎系聯說明

【上聲】

1. 14「奧」字爲豪韻去聲，經查各韻書、字書，未見該字作上聲者，然李書置其爲上聲註音字，卻未以其他註音形式表之。

【去聲】

1. 1「浩」爲豪韻上聲，然李書置其爲去聲註音字，顯見因濁上歸去作用使其讀作去聲。同樣的情況亦出現於 2「道」及 9「抱」。

歌 類

表 3-30 歌類註音字表

	平聲										上聲										去聲									
1.	哥	見/歌/6	歌	見/歌/1							歌	見/歌/1	哿	見/歌/1							個	見/歌/1								
2.	磋	清/歌/1	瑳	清/歌/4							俄	疑/歌/1	我	疑/歌/1							賀	匣/歌/2	何	匣/歌/1						
3.	墮	端/歌/1									娜	泥/歌/1	那	泥/歌/1							左	精/歌/1	佐	精/歌/1						
4.	娑	心/歌/1	蓑	心/戈/1	梭	心/戈/1	莎	心/戈/1			何	匣/歌/1									坷	溪/歌/1	課	溪/戈/1	科	溪/戈/1				
5.	陀	定/歌/1	佗	定/歌/9							可	溪/歌/2	珂	溪/歌/1							餓	疑/歌/1	臥	疑/戈/2						
6.	醝	從/歌/1	瘥	從/歌/2							佐	精/歌/1									梭	心/戈/1	些	心/歌/1						
7.	莪	疑/歌/7	娥	疑/歌/1							拖	透/歌/1	妥	透/戈/3	垜	定/戈/1					馱	定/歌/1	垜	定/戈/1						
8.	拖	透/歌/3	詑	透/戈/1							果	見/戈/2	菓	見/戈/1							戈	見/戈/1								
9.	羅	來/歌/3	騾	來/戈/2	螺	來/戈/1					朵	端/戈/1	躲	端/歌/1							拖	透/歌/1								
10.	儺	泥/歌/1	那	泥/歌/2							鎖	心/戈/1	瑣	心/戈/1							播	幫/戈/2	簸	幫/戈/1						
11.	何	匣/歌/3	荷	匣/歌/1							磨	明/戈/1									摩	明/戈/1								
12.	訶	曉/歌/1	呵	曉/歌/1							磋	清/歌/1									挫	精/戈/1	剉	清/戈/1	莝	清/戈/1				

13.	軻	溪/歌/1	珂	溪/歌/1							裸	來/戈/2									坡	滂/戈/1								
14.	阿	影/歌/2	痾	影/歌/1							波	幫/戈/2	播	幫/戈/1							懦	泥/戈/2								
15.	戈	見/戈/4	蝸	見/戈/1							夥	匣/戈/1									座	從/戈/1	坐	從/戈/2						
16.	婆	並/戈/1	鄱	並/戈/1							呵	曉/歌/1																		
17.	摩	明/戈/3	魔	明/戈/1							堁	溪/戈/1																		
18.	訛	疑/戈/1	吪	疑/戈/1							叵	滂/戈/1																		
19.	波	幫/戈/5	嶓	幫/戈/1																										
20.	和	匣/戈/1	禾	匣/戈/2																										
21.	科	溪/戈/3	窠	溪/戈/1																										
22.	渦	影/戈/1	窩	影/戈/3																										

麻　類

表 3-31　麻類註音字表

	平聲										上聲										去聲									
1.	蟆	明/麻/1	麻	明/麻/1							瑪	明/麻/1									罵	明/麻/1								
2.	硨	穿/麻/1									者	照/麻/1	遮	照/麻/1							駕	見/麻/1	架	見/麻/6						
3.	賒	審/麻/2	奢	審/麻/1							也	喻/麻/2	野	喻/麻/1							婭	影/麻/1	亞	影/麻/1						
4.	耶	喻/麻/4	邪	喻/麻/2							亞	影/麻/1									訝	疑/麻/1	迓	疑/麻/1						

5.	蔗	照/麻/1									假	見/麻/2	賈	見/麻/1							下	匣/麻/4	夏	匣/麻/1						
6.	瓜	見/麻/2	媧	見/佳/1							寫	心/麻/1	些	心/麻/1							咤	知/麻/3								
7.	𧩙	精/麻/1	嗟	精/麻/1							洒	疏/麻/1									乍	牀/麻/1	蜡	牀/麻/1						
8.	華	曉/麻/2									下	匣/麻/2	夏	匣/麻/1							榭	邪/麻/1	謝	邪/麻/2						
9.	加	見/麻/11	家	見/麻/1							跙	從/麻/1									搾	莊/麻/1								
10.	孥	泥/模/1	拏	娘/麻/1							嗟	精/麻/1									耶	喻/麻/1	夜	喻/麻/1						
11.	侉	溪/麻/1									社	禪/麻/1	捨	審/麻/1							社	禪/麻/3								
12.	遐	匣/麻/6	瑕	匣/麻/1							剮	見/麻/1									蔗	照/麻/1	柘	照/麻/2						
13.	舥	滂/麻/1	葩	滂/麻/1							巴	幫/麻/1									嗟	精/麻/1								
14.	鴉	影/麻/1	丫	影/麻/1							若	日/麻/1	惹	日/麻/1							赦	審/麻/1	舍	審/麻/1						
15.	芭	幫/麻/1	巴	幫/麻/2							蛙	影/麻/1									卸	心/麻/1	瀉	心/麻/1						
16.	紗	疏/麻/1	沙	疏/麻/3							打	端/麻/1									帕	滂/麻/1								
17.	杈	初/麻/1	叉	初/麻/2																	把	幫/麻/2	弝	幫/麻/1						
18.	搽	澄/麻/1	茶	澄/麻/2																	胯	溪/麻/1								
19.	牙	疑/麻/3	衙	疑/麻/1																	話	匣/夬/1								
20.	蛇	神/麻/1																			花	曉/麻/1								
21.	窊	影/麻/1	蛙	影/麻/5																										
22.	撾	知/麻/2																												

23.	蝦	匣/麻/1	呀	曉/麻/1																										
24.	琶	並/麻/1	杷	並/麻/1																										
25.	檛	知/麻/1																												

◎系聯說明

【平聲】

1. 6 及 9 皆爲麻韻見母，然二者無法系聯，乃因 6 爲合口，9 爲開口。
2. 14 及 21 皆爲麻韻影母，然二者無法系聯，乃因 14 爲開口，21 爲合口。
3. 8 及 23 皆爲麻韻曉母，然二者無法系聯，乃因 8 爲合口，23 爲開口。
4. 22 及 25 皆爲麻韻知母，然二者無法系聯。

【上聲】

1. 5 及 12 皆爲麻韻見母，然二者無法系聯，乃因 5 爲開口，12 爲合口。
2. 4 及 15 皆爲麻韻影母，然二者無法系聯，乃因 4 爲開口，15 爲合口。

陽　類

表 3-32　陽類註音字表

	平聲										上聲										去聲									
1.	羊	喻/陽/9	陽	喻/陽/1							痒	喻/陽/1	養	喻/陽/2							樣	喻/陽/2	漾	喻/陽/3	恙	喻/陽/1				
2.	祥	邪/陽/3	詳	邪/陽/1							象	邪/陽/1	像	邪/陽/1							亮	來/陽/3	量	來/陽/1						
3.	梁	來/陽/1	良	來/陽/4							兩	來/陽/1	緉	來/陽/1							穰	日/陽/2								

4.	香	曉/陽/2	鄉	曉/陽/1							蔣	精/陽/2	獎	精/陽/2							戇	知/江/1								
5.	商	審/陽/4	傷	審/陽/1							享	曉/陽/2	响	曉/陽/1							餉	審/陽/1	向	審/陽/3						
6.	防	奉/陽/1	房	奉/陽/2							鯗	心/陽/1									唱	穿/陽/1	暢	徹/陽/1	倡	穿/陽/2				
7.	彰	照/陽/1	章	照/陽/7							佒	影/陽/1	怏	影/陽/1							障	照/陽/2	帳	知/陽/1						
8.	昌	穿/陽/5	猖	穿/陽/1							長	知/陽/1	掌	照/陽/1							丈	澄/陽/1								
9.	薑	見/陽/1	姜	見/陽/6							強	群/陽/1									杖	澄/陽/1								
10.	長	澄/陽/3	場	澄/陽/1							昶	徹/陽/1									將	精/陽/2	醬	精/陽/1						
11.	羌	溪/陽/1									霜	疏/陽/1									莊	莊/陽/1								
12.	張	知/陽/1									講	見/江/1									尙	禪/陽/1	上	禪/陽/2						
13.	攘	日/陽/4	穰	日/陽/1							杖	澄/陽/1	丈	澄/陽/2							央	影/陽/1								
14.	方	非/陽/4	坊	非/陽/1	芳	敷/陽/1					壤	日/陽/1	攘	日/陽/1							創	初/陽/3	窗	初/江/1						
15.	廂	心/陽/5	湘	心/陽/1							仿	敷/陽/1	紡	敷/陽/1							放	非/陽/4	方	非/陽/1						
16.	亡	微/陽/5	忘	微/陽/1							商	審/陽/1	賞	審/陽/1							望	微/陽/1	妄	微/陽/2						
17.	槳	精/陽/1	將	精/陽/3							網	微/陽/1	罔	微/陽/3							廂	心/陽/1								
18.	瘡	初/陽/1	創	初/陽/1							訪	敷/陽/1	倣	非/陽/1							貺	曉/陽/2	况	曉/陽/1						
19.	孃	娘/陽/1									鎗	初/庚/1									迋	爲/陽/1								
20.	常	禪/陽/4	嘗	禪/陽/2							光	見/唐/1									蕩	定/唐/2	宕	定/唐/1						

21.	妝	莊/陽 /1	莊	莊/陽 /2							往	爲/陽 /1	枉	影/陽 /1							旺	爲/陽 /1	王	微/陽 /1					
22.	霜	疏/陽 /2									碭	定/唐 /1	蕩	定/唐 /2							郎	來/唐 /1	浪	來/唐 /1					
23.	薔	從/陽 /1	墻	從/陽 /4							邦	幫/江 /1									坱	影/唐 /1							
24.	鎗	初/庚 /1									磉	心/唐 /1									吭	匣/唐 /2							
25.	蹌	清/陽 /4	槍	清/陽 /1							康	溪/唐 /1									髒	精/唐 /1	葬	精/唐 /1					
26.	筐	溪/陽 /1	匡	溪/陽 /1							囊	泥/唐 /1									臟	從/唐 /1							
27.	秧	影/陽 /1	央	影/陽 /3	殃	影/陽 /1					蟒	明/唐 /1	莽	明/唐 /4							抗	溪/唐 /4	亢	溪/唐 /1					
28.	狂	群/陽 /1									嚷	日/陽 /1									當	端/唐 /1							
29.	塘	定/唐 /2	唐	定/唐 /2							倘	透/唐 /3									徜	禪/陽 /1							
30.	廊	來/唐 /1	郎	來/唐 /8							黨	端/唐 /2									壙	溪/唐 /2	曠	溪/唐 /1					
31.	璫	端/唐 /1	當	端/唐 /4							郎	來/唐 /1									邦	幫/江 /1							
32.	亢	見/唐 /1	岡	見/唐 /5							坱	影/唐 /2									倘	透/唐 /1							
33.	蒼	清/唐 /1	倉	清/唐 /3							柞	精/鐸 /1									旁	並/唐 /1	傍	並/唐 /2					
34.	喪	心/唐 /1	桑	心/唐 /1							晃	匣/唐 /3	恍	曉/唐 /1							喪	心/唐 /1							
35.	荒	曉/唐 /2	慌	曉/唐 /1							伉	溪/唐 /1																	
36.	糠	溪/唐 /1	康	溪/唐 /1																									
37.	皇	匣/唐 /13	黃	匣/唐 /1																									

38.	光	見/唐/2	洸	見/唐/1																										
39.	杭	匣/唐/4	航	匣/唐/1																										
40.	鎲	透/唐/1	湯	透/唐/1																										
41.	尪	影/唐/1	汪	影/唐/1																										
42.	忙	明/唐/3	茫	明/唐/1																										
43.	旁	並/唐/3																												
44.	肮	匣/唐/1																												
45.	臧	精/唐/3																												
46.	瀼	娘/唐/1																												
47.	枊	疑/唐/1	昂	疑/唐/2																										

◎系聯說明

【平聲】

1. 39 及 44 皆爲唐韻匣母，然二者無法系聯。44「肮」未能在《廣韻》、《集韻》中尋及，至《字彙》、《正字通》始錄，從其反切。

【上聲】

1. 28「嚷」未能在《廣韻》、《集韻》、《詩韻輯略》、《字彙》、《正字通》等韻書、字書中尋及，然見於《龍龕手鑑》、《四聲篇海》、《彙音寶鑑》等書，其中《四聲篇海》（明刊本）作爲「如障切」，故從。

2. 由 33 可見鐸韻精母可入陽類，李書置其爲陽類上聲註音字，卻未以其他註音形式表之。

【去聲】

1. 8 及 9 皆爲陽韻澄母，然二者無法系聯。反顧陽類上聲，「丈」、「杖」二字實可系聯。

2. 由 21 可見陽韻的爲、微二母已合流，當爲零聲母化之結果。此外，19 與 21 同爲陽韻爲母，然二者無法系聯。

3. 29「徜」於各韻書、字書中皆作平聲，李書置其爲去聲註音字，卻未以其他註音形式表之。

庚　類

表 3-33　庚類註音字表

	平聲									
1.	耕	見/耕/1	庚	見/庚/5	更	見/庚/1				
2.	洪	匣/東/1	橫	匣/庚/3						
3.	紅	匣/東/1								
4.	坑	溪/庚/4								
5.	蒙	明/東/2	萌	明/耕/1						
6.	公	見/東/1								
7.	朋	並/登/1	彭	並/庚/4						
8.	崩	幫/登/3	砰	滂/耕/1	怦	滂/耕/1	烹	滂/庚/1		
9.	亨	曉/庚/1								
10.	英	影/庚/11	鶯	影/耕/1						

	上聲									
1.	梗	見/庚/4	耿	見/耕/1						
2.	穎	影/清/2	影	影/庚/2						
3.	并	幫/清/1	丙	幫/庚/5						
4.	景	見/庚/5	境	見/庚/1	憬	見/庚/1				
5.	眚	疏/庚/1	省	疏/庚/1						
6.	荇	匣/庚/1	杏	匣/庚/1	幸	匣/耕/1				
7.	勇	喻/鍾/1								
8.	蒙	明/東/1								
9.	冥	明/青/1								
10.	稜	來/登/1								

	去聲									
1.	徑	見/青/2	敬	見/庚/1	竟	見/庚/1				
2.	應	影/蒸/1								
3.	京	見/庚/1								
4.	並	並/青/3								
5.	夢	明/東/1	孟	明/庚/1						
6.	磬	溪/青/1	慶	溪/庚/1						
7.	庚	見/庚/1								
8.	永	爲/庚/1	咏	爲/庚/1						
9.	昏	曉/魂/1								
10.	明	明/庚/1								

11.	撐	徹/庚/4	鐺	初/庚/1	錚	初/耕/1					拱	見/鍾/1									跰	幫/庚/1								
12.	棖	照/眞/1	崢	牀/耕/1							礦	見/庚/1									⿰月夌	喻/蒸/1								
13.	評	並/庚/2	平	並/庚/3							淨	從/清/4									杏	匣/庚/1								
14.	經	見/青/1	京	見/庚/3							拯	照/蒸/1									爭	莊/耕/1								
15.	明	明/庚/2	銘	明/青/1							精	精/清/1									梗	見/庚/1								
16.	冰	幫/蒸/1									騁	徹/清/1	逞	徹/清/1							正	照/清/1	政	照/清/1						
17.	容	喻/鍾/1	榮	爲/庚/3							岭	來/清/1	領	來/清/1							稱	穿/蒸/1								
18.	笙	疏/庚/1	生	疏/庚/3							青	清/青/1									靖	從/清/3	淨	從/清/2						
19.	擎	群/庚/2	檠	群/庚/2							檾	溪/清/1	頃	溪/清/1							勝	審/蒸/1								
20.	盈	喻/清/5	楹	喻/清/1							箵	心/清/1									性	心/清/1	姓	心/清/1						
21.	珩	匣/庚/1	行	匣/庚/5							清	清/清/1									娉	滂/清/1	聘	滂/清/1						
22.	宏	匣/耕/4	紘	匣/耕/1																	并	幫/清/1	併	幫/清/1						
23.	琤	初/耕/1																			甚	禪/侵/1								
24.	烘	曉/東/3																			泠	來/青/1								
25.	爭	莊/耕/1	箏	莊/耕/1																										
26.	青	清/青/1																												
27.	翁	影/東/1																												
28.	晴	從/清/1	情	從/清/2																										

29.	旋	精/清/6						
30.	贏	喻/清/1						
31.	稱	穿/蒸/4	成	禪/清/5	呈	澄/清/4	城	禪/清/1
32.	征	照/清/3	貞	知/清/2	正	照/清/2		
33.	聲	審/清/1						
34.	名	明/清/1						
35.	靈	來/青/1	令	來/清/1				
36.	星	心/青/2						
37.	銎	溪/鍾/1						
38.	雍	影/鍾/1						
39.	瓊	群/清/1	穹	溪/東/3				
40.	棖	澄/庚/1						

◎系聯說明

【平聲】

1. 2 及 3 皆爲東韻匣母，然二者無法系聯；2 及 21 皆爲庚韻匣母，亦然，乃因 2 爲庚韻二等合口字，21 爲庚韻二等開口字。

2. 7 及 13 皆爲庚韻並母，然二者無法系聯，乃因 7 爲庚韻二等字，13 爲庚韻三等字。

3. 20 及 30 皆爲清韻喻母，然二者無法系聯。

【上聲】

1. 1 及 4 皆爲庚韻見母，然二者無法系聯，乃因 1 爲庚韻二等字，4 爲庚韻三等字。

青類與蒸類

表 3-34　青類與蒸類註音字表

	平聲								上聲										去聲									
	（平聲左爲青類）				（平聲右爲蒸類）																							
1.	清	清/清 /1	青	清/青 /2	成	禪/清 /6	繩	神/蒸 /1	炯	匣/青 /1	迥	匣/青 /1							敬	見/庚 /2								
2.	經	見/青 /1	涇	見/青 /1	呈	澄/清 /2			茗	明/青 /2	酩	明/青 /1							佞	泥/青 /2	寧	泥/青 /1						
3.	形	匣/青 /8			靈	來/青 /7			頂	端/青 /1	鼎	端/青 /1							錠	定/青 /1	定	定/青 /1						
4.	廷	定/青 /8	庭	定/青 /1	征	照/清 /3			廷	定/青 /1									杏	匣/庚 /1								
5.	興	曉/蒸 /1			英	影/庚 /3			挺	定/青 /2	梃	定/青 /1							怔	照/清 /1								
6.	丁	端/青 /3	釘	端/青 /1	滕	定/登 /5	騰	定/登 /1	悻	匣/青 /1	脛	匣/青 /1							訂	端/青 /1	釘	端/青 /1						
7.	瓶	並/青 /4	屏	並/青 /3	凭	並/蒸 /3			謦	溪/青 /1									慶	溪/庚 /1	罄	溪/青 /1						
8.	腥	心/青 /1	星	心/青 /3	兵	幫/庚 /2	冰	幫/蒸 /1	省	心/清 /1									命	明/庚 /2								
9.	靈	來/青 /11			聲	審/清 /1	升	審/蒸 /3	丙	幫/庚 /1									塋	喻/清 /1								
10.	櫺	來/青 /1			矜	見/蒸 /1	經	見/青 /1	睛	清/清 /1									聽	透/青 /1	汀	透/青 /1						
11.	汀	透/青 /2			燈	端/登 /3			登	端/登 /1									吟	疑/侵 /1								
12.	名	明/清 /5			曾	精/登 /6	增	精/登 /1	磴	溪/耕 /1									正	照/清 /1								
13.	能	泥/登 /1			曾	從/登 /3	層	從/登 /2	整	照/清 /1									媵	喻/蒸 /1	孕	喻/蒸 /1						
14.	榮	爲/庚 /4	熒	匣/青 /1	楞	來/登 /1													盛	禪/清 /1	乘	神/蒸 /1						

15.	恭 見/鍾/3		稱 穿/蒸/1							映 影/庚/1				
16.	令 來/清/2		僧 心/登/1							晶 精/清/1				
17.			興 曉/蒸/1							並 並/青/1				
18.			蒙 明/東/2							秤 穿/蒸/1				
19.			彭 並/庚/1	朋 並/登/2						聖 審/清/1				
20.			繃 幫/耕/1							形 匣/青/1				
21.			洪 匣/東/2	弘 匣/登/1						鐙 端/登/1	凳 端/登/1	蹬 定/登/1		
22.			工 見/東/1							登 端/登/1				
23.			薨 曉/登/1							曾 精/登/1				
24.			儜 娘/耕/1							更 見/庚/1	亘 見/登/1			
25.			行 匣/庚/1	恆 匣/登/1						令 來/青/1				

◎系聯說明

※由於蒸類上、去聲併入青類，故亦將平聲置入，唯不與青類相混，求其對照明白。

【青類平聲】

1. 9 及 10 皆爲青韻來母，然二者無法系聯。

【蒸類平聲】

1. 21 及 25 皆爲登韻匣母，二者卻無法系聯，乃因 21 爲合口，25 爲開口。

【去聲】

1. 由 4 可見庚韻匣母可入青類，且「杏」字爲庚韻上聲，乃受濁上歸去之變化始置去聲。

2. 5 與 12 皆爲清韻照母，然二者無法系聯，乃因 5「怔」爲清韻平聲字，但李書未以其他註音形式表之。

3. 21 及 22 皆爲登韻端母，然二者無法系聯，乃因 22 爲登韻平聲，但李書未以其他註音形式表之。

4. 4「杏」字爲庚韻上聲，17「並」字爲青韻上聲，然二者皆爲去聲註音字，乃因濁上歸去作用，使其得以置入去聲。

尤 類

表 3-35 尤類註音字表

	平聲					上聲					去聲				
1.	留 來/尤/11					有 爲/尤/2	友 爲/尤/7				又 爲/尤/6	右 爲/尤/2	柚 喻/尤/3		
2.	秋 清/尤/8	揫 精/尤/1				留 來/尤/1					救 見/尤/2	究 見/尤/1			
3.	由 喻/尤/19	尤 爲/尤/1				紐 娘/尤/2	鈕 娘/尤/1				胄 澄/尤/3				
4.	羞 心/尤/2	修 心/尤/1				丑 徹/尤/1	醜 徹/尤/1				晝 知/尤/1	咒 照/尤/1			
5.	抽 徹/尤/2	瘳 徹/尤/1				九 見/尤/4	久 見/尤/3	臼 群/尤/2			守 審/尤/2	狩 審/尤/1			
6.	周 照/尤/2	州 照/尤/3	舟 照/尤/4			首 審/尤/1	手 審/尤/2				旧 群/尤/1				
7.	讎 禪/尤/1	詶 禪/尤/1				婦 奉/尤/2	負 奉/尤/1				皺 莊/尤/1	縐 莊/尤/1			
8.	柔 日/尤/1	揉 日/尤/2				否 非/尤/1	缶 非/尤/1				就 從/尤/1	岫 邪/尤/1	袖 邪/尤/3		
9.	收 審/尤/1					丘 溪/尤/1					嗅 曉/尤/1				

10.	坵	溪/尤/1									柔	日/尤/1	蹂	日/尤/1							副	敷/尤/2	富	非/尤/1	仆	敷/尤/1				
11.	蒐	疏/尤/7	搜	疏/尤/1							綏	禪/尤/1	受	禪/尤/2							霤	來/尤/1	瘤	來/尤/1	溜	來/尤/1	廇	來/尤/1		
12.	搊	初/尤/1	篘	初/尤/1							帚	照/尤/1									秀	心/尤/2	琇	心/尤/1						
13.	鄒	莊/尤/5	騶	莊/尤/1							后	匣/侯/3	厚	匣/侯/1							復	奉/尤/1	伏	奉/尤/2						
14.	休	曉/尤/3	庥	曉/尤/1							畝	明/侯/1	母	明/侯/3							授	禪/尤/2	售	禪/尤/1						
15.	囚	邪/尤/3	泅	邪/尤/1							斗	端/侯/2	枓	端/侯/1							后	匣/侯/4	厚	匣/侯/1						
16.	儔	澄/尤/1	稠	澄/尤/7							苟	見/侯/4	耇	見/侯/1							寇	溪/侯/1	叩	溪/侯/1	扣	溪/侯/2				
17.	仇	群/尤/1	求	群/尤/13							偶	疑/侯/3	耦	疑/侯/1							茂	明/侯/2	懋	明/侯/1						
18.	浮	奉/尤/6	蜉	奉/尤/1							叟	心/侯/2	瞍	心/侯/1							豆	定/侯/3	逗	定/侯/1						
19.	牟	明/尤/8	矛	明/尤/2							㖃	曉/侯/1									鎒	泥/侯/1								
20.	侯	匣/侯/5	喉	匣/侯/1							歐	影/侯/1									奏	精/侯/1	鄒	莊/尤/1						
21.	謳	影/侯/5	歐	影/侯/1							剖	滂/侯/2	瓿	並/侯/1							兜	端/侯/1								
22.	樓	來/侯/1	婁	來/侯/8							婁	來/侯/1									偷	端/侯/1								
23.	彄	溪/侯/1	摳	溪/侯/1							奏	精/侯/1									歐	影/侯/1								
24.	偷	透/侯/1	鍮	透/侯/1							口	溪/侯/1	釦	溪/侯/1							冓	見/侯/5	媾	見/侯/1	姤	見/侯/1				
25.	頭	定/侯/3	投	定/侯/1							取	清/侯/1	咀	精/侯/1							輳	清/侯/1	湊	清/侯/1						
26.	鉤	見/侯/1	勾	見/侯/6																	漏	來/侯/2	陋	來/侯/1						

27.	捊 透/侯/1										謬 明/幽/1	繆 明/幽/1			
28.	裒 並/侯/2	掊 並/侯/1									輮 日/尤/1	揉 日/尤/2			
29.	憂 影/尤/1	幽 影/幽/6													
30.	髟 幫/幽/3														
31.	糾 見/幽/1	鳩 見/尤/3													

◎系聯說明

【平聲】

1. 24 與 27 皆為侯韻透母，然未可由李漁的直音系統系聯。

【上聲】

1. 僅見尤韻與侯韻字，無幽韻字。

侵　類

表 3-36　侵類註音字表

	平　聲					上　聲					去　聲				
1.	駸 清/侵/1	侵 清/侵/1				鋟 清/侵/1					心 心/侵/1				
2.	潯 邪/侵/1	尋 邪/侵/6				眹 澄/眞/1					鋟 清/侵/1	浸 精/侵/1			
3.	林 來/侵/4	臨 來/侵/1				領 來/清/3					衽 日/侵/1	妊 日/侵/3			
4.	參 疏/侵/2	森 疏/侵/2	琛 徹/侵/1			畛 照/眞/1					朕 澄/侵/1				

5.	珍	知/眞/2	斟	照/侵/3							忍	日/眞/4									禁	見/侵/1	噤	見/侵/1						
6.	沉	澄/侵/1									沈	審/侵/4	審	審/侵/2	甚	禪/侵/1					印	影/眞/2	蔭	影/侵/1						
7.	淫	喻/侵/2	寅	喻/眞/1							賓	幫/眞/1									愼	禪/眞/1								
8.	壬	日/侵/4	任	日/侵/1							引	喻/眞/1									儭	初/眞/1								
9.	辰	禪/眞/1									謹	見/欣/1									簪	莊/侵/1								
10.	辛	心/眞/1									噤	群/侵/1									正	照/清/1								
11.	因	影/眞/2	音	影/侵/4							洴	並/青/1									升	審/蒸/1								
12.	欣	曉/欣/1																												
13.	涔	牀/侵/1	岑	牀/侵/1																										
14.	臻	莊/臻/1																												

◎系聯說明

【平聲】

1. 由 4 可見侵韻的疏母與徹母已合流，然「參」字多音，侵韻即具疏母與初母二音，惟無得於李書中呈現「參」字多音狀態，乃爲系聯之因。但以「琛」字爲徹母而言，其註音字「參」當以初母爲佳，如此便是知系與照系二等之混同。

【上聲】

【去聲】

1. 2「鋟」字，各韻書、字書皆作侵韻平聲，李書收其爲去聲註音字，且未見「叶某某聲」或「某某聲」之註音形式， 或爲傳鈔之誤，或爲李漁之失。

2. 4「朕」字，《廣韻》作侵韻澄母上聲，李書收其爲去聲註音字，顯示濁上歸去之結果。

覃　類

表 3-37　覃類註音字表

	平聲					上聲					去聲				
1.	覃 定/覃/6	談 定/談/1	痰 定/談/2			敢 見/談/1	感 見/覃/1				勘 溪/覃/1	堪 溪/覃/1			
2.	難 泥/寒/1	南 泥/覃/3				淡 定/談/4	啖 定/談/1				撼 匣/覃/1	憾 匣/覃/1			
3.	參 清/覃/5					參 清/覃/2					幹 見/寒/1				
4.	咸 匣/咸/4	含 匣/覃/1	酣 匣/談/2			轗 溪/覃/1					案 影/寒/1				
5.	安 影/寒/4					涅 匣/寒/3					藍 來/談/1	濫 來/談/1			
6.	藍 來/談/2	嵐 來/覃/1	闌 來/寒/1			懶 來/寒/1	覽 來/談/1				但 定/寒/1	淡 定/談/3			
7.	簪 精/覃/1	鐕 精/覃/1				丹 端/寒/1	膽 端/談/2				儋 定/談/2				
8.	灘 透/寒/1	貪 透/覃/2				坦 透/寒/1					簪 精/覃/1				
9.	擔 端/談/4	耽 端/覃/2				暗 影/覃/1					衫 疏/銜/1				
10.	堪 溪/覃/2	龕 溪/覃/1									貪 透/覃/1				
11.	甘 見/談/3	柑 見/談/1													
12.	蠶 從/覃/1														
13.	憨 曉/談/1	蚶 曉/談/1													

◎系聯說明

【去聲】

1. 由 6 可見談、寒二韻的定母已合流，然 6 及 7 皆爲談韻定母，二者卻無法系聯。

鹽 類

表 3-38　鹽類註音字表

	平聲						上聲						去聲			
1.	鹽	喻/鹽 /4	嚴	喻/嚴 /1	言	疑/元 /4	演	喻/仙 /1	琰	喻/鹽 /1	剡	喻/鹽 /3	豔	喻/鹽 /1		
2.	廉	來/鹽 /6	連	來/仙 /1			瞼	來/咸 /1	斂	來/鹽 /1			厭	影/鹽 /1	燕	影/先 /1
3.	先	心/先 /7					顯	曉/先 /1	險	曉/鹽 /1			念	泥/添 /1	年	泥/先 /1
4.	邊	幫/先 /1					芡	群/鹽 /1					僉	清/鹽 /1	塹	清/鹽 /1
5.	占	照/鹽 /8	詹	照/鹽 /1			匾	幫/先 /1					閃	審/鹽 /1	瞻	禪/鹽 /1
6.	然	日/仙 /3					監	見/銜 /1					瀲	來/鹽 /1	斂	來/鹽 /1
7.	粘	娘/鹽 /1					嗛	溪/添 /1					覘	徹/鹽 /1		
8.	苫	審/鹽 /1					冉	日/鹽 /2	染	日/鹽 /1			轉	知/仙 /1		
9.	烟	影/先 /1	淹	影/鹽 /3			掩	影/鹽 /3	奄	影/鹽 /3			玷	端/添 /1	店	端/添 /3
10.	箋	精/先 /1	尖	精/鹽 /5			閃	審/鹽 /1	陝	審/鹽 /1			天	透/先 /1		
11.	鉗	群/鹽 /6	箝	群/鹽 /1			諂	徹/鹽 /1					賤	從/仙 /1		
12.	錢	從/仙 /3					淺	清/仙 /1					牽	溪/先 /2		
13.	兼	見/添 /3	縑	見/添 /1			腆	透/先 /1	忝	透/添 /1			見	見/先 /1		
14.	尋	邪/侵 /1					謙	溪/添 /1								

	平聲					上聲					去聲				
15.	焉 影/仙 /2					占 照/鹽 /1	點 端/鹽 /1								
16.	天 透/先 /1					店 端/添 /1									
17.	恬 定/添 /1	甜 定/添 /1				慊 溪/添 /1									
18.	賢 匣/先 /1														
19.	牽 溪/先 /1														
20.	拈 泥/添 /1	鲇 泥/添 /2													
21.	軒 曉/元 /3														

咸　類

表 3-39　咸類註音字表

	平聲					上聲					去聲				
1.	閑 匣/山 /1	咸 匣/咸 /4				賺 澄/咸 /1					檻 匣/銜 /1				
2.	緘 見/咸 /3	監 見/銜 /1				兼 見/添 /1					站 知/咸 /3				
3.	巖 疑/銜 /2					盞 莊/山 /1					鑒 見/銜 /1	鑑 見/銜 /2			
4.	杉 疏/咸 /2	衫 疏/銜 /2				衫 疏/銜 /1					瞰 溪/談 /1				
5.	南 泥/覃 /2					暗 影/覃 /1					鑱 牀/銜 /1				
6.	巉 牀/銜 /6	讒 牀/咸 /1				陷 匣/咸 /1	檻 匣/銜 /2				凡 奉/凡 /1				

7.	占	照/鹽/1									范	奉/凡/2	犯	奉/凡/1																
8.	岩	疑/嚴/1																												
9.	帆	奉/凡/1	凡	奉/凡/3																										
10.	謙	溪/添/1																												

◎系聯說明

【上聲】

1. 1「賺」爲咸韻去聲字，6「陷」亦然，然二者皆被李書置於上聲註音字，顯示其所註之字亦因濁上歸去作用，時音已讀爲去聲。

【去聲】

1. 1「檻」爲銜韻上聲字，於李書被置於去聲註音字，說明濁上歸去作用使其讀如去聲。與上聲同。

泰　類

表 3-40　泰類註音字表

	去　　聲											
1.	太	透/泰/2	泰	透/泰/1								
2.	愛	影/咍/3										
3.	碍	疑/咍/1										
4.	戴	端/咍/1	帶	端/泰/1								
5.	亥	匣/咍/1										
6.	耐	泥/咍/1										
7.	廢	非/廢/1										
8.	配	滂/灰/1	沛	滂/泰/1								
9.	背	幫/灰/1										
10.	倍	並/咍/1										
11.	惠	匣/齊/1	會	匣/泰/1								
12.	澮	見/泰/4										
13.	隊	定/灰/1										
14.	悔	曉/灰/1										
15.	誨	曉/灰/1										
16.	醉	精/脂/1										
17.	慨	溪/咍/2										
18.	穢	影/廢/2										
19.	煨	影/灰/1										
20.	雷	來/灰/1	酹	來/泰/1								
21.	瀨	來/泰/1	賴	來/泰/1								
22.	菜	清/咍/1										
23.	退	透/灰/1										
24.	妹	明/灰/1	昧	明/灰/1								

◎系聯說明

1. 泰類僅及去聲泰韻。

屋　類

表 3-41 屋類註音字表

	入聲									
1.	剭	影/屋/1								
2.	牘	定/屋/1	瀆	定/屋/2	讀	定/屋/1				
3.	谷	見/屋/2	穀	見/屋/1						
4.	酷	溪/沃/1								
5.	觳	匣/屋/1								
6.	通	透/東/1								
7.	束	審/燭/4	叔	審/屋/5						
8.	六	來/屋/10	陸	來/屋/1						
9.	俗	邪/燭/1	族	從/屋/1						
10.	促	清/燭/2								
11.	幞	奉/燭/1	僕	並/屋/2						
12.	卜	幫/屋/1	濮	幫/屋/1						
13.	沐	明/屋/1	木	明/屋/5	目	明/屋/2				
14.	腹	非/屋/1	福	非/屋/4						
15.	伏	奉/屋/8	服	奉/屋/1						
16.	軸	澄/屋/1	逐	澄/屋/1						
17.	掬	見/屋/2	匊	見/屋/4						
18.	塾	禪/屋/1	孰	禪/屋/2						
19.	昱	喻/屋/1	育	喻/屋/2						
20.	祝	照/屋/3	竹	知/屋/3						
21.	辱	日/燭/1								
22.	旭	曉/燭/1								
23.	熏	曉/文/1								
24.	蹴	精/屋/3	蹙	精/屋/1						
25.	耨	泥/沃/1								
26.	彧	影/屋/1	郁	影/屋/4						
27.	宿	心/屋/1	夙	心/屋/2						
28.	慉	徹/屋/1								

◎系聯說明

1. 1 及 26 皆爲屋韻影母，然二者無法系聯，乃因 1 爲一等字，26 爲三等字，有細音上的差別。
2. 3 及 17 皆爲屋韻見母，然二者無法系聯，乃因 3 爲一等字，17 爲三等字，有細音上的差別。

沃　類

表 3-42　沃類註音字表

	入　　聲									
1.	屋	影/屋/1								
2.	獨	定/屋/1	毒	定/沃/1						
3.	督	端/沃/1	篤	端/沃/1						
4.	斛	匣/屋/1								
5.	哭	溪/屋/2								
6.	谷	見/屋/1								
7.	竹	知/屋/3								
8.	玉	疑/燭/1	獄	疑/燭/1						
9.	跼	群/燭/1								
10.	僕	並/屋/1								
11.	旭	曉/燭/1	勗	曉/燭/1						
12.	孰	禪/屋/2								
13.	肉	日/屋/1	辱	日/燭/2						
14.	促	清/燭/3	蔟	清/屋/1						
15.	欲	喻/燭/2	浴	喻/燭/1						
16.	叔	審/屋/1								
17.	六	來/屋/3	綠	來/燭/2						
18.	麴	溪/屋/1								
19.	俗	邪/燭/1	續	神/燭/1						
20.	夙	心/屋/1								

◎系聯說明

1. 5 及 18 皆為屋韻溪母，然二者無法系聯，乃因 5 為一等字，18 為三等字，有細音上的差別。

覺　類

表 3-43　覺類註音字表

	入　　聲									
1.	角	見/覺/3	覺	見/覺/1						
2.	岳	疑/覺/3								
3.	浞	牀/覺/1								

4.	斮	莊/覺/1	捉	莊/覺/1						
5.	朔	疏/覺/2	槊	疏/覺/1						
6.	卓	知/覺/2	琢	知/覺/1						
7.	駁	幫/覺/1	剝	幫/覺/1						
8.	莫	明/鐸/1								
9.	泊	並/鐸/1								
10.	朴	滂/覺/1	璞	滂/覺/1						
11.	却	溪/藥/1	確	溪/覺/1						
12.	濁	澄/覺/2	濯	澄/覺/1						
13.	握	影/覺/2	渥	影/覺/1						
14.	楃	影/覺/1								
15.	綽	穿/藥/1								
16.	促	清/燭/1								
17.	洛	來/鐸/1								

◎系聯說明

1. 13 及 14 皆爲覺韻影母，然二者無法系聯。

質 類

表 3-44 質類註音字表

	入聲									
1.	侄	照/質/1	質	照/質/3						
2.	石	禪/昔/1								
3.	姪	澄/質/2	秩	澄/質/1						
4.	日	日/質/1	入	日/緝/1						
5.	乙	影/質/1	一	影/質/1						
6.	悉	心/質/1	漆	清/質/2	七	清/質/1				
7.	吉	見/質/2	佶	溪/質/1						
8.	疋	滂/質/1	匹	滂/質/1						
9.	匿	娘/職/1	暱	娘/質/1						
10.	佚	喻/質/4	逸	喻/質/2						
11.	乞	溪/迄/1								
12.	迭	定/屑/1								
13.	栗	來/質/4	立	來/緝/1						

14.	嫉	從/質/1	疾	從/質/2						
15.	即	精/職/1								
16.	室	審/質/1	矢	審/質/1						
17.	密	明/質/2	蜜	明/質/1						
18.	畢	幫/質/1	必	幫/質/6						
19.	色	疏/職/1	率	疏/質/2						
20.	苾	並/質/1	佖	並/質/2						
21.	平	並/庚/1	弼	並/質/1						
22.	尺	穿/昔/1								
23.	橘	見/術/2	獝	見/質/1						
24.	述	神/術/3	術	神/術/1						
25.	聿	喻/術/3	潏	喻/術/1						
26.	嵂	來/術/1	律	來/術/2						
27.	啐	精/術/1								
28.	戌	心/術/1	出	穿/術/2	黜	徹/術/1				
29.	櫛	莊/櫛/1								
30.	虱	疏/櫛/1								

◎系聯說明

1. 20 及 21 皆爲質韻並母，然二者無法系聯。

物　類

表 3-45　物類註音字表

	入聲									
1.	勿	微/物/1	物	微/物/1						
2.	佛	敷/物/2	拂	敷/物/3						
3.	熨	影/物/1	菀	影/物/2	鬱	影/物/1				
4.	劂	見/物/1	厥	見/物/1						
5.	崛	群/物/1								
6.	咈	奉/物/1	佛	奉/物/1						
7.	吸	曉/緝/1								
8.	詘	溪/物/1								
9.	吉	見/質/1								
10.	仡	疑/迄/2	屹	疑/迄/1						
11.	詰	溪/質/1								

月　類

表 3-46　月類註音字表

	入聲									
1.	悅	喻/薛/1	月	疑/月/6						
2.	伐	奉/月/3	筏	奉/月/1						
3.	決	見/屑/2								
4.	崛	群/物/2								
5.	缺	溪/屑/1								
6.	發	非/月/1	法	非/乏/1						
7.	咽	影/屑/1								
8.	蠍	曉/月/1								
9.	桀	群/薛/2								
10.	結	見/屑/1								
11.	歿	明/沒/1								
12.	國	見/德/1	骨	見/沒/2						
13.	孛	並/沒/5	勃	並/沒/1						
14.	獨	定/屋/1								
15.	惚	曉/沒/1	忽	曉/沒/1						
16.	勿	微/物/1								
17.	揬	定/沒/1								
18.	杌	疑/沒/1								
19.	吶	娘/薛/1								
20.	悴	從/術/1								
21.	紇	匣/沒/2								
22.	倅	精/沒/1								

曷　類

表 3-47　曷類註音字表

	入聲									
1.	盍	匣/盍/1	曷	匣/曷/2						
2.	答	端/合/1								
3.	塔	透/盍/3								
4.	太	透/泰/1								

5.	看	溪/寒/1								
6.	辣	來/曷/1								
7.	撻	透/曷/1								
8.	割	見/曷/1								
9.	撒	心/曷/1								
10.	抹	明/末/2	秣	明/末/2						
11.	鉢	幫/末/2	鏺	滂/末/2						
12.	聒	見/末/1	括	見/末/5	活	匣/末/2	豁	曉/末/1		
13.	脫	定/末/1	奪	定/末/1						
14.	蜕	透/戈/1								
15.	錯	清/鐸/1								
16.	剟	端/末/1								
17.	夸	溪/麻/1								
18.	跋	並/末/1								

◎系聯說明

1. 由 4 可見泰韻透母可入曷類，此外，泰韻爲一陰聲韻，李書置其爲曷類註音字，卻未見以其他註音形式表之。觀諸韻書、字書，4「太」於《集韻》即收有曷韻音，作「他達切」，如此則可與 3「塔」系聯。另者，或可視爲曷類被註字已脫落入聲韻尾，讀若陰聲。
2. 由 14 可見戈韻透母可入曷類，而戈韻爲一陰聲韻，李書置其爲曷類註音字，卻未見以其他註音形式表之；另者，或可視爲曷類被註字已脫落入聲韻尾，與陰聲並無二致之象。

黠　類

表 3-48　黠類註音字表

	入聲									
1.	轄	匣/鎋/1	黠	匣/黠/1						
2.	箚	知/洽/1	札	莊/黠/1						
3.	跋	並/末/1								
4.	捌	幫/黠/1								
5.	滑	匣/黠/1	猾	匣/黠/1						
6.	插	初/洽/1								
7.	甲	見/狎/2								

8.	戞	見/黠/1								
9.	圠	影/黠/1								
10.	煞	疏/黠/1	殺	疏/黠/2						
11.	括	見/末/1								
12.	乙	影/質/1								

屑　類

表 3-49　屑類註音字表

	入　　聲									
1.	泄	心/薛/2	屑	心/屑/1						
2.	妾	清/葉/1	切	清/屑/1						
3.	潔	見/屑/1	結	見/屑/4						
4.	櫛	莊/櫛/1								
5.	歇	曉/月/1	血	曉/屑/2						
6.	缺	溪/屑/1	闋	溪/屑/1						
7.	決	見/屑/3	玦	見/屑/1						
8.	絰	定/屑/1	垤	定/屑/5						
9.	帖	透/帖/1	鉄	透/屑/1						
10.	頡	匣/屑/1	襭	匣/屑/1						
11.	臬	疑/屑/2	捏	泥/屑/1						
12.	滅	明/薛/2	蔑	明/屑/1						
13.	撇	滂/屑/1								
14.	怯	溪/業/1								
15.	謁	影/月/1								
16.	裂	來/薛/1	列	來/薛/2						
17.	浙	照/薛/2	折	禪/薛/2						
18.	桀	群/薛/3	傑	群/薛/1						
19.	熱	日/薛/1								
20.	舌	神/薛/2	揲	神/薛/1						
21.	辮	幫/薛/1	鷩	幫/薛/1						
22.	截	從/屑/1								
23.	月	疑/月/1	悅	喻/薛/1						
24.	宣	心/仙/1								

25.	吶	娘/薛/1								
26.	設	審/薛/1	說	審/薛/1						
27.	輟	知/薛/1	拙	照/薛/5						
28.	埒	來/薛/1								
29.	蹩	並/屑/1								
30.	掣	穿/薛/1	徹	澄/薛/3						

◎系聯說明

1. 17 與 27 同爲薛韻照母，然二者無法系聯，乃因 17 爲開口，27 爲合口。
2. 16 與 28 同爲薛韻來母，然二者無法系聯，乃因 16 爲開口，28 爲合口。

藥 類

表 3-50 藥類註音字表

	入聲									
1.	籥	喻/藥/1	龠	喻/藥/4						
2.	覺	見/覺/3								
3.	掠	來/藥/1	略	來/藥/1						
4.	灼	照/藥/3	勺	照/藥/4	妁	照/藥/1				
5.	若	日/藥/3	弱	日/藥/1						
6.	婥	穿/藥/1	綽	穿/藥/1						
7.	葯	影/藥/1								
8.	卻	溪/藥/1								
9.	藥	喻/藥/1	虐	疑/藥/1						
10.	爵	精/藥/1	雀	精/藥/2						
11.	皭	從/藥/1								
12.	碏	清/藥/1								
13.	房	奉/陽/1								
14.	漠	明/鐸/1	莫	明/鐸/7						
15.	攫	見/藥/1								
16.	度	定/鐸/2	鐸	定/鐸/1						
17.	洛	來/鐸/2	落	來/鐸/1						
18.	（下缺）									

◎系聯說明

1. 本部殘破不全，故於部末云「下缺」。

陌　類

表 3-51　陌類註音字表

	入聲									
1.	（上缺）									
2.	白	並/陌/2	帛	並/陌/1						
3.	陌	明/陌/4								
4.	栢	幫/陌/1	百	幫/陌/1	伯	幫/陌/2				
5.	屐	群/陌/1	跂	群/支/1						
6.	吉	見/質/1								
7.	色	疏/職/2								
8.	綌	溪/陌/1	隙	溪/陌/1						
9.	歹	從/曷/1	窄	莊/陌/1	責	莊/麥/6				
10.	額	疑/陌/1								
11.	入	日/緝/1								
12.	刻	溪/德/1								
13.	冊	初/麥/3	策	初/麥/1						
14.	迫	幫/陌/1	拍	滂/陌/3						
15.	嚇	曉/陌/1								
16.	革	見/麥/2	鬲	見/麥/3						
17.	澤	澄/陌/1	宅	澄/陌/3						
18.	馘	見/麥/1	虢	見/陌/1	國	見/德/1				
19.	或	匣/德/2								
20.	檗	幫/麥/1								
21.	劾	匣/德/2	核	匣/麥/1						
22.	錫	心/錫/1	昔	心/昔/3						
23.	阨	影/麥/1	厄	影/麥/4						
24.	即	精/職/7								
25.	益	影/昔/1	抑	影/職/1						
26.	亦	喻/昔/14	弈	喻/昔/3						
27.	適	審/昔/3	釋	審/昔/1						
28.	赤	穿/昔/1	尺	穿/昔/2						
29.	石	禪/昔/2	食	神/職/2						
30.	跖	照/昔/1	支	照/昔/2						

31.	擲	澄/昔/1	躑	澄/昔/1						
32.	戚	清/錫/1								
33.	夕	邪/昔/1	席	邪/昔/1						
34.	績	精/錫/1								
35.	寂	從/錫/4								
36.	闢	並/昔/1	辟	並/昔/2	逼	幫/職/3				
37.	壁	幫/錫/1								
38.	域	爲/職/1	役	喻/昔/1						
39.	癖	滂/昔/1	僻	滂/昔/2						

◎系聯說明

1. 本部殘破不全，故於部首書「上缺」，與藥類之「下缺」爲連續殘破處。
2. 由 5 可見陌、之二韻的群母已合流，然之韻爲陰聲韻，得以爲入聲韻字之註音字，想必多了一個入聲韻尾，惟李書中未見以其他註音形式表之，顯然被註字在時音中已讀如陰聲，無入聲韻尾。
3. 16 與 18 皆爲麥韻見母，然二者無法系聯，乃因 16 爲開口，18 爲合口。
4. 19 與 21 皆爲德韻匣母，然二者無法系聯，乃因 19 爲合口，21 爲開口。

錫　類

表 3-52　錫類註音字表

	入聲									
1.	晳	心/錫/3	析	心/錫/2						
2.	昔	心/昔/1								
3.	戟	見/陌/2								
4.	曆	來/錫/4	歷	來/錫/4						
5.	滴	端/錫/1	的	端/錫/6						
6.	吸	曉/緝/2	檄	匣/錫/1						
7.	亦	喻/昔/1								
8.	逆	疑/陌/1								
9.	荻	定/錫/1	狄	定/錫/9						
10.	剔	透/錫/3								
11.	迹	精/昔/2								
12.	立	來/緝/1								
13.	隙	溪/陌/1								
14.	匿	娘/職/2								

15.	疾	從/質/1								
16.	密	明/質/2								
17.	碧	幫/昔/1								
18.	七	清/質/1	戚	清/錫/1						
19.	旭	曉/燭/1								

職 類

表 3-53　職類註音字表

	入聲									
1.	織	照/職/1	職	照/職/2						
2.	值	澄/職/1								
3.	曆	來/錫/1								
4.	赤	穿/昔/1								
5.	尺	穿/昔/2								
6.	石	禪/昔/2	食	神/職/1	寔	禪/職/3				
7.	昔	心/昔/1	息	心/職/1						
8.	式	審/職/4	飾	審/職/1						
9.	隙	溪/陌/1								
10.	擇	澄/陌/1	萴	牀/職/1						
11.	及	群/緝/1								
12.	溺	泥/錫/1	匿	娘/職/1						
13.	惻	初/職/1	測	初/職/1						
14.	益	影/昔/6								
15.	色	疏/職/3	嗇	疏/職/1						
16.	亟	見/職/3	棘	見/職/1						
17.	亦	喻/昔/1	弋	喻/職/5						
18.	即	精/職/3	唧	精/職/1						
19.	域	爲/職/4	棫	爲/職/1						
20.	侐	曉/職/1								
21.	逼	幫/職/3	壁	幫/錫/1						
22.	仄	莊/職/2	昃	莊/職/1						
23.	得	端/德/1	德	端/德/1						
24.	逆	疑/陌/1								
25.	闢	並/昔/1								

26.	勒	來/德/1	肋	來/德/2						
27.	克	溪/德/2	剋	溪/德/1						
28.	慝	透/德/1	忒	透/德/1						
29.	螣	定/德/1								
30.	墨	明/德/1	默	明/德/2						
31.	覈	匣/麥/1								
32.	鱡	從/德/1								
33.	不	非/物/1								
34.	匐	並/德/3	蔔	並/德/1						
35.	或	匣/德/1	惑	匣/德/1						
36.	骨	見/沒/1								
37.	核	匣/麥/1								
38.	責	莊/麥/1								

◎系聯說明

1. 4 及 5 皆爲昔韻穿母，然二者無法系聯，反顧昔類，則二者實可系聯。
2. 由 31 可見麥韻匣母、莊母可入職類。此外，31 與 37 皆爲麥韻匣母，然二者無法系聯，回顧陌類，核爲覈之註音字，實可系聯。

緝　類

表 3-54　緝類註音字表

	入　聲									
1.	戚	清/錫/1								
2.	七	清/質/1								
3.	十	禪/緝/3	什	禪/緝/1						
4.	汁	照/緝/1	執	照/緝/1						
5.	席	邪/昔/1	習	邪/緝/3	戢	莊/緝/1				
6.	集	從/緝/1	輯	從/緝/1						
7.	日	日/質/1								
8.	石	禪/昔/1	濕	審/緝/1						
9.	亦	喻/昔/2	揖	影/緝/1	邑	影/緝/1				
10.	極	群/職/1	及	群/緝/2						
11.	伋	見/緝/4	急	見/緝/1						
12.	粒	來/緝/1	立	來/緝/2						

13.	乞	溪/迄/1								
14.	色	疏/職/1								
15.	翕	曉/緝/1	吸	曉/緝/2						

合　類

表 3-55　合類註音字表

	入聲									
1.	合	匣/合/2	盍	匣/盍/2						
2.	鴿	見/合/2	蛤	見/合/2						
3.	答	端/合/1								
4.	撒	心/曷/1	颯	心/合/3						
5.	遝	定/合/1	沓	定/合/4						
6.	雜	從/合/1	帀	精/合/1						
7.	榼	溪/盍/1	溘	溪/合/1						
8.	衲	泥/合/1	納	泥/合/1						
9.	蠟	來/盍/1	臘	來/盍/1						
10.	塔	透/盍/3								
11.	姶	影/合/1								

葉　類

表 3-56　葉類註音字表

	入聲									
1.	曄	爲/葉/1	葉	喻/葉/5						
2.	楫	精/葉/1	接	精/葉/2						
3.	涉	禪/葉/2	攝	審/葉/2						
4.	列	來/薛/3								
5.	倢	從/葉/1								
6.	聶	娘/葉/3	囁	日/葉/1						
7.	轍	澄/薛/1								
8.	切	清/屑/1								
9.	折	禪/薛/1	慴	照/葉/1						
10.	貼	透/帖/1	帖	透/帖/2						

11.	協	匣/帖/4	俠	匣/帖/1						
12.	劫	見/業/4	莢	見/帖/1	頰	見/帖/1				
13.	匧	溪/帖/1	篋	溪/帖/1						
14.	迭	定/屑/8								
15.	屑	心/屑/2								
16.	邑	影/緝/2								

洽　類

表 3-57　洽類註音字表

	入　聲									
1.	匣	匣/狎/2	洽	匣/洽/4	狎	匣/狎/1				
2.	甲	見/狎/1	夾	見/洽/2						
3.	臿	初/洽/1	插	初/洽/1						
4.	翜	疏/狎/1								
5.	箑	疏/洽/2								
6.	札	莊/黠/1	劄	知/洽/1						
7.	帢	匣/洽/1								
8.	押	影/狎/2	鴨	影/狎/1						
9.	伐	奉/月/1								
10.	發	非/月/1								

◎系聯說明

1. 由 1、2 可見洽、狎二韻已合流，其見母與匣母亦然。然而 1 及 7 皆為洽韻匣母，二者卻無法系聯。

第三節　註音字相關語音現象探討

經由前文所述，已約略可見《笠翁詩韻》註音字語音體系的雛形，以下茲就前文加以整理，進一步窺視註音字全貌。

一、聲　母

1、非敷奉合流

非敷奉三母合流的情況普遍存在冬、微、虞、文、陽、尤等類中，如冬類上聲中，鍾韻敷母「捧」字與奉母「奉」字可得系聯；又冬類去聲中，東韻非母字「諷」與鍾韻奉母字「俸」亦可系聯，說明非敷合流，而奉母清化，故與非敷混同。

早在周德清《中原音韻》中，非敷業已合併，奉母因濁音清化的緣故，與非敷亦混同；《洪武正韻》（1375）則是併敷於非而成方類，與奉有別，《韻法直圖》（1612）亦然。此外，尚可見章黼《韻學集成》（1481）非敷二母無從分別，王應電《聲韻會通》（1540）、吳元滿《切韻樞紐》（1582）、李登《書文音義便考私編》（1587）、吳繼仕《音聲紀元》（1611）亦然。王力先生根據蘭茂〈早梅詩〉，推斷明代聲母系統有二十一個，將守溫的非敷奉三母統爲〔f-〕〔註4〕。此語音痕跡一路漫延至明末清初，由《笠翁詩韻》註音字系聯後的結果可看出非敷奉至此亦呈現合流現象。

2、精系與部分莊照合流

（1）精照系合流

精照合流在《笠翁詩韻》註音字系聯後的情況所見不多，總計三例，出現於虞類平聲、眞類上聲及入聲沃類中。虞類之例以虞韻牀母與模韻從母系聯，眞類之例以諄韻神母與邪母系聯，沃類之例以燭韻邪母與神母系聯。

古音中有「古無舌上音」、「照三歸端」的說法，顯示照系三等字通常與知系關係較爲密切，語音發展亦近。據此，精照合流就較爲罕見，現今所見如中古時期的雷州方言精照混同〔註5〕，趙撝謙《皇極聲音文字通》（明初）亦是精照互用。不論從《笠翁詩韻》之韻例所呈現者，或通泰方言所具存者，能成爲定論的機率甚弱。再者，《笠翁詩韻》所見韻例甚少，亦難以從中求得論斷。

（2）精莊系合流

同精照合流一樣，精莊合流在《笠翁詩韻》註音字系聯後的情況亦不多見，僅三例，出現於魚類上聲、尤類去聲及入聲陌類中。魚類之例以戈韻心母與魚韻疏母系聯，尤韻之例以尤韻精母與莊母系聯，陌類之例以曷韻從母、陌韻莊母及麥韻莊母系聯。

古音中有一套「照二歸精」的理論，即上古時期，中古的照系二等字（「莊」組）與「精」系字關係密切，讀音相近。這個觀點主要由黃侃提出，學界對

〔註4〕王力：《漢語語音史》（北京：中國社會科學出版社，1998）頁389～391。

〔註5〕林倫倫：〈粵西閩語的音韻特徵〉，《語文研究》（太原：山西省社會科學院）頁53。

這個結論尚有不同看法。《中原音韻》亦有相同情況出現，共有九例〔註6〕，比例甚微，與《笠翁詩韻》相似。這一個現象是古音的遺跡，抑或語音發展的結果，難以斷言，二書中精莊二母亦非完全合流，然趨勢已現，或言部分莊組字與精系合流爲妥。

3、知莊照三系合流

（1）知照系合流

知照合流的情況在《笠翁詩韻》註音字系聯中相當多例，存在東、支、魚、虞、齊、眞、先、陽、庚、尤、侵、屋、屑等類中，如東類中以東韻照母與知母系聯，屋類中亦是屋韻的知照二母相與系聯，支類平、上、去三聲都有例可循。

知系與照系三等合流在《中原音韻》即可得見，數量更是遠勝於知莊及精莊合流，約五十七例〔註7〕，顯示知照合流的情況非常普遍。隨後，章黼《韻學集成》、濮陽淶《元聲韻學大成》（1578）、吳元滿《切韻樞紐》、李登《書文音義便考私編》、吳繼仕《音聲紀元》、《韻法直圖》皆從善如流，證明知照合流乃一語音演變的規律變化。

（2）知莊系合流

知莊合流的韻例雖無知照合流來得多，僅六例，然仍較精照、精莊更得證明的空間。《笠翁詩韻》註音字系聯後，知莊合流的情況出現在東、冬、肴、庚、侵、職等類中，如東類中以鍾韻澄母、東韻澄母及東韻牀母系聯，肴類中以肴韻知母與莊母系聯。

知莊合流的現象在《中原音韻》中有跡可循，據計十例〔註8〕，隨後的《韻法直圖》亦可得見。

（3）莊照系合流

莊照合流在《笠翁詩韻》中僅見二例，一爲支類上聲，一爲庚類平聲。

〔註6〕蔣冀騁：〈論《中原音韻》中知照莊三系的分合〉，《湖南師範大學社會科學學報》（長沙：湖南師範大學期刊社）頁110。

〔註7〕蔣冀騁：〈論《中原音韻》中知照莊三系的分合〉，《湖南師範大學社會科學學報》（長沙：湖南師範大學期刊社）頁110。

〔註8〕蔣冀騁：〈論《中原音韻》中知照莊三系的分合〉，《湖南師範大學社會科學學報》（長沙：湖南師範大學期刊社）頁110。

莊照合流在中古後期即可得見，如《切三》呈現二系之混同，客家方言中亦不分。

（4）三系合流

綜上所論，知、莊、照三系雖可兩兩系聯，然無見三系聲母一起系聯者。實際上，三系混同的情況已出現於《中原音韻》，隨後又見於王應電《聲韻會通》，顯然這是一個趨勢。是以《笠翁詩韻》中雖無三系聲母一起系聯者，然就語音演變規律及書中所見韻例而言，當可視其爲知、莊、照混同。同樣的情況似乎可用於精、莊、照三系上，然筆者以爲韻例過少，難加以證明，當視爲部分莊、照字始與精系合流爲妥。

4、零聲母擴大

《笠翁詩韻》中可系聯出零聲母的韻例多不勝數，出現於冬、支、微、魚、虞、齊、灰、眞、文、元、先、蕭、陽、庚、尤、鹽、月、屑、藥、陌、緝、葉等類，如冬類中以鍾韻喻母與影母系聯，支韻中除影喻二母得以系聯外，尙可與疑母系聯，顯然零聲母的範圍變大了。

在守溫三十六字母時，約爲十世紀，喻爲合流成一個「喻母」，這是零聲母的第一次擴大。在《中原音韻》時代，十至十四世紀間，喻母和部分疑母并入影母，這是零聲母的第二次擴大。時至十七世紀，徐孝《重訂司馬溫公等韻圖經》（1602）一書顯示微母與部分日母也轉成零聲母，這是零聲母的第三次擴大。章黼《韻學集成》即爲疑母併入喻母之混同現象，惟開口時仍存疑母；吳繼仕《音聲紀元》則爲影喻二母的合併。《笠翁詩韻》雖成書於十七世紀，然大量韻例顯示此時的擴大僅止於喻、爲、影、疑等四母，未見微母與日母雜廁其中，當視其爲第二次擴大的延續是矣。

5、濁音清化

濁音清化於《笠翁詩韻》中亦具多方例證，如冬、支、魚、虞、佳、灰、眞、文、寒、先、蕭、肴、歌、麻、庚、青、尤、侵、鹽、陌、緝、合、葉等類皆有所見，如冬類中敷、奉二母系聯，支類中精、從二母系聯等等。

濁音清化是語音演變一條重要且常見的規律，現今除了吳語以外，少有地區保留全濁聲母，多半都已清化。《中原音韻》即可得見此一演變成果，隨後李世澤《韻法橫圖》〔註9〕、蕭雲從《韻通》（天啓崇禎間）、方以智《切韻聲原》（1641）都表明全濁音已消失。《笠翁詩韻》濁音清化的韻例與零聲母不相上下，然尚可見全濁聲母互註之例，顯示濁音清化正在進行中，亦是《笠翁詩韻》不同於吳語、非吳語底層最好的證明。

6、泥娘合流

泥娘合流亦爲語音演變的一條常見規律，《笠翁詩韻》註音字經系聯後，泥娘合流的情況有五，分布在冬、支、齊、麻、職等類中。《韻法直圖》、章黼《韻學集成》、王應電《聲韻會通》及吳元滿《切韻樞紐》多所記載，而今日大部分方言早已泥娘不分。

7、塞擦音變擦音

（1）神→禪

（2）從→邪

《笠翁詩韻》註音字中，對於神、禪間的互用有不少例證，出現於支、蕭、蒸、青、陌、職等類中，約七例；從、邪二母較少，僅二例，出現於尤、屋二類中。總計九例讓我們看出神、從由塞擦音變讀爲禪、邪的擦音，其塞音成份已然消失。此種情況或爲求發音方便，因此遺棄發音阻力較大的塞音。然而，並非所有塞擦音皆往擦音發展，故可視爲李漁方音中的偶發現象。

8、舌根聲母合流

（1）見匣合流

（2）曉匣合流

（3）見曉匣合流

《笠翁詩韻》註音字中，有少許舌根聲母混用的現象，見匣合用便得三例，出現在齊、佳、肴三類中；曉匣合流則有四例，出現在元、麻、陽、錫四類；見曉匣三韻合用則得一例，出現於曷類中。無論是見匣合流，曉匣合流，或是三韻合流，當係爲舌根聲母因發音部位相近，使讀音近同的結果。

〔註9〕李氏於圖後注「詞，思濁；詳，襄濁」等字樣，表明全濁已消失。

二、韻　母

1、雙唇鼻音韻尾與舌尖鼻音韻尾合流

雙唇鼻音韻尾〔-m〕與舌尖鼻音韻尾〔-n〕混用者眾，集中在眞、文、元、寒、刪、先、侵、覃、鹽、咸等類中，恰爲臻、山、深、咸四攝。其中，臻、山二攝以雙唇鼻音韻尾字爲註音字者計二十五例，深、咸二攝以舌尖鼻音韻尾字爲註音字者計五十三例，從比例上可見雙唇鼻音韻尾確向舌尖鼻音韻尾靠攏。

雙唇鼻音韻尾變入舌尖鼻音韻尾是一種自然的語音演變，吳元滿《切韻樞紐》、李登《書文音義便考私編》都有合併現象，吳繼仕《音聲紀元》則更明白顯示雙唇鼻音韻尾消失的情況，方以智《切韻聲原》亦明雙唇鼻音韻尾併入舌尖鼻音韻尾之中。

2、舌根鼻音韻尾與舌尖鼻音韻尾合流

舌尖鼻音韻尾〔-n〕除與雙唇鼻音韻尾〔-m〕合流外，亦與舌根鼻音韻尾〔-ŋ〕混同，惟韻例不多，出現於眞、元、寒、庚等類，共六例，顯示舌根鼻音韻尾有往舌尖鼻音韻尾靠攏的趨向。

3、塞音韻尾弱化

塞音韻尾弱化或消亡的情況亦是語音演變一項常見規律，在《笠翁詩韻》註音字中，此種情況屢見不鮮，出現於支、虞、佳、屋、質、物、月、曷、黠、屑、陌、錫、職、緝、合、葉、洽等類，從中可以發現入聲韻部幾乎都存有這種韻例。發音爲求省力，韻尾的塞音便會越發越弱，甚而遺棄不發音，因此聽聞起來便如陰聲韻字一般。由韻例可見，支、虞、佳爲陰聲韻部，餘爲入聲韻部，確符此論。當入聲韻尾弱化爲喉塞音時，多韻便可相叶；當入聲韻尾消亡，便可與陰聲韻部相押。

入聲韻尾弱化或消亡既是語音演變一條常見規律，想來在多種語料中必也常見。李登《書文音義便考私編》呈現入聲韻尾相混讀爲喉塞音的傾向，吳繼仕《音聲紀元》、李世澤《韻法橫圖》亦然。《韻法直圖》表面上雖保存三種塞音韻尾，然實已相混而讀爲喉塞音，孫耀《音韻正訛》（1644）亦然。

三、聲　調

1、濁上歸去

濁上歸去的現象早在《切韻》時代即已發生，雖說並非全部的全濁上聲字皆變為今音去聲，然仍不失為一條具強大作用的語音演變規律。在《笠翁詩韻》註音字中，亦見其痕跡，經系聯後出現於江、虞、灰、眞、元、肴、陽、庚、青、侵、咸等類中，計二十例。如江類上聲中以匣母江韻去聲「巷」字為註音字，去聲中以匣母江韻上聲「項」字為註音字，且彼此得以系聯，顯見全濁上聲字讀為去聲在當時已為趨勢。

2、入派三聲

入派三聲的觀點在《笠翁詩韻》註音字的系聯中體現不多，總計三例，出現於支、虞二類中，這是可以解釋的。《笠翁詩韻》作為一部詩韻書，必須顧及詩作所需之入聲韻字，因此即使有塞音韻尾弱化或消亡的條件作用於其中，李漁為保體製上的完備，入聲十七部依舊獨立為一卷。

四、總　結

經由前述，約莫可以了解註音字的語音情況，多少呈顯了一部分當時當地的語音環境。以下，茲就所見整理表列，使其愈發清楚明白。

凡例說明：

（一）以聲母、韻母及聲調三項為區分，每項下再細分相關語音現象。

（二）首欄為相關語音現象，次欄為韻例呈現。

（三）次欄韻例呈現形式為「韻類-聲調-註音字表序號」；同類中遇有多例，則以「・」區分；不同類（包括不同聲調）之韻例，則以「／」區分。

表 3-58　註音字相關語音現象及韻例總整理

聲　母	
非敷奉合流	冬上 7/冬去 5/微上 5/微去 4/虞平 15/虞上 2/文平 5/文上 3/陽平 14/陽上 18/尤去 10
精照合流	虞平 14/眞上 16/沃 19
精莊合流	魚上 11/尤去 20/陌 9
知莊合流	東平 3/冬平 15/肴平 4/庚平 11/侵平 4/職 10
知照合流	東去 10/支平 36/支上 21/支去 1/魚上 3/虞平 18/齊去 20.26/眞平 1.24/先上 12/陽上 8/陽去 6.7/庚平 31.32/尤去 4/侵平 5/屋 20/屑 27.30

<table>
<tr><td colspan="2">照莊合流</td><td>支上 2/庚平 12</td></tr>
<tr><td colspan="2">零聲母擴大</td><td>冬上 3/支平 2.35.39/支上 7.12/微平 1.11/魚平 6/魚上 1/虞平 1/虞去 14/齊平 12/灰上 6/眞平 20/文上 6/元平 11/元上 1/先平 21/先去 9.18/蕭平 7/陽上 21/陽去 21/庚平 17/尤平 3/鹽平 1/月 1/屑 11.23/藥 9/陌 38/緝 9/葉 1</td></tr>
<tr><td colspan="2">濁音清化</td><td>冬上 7/冬去 5/支平 22/支上 2.4/支去 10.11.45/魚上 3/虞平 24/虞上 2/佳去 7/灰上 45/眞上 9/文去 8/寒去 13.21/先上 6/蕭平 18/蕭上 9/蕭去 2/肴平 13/歌上 7/麻上 11/庚平 39/青去 21/尤上 21/尤去 1/侵上 6/鹽去 5/陌 36/緝 8/合 6/葉 3</td></tr>
<tr><td colspan="2">泥娘合流</td><td>冬平 4/支平 37/齊平 21/麻平 10/職 12</td></tr>
<tr><td rowspan="2">塞擦音變擦音</td><td>神→禪</td><td>支去 30.41/蕭平 18/蒸平 1/青去 14/陌 29/職 6</td></tr>
<tr><td>從→邪</td><td>尤去 8/屋 9</td></tr>
<tr><td rowspan="3">舌根聲母合流</td><td>見匣</td><td>齊去 10/佳去 11/肴上 1</td></tr>
<tr><td>曉匣</td><td>元上 12/麻平 23/陽上 34/錫 6</td></tr>
<tr><td>見曉匣</td><td>曷 12</td></tr>
<tr><td colspan="3" align="center">韻　　母</td></tr>
<tr><td colspan="2">mn 合流</td><td>眞平 15/眞上 3/眞去 8/文上 5/元去 4/寒平 4.9/寒上 5.9/寒去 8/刪平 6.12/刪上 1/刪去 7.9/先平 20.39/先上 2.3.15.16.19/先去 11.13.14/侵平 5.7.9.10.11.12.14/侵上 2.4.5.7.8.9/侵去 6.7.8/覃平 2.5.6.8/覃上 5.6.7.8/覃去 3.4.6/鹽平 2.3.4.6.9.10.12.15.16.18.19.21/鹽上 1.3.5.12.13/鹽去 2.3.8.10.11.12.13/咸平 1/咸上 3</td></tr>
<tr><td colspan="2">ŋn 合流</td><td>眞上 7/眞去 5/元上 17.21/寒去 21/庚去 9</td></tr>
<tr><td colspan="2">ŋm 合流</td><td>庚去 23/青去 11/侵上 3.11/侵去 10.11</td></tr>
<tr><td colspan="2">塞音韻尾弱化或消亡</td><td>支去 20.42/虞上 7/佳去 6/屋 6.23/質 4.9.13.19/物 7/月 6/曷 1.2.3/黠 2.6.7/屑 2.9.14/陌 6.11/錫 12.18/職 11.33.36/緝 1.2.5.7.8.9.10.13.14/合 4/葉 4.7.8.9.14.15/洽 6.9.10</td></tr>
<tr><td colspan="3" align="center">聲　　調</td></tr>
<tr><td colspan="2">濁上歸去</td><td>江上 3/江去 2/虞去 15/灰去 2/眞上 7/眞去 7/元去 10/肴去 1.2.9/陽去 8/庚去 4.13.18/青去 4.17/侵去 4/咸上 1.6/咸去 1</td></tr>
<tr><td colspan="2">入派三聲</td><td>支去 20.42/虞上 7</td></tr>
</table>

第四章 《笠翁詞韻》及其詞作詞韻分析

第一節 《笠翁詞韻》來源探析

詞韻專書自宋即有，今所知最早者，爲南宋朱敦儒試擬之應制詞韻，唯書未見。該文獻記錄始於清康熙年間沈雄《古今詞話・詞品・卷上・詳韻》曰：「陶宗儀〈韻記〉曰：『本朝應制頒韻，僅十之二三，而人爭習之。戶錄一編以粘壁，故無定本。後見東都朱希眞復爲擬韻，亦僅十有六條。……洎馮取洽重爲繕錄增補，而韻學稍爲明備通行矣。』」〔註1〕吳梅先生深表肯定，於《詞學通論・論韻》云：「韻書最初莫如朱希眞作應制詞韻十六條，其後張輯釋之，馮取洽增之，至元陶宗儀，曾譏其混淆，欲爲更定，而其書久佚，無從揚確矣。」〔註2〕夏承燾及吳熊和二位先生《讀詞常識・詞書》亦云：「北宋末年朱希眞嘗擬應制詞韻十六條。」〔註3〕然而，站在考鏡源流的角度，詞韻專書始於朱希眞一說實有可議之處，魯師國堯即提出其中數點以傳疑。首先，元代是否有「應制頒韻」一事？所頒之韻與詞韻關係爲何？其次，與沈雄同時代編纂之徐釚《詞苑叢談》，《四庫全書總目提要》譽爲「採摭繁富，

〔註1〕清沈雄：《古今詞話》，《詞話叢編》（台北：新文豐出版社，1988）冊1，頁831。

〔註2〕吳梅：《韻學通論》（台北：商務印書館，1988）頁15。

〔註3〕夏承燾、吳熊和：《讀詞常識》（香港：中華書局，2002）頁51。

援據詳明，足爲論詞者總匯。」何以如此博詳之書竟沒記載詞韻初創一事？複次，毛奇齡與朱彝尊均爲一代學人，對前代著名學者陶宗儀焉有不知之理？第四，與沈雄亦爲同時代文人之沈謙及仲恆於其著作中何以未提及此事？〔註4〕根植於世人對詞韻初始的印象，或許當在考究後有所修正。

朱希眞之後，明代胡文煥《文會堂詞韻》一書見世，唯胡氏不明詞韻體性，誤以周德清《中原音韻》爲詞韻，以入聲配隸三聲，致詞家有「將詞韻不亡於無而亡於有」之嘆。詞韻專書眞正大盛其道乃於清代，實因金元以來，南北曲行而詞律亡；至有清一代，詞學復興，詞韻專書數十種，分韻各有瑕瑜。李漁爲明末清初人，與其同時代又著有詞韻專書者，當推現今所存眾詞韻書之祖——沈謙《詞韻》。本節乃探討《笠翁詞韻》分部來源爲何，沈謙既與李漁同時代，其《詞韻》對後世詞韻書影響重大，則當以沈書與李書互訓，以究其源。

一、《笠翁詞韻》與《詞韻略》之同異

（一）沈謙其人與《詞韻》略述

沈謙（1620～1670），字去矜，號東江。浙江仁和(今杭州)人。素有才名，爲「西泠十子」之一〔註5〕。爲清代戲曲家，是類作品甚繁。除戲曲外，尙有《江東詩抄》、《江東別集》、《江東詞韻》、《詞韻》、《古今詞選》、《南曲譜》等著作。《詞韻》不傳，僅存綱目，後世並以其綱目編列《詞韻略》，以爲作詩填詞之指南。今人郭娟玉先生探討沈謙詞韻略，追考版本得七，皆爲清人著作，分別爲毛先舒《韻學通指》本、鄒衹謨與王士禎《倚聲初集》本、蔣景祁《瑤華集》本、吳綺與程洪《記紅集》本、吳綺《選聲集》本、徐釚《詞苑叢談》本與馮金伯《詞苑萃編》本。〔註6〕

沈謙《詞韻》雖不傳，然同爲「西泠十子」之一的毛先舒，於《韻學通

〔註4〕魯國堯：《魯國堯語言學論文集》（南京：江蘇教育出版社，2003）頁388。

〔註5〕或有云李漁亦「西泠十子」，非。李漁與十子或有交游，如丁澎、吳百朋、陸圻、虞黃昊等；或不相識，如陳廷會、張彥正等。至於沈謙與柴紹炳，今人有謂，然無見文獻，聊備一說。

〔註6〕郭娟玉：《沈謙詞學與其《沈氏詞韻》研究》（台北：私立東吳大學中國文學研究所碩士論文，1997）頁390～394。

指》爲其括略〔註 7〕；後之仲恆，著作《詞韻》，更是襲自該書，復加訂正〔註 8〕。故雖不傳，然可藉此二書，測其彷彿。今人郭娟玉先生研究沈謙《詞韻》，用力甚多，不僅就部目上而言，亦摘沈謙詞作，以補其略。以下茲就上述諸書，稍加爬梳沈謙《詞韻》分韻部目，以《詞韻略》爲名敘述，明其與《笠翁詞韻》之關係。

（二）沈謙《詞韻略》部目概論

沈謙《詞韻略》分韻十九，《韻學通指》版中分別爲

（1）東董韻凡平上去三聲

【平】一東　二冬通用　【仄】（上）一董　二腫　（去）一送　二宋通用

（2）江講韻凡平上去三聲

【平】三江　七陽通用　【仄】（上）三講　二十二養　（去）三絳　二十二漾通用

（3）支紙韻凡平上去三聲

【平】四支　五微　八齊　十灰半通用　【仄】（上）四紙　五尾　八薺　十賄半　（去）四寘　五味　八霽　九泰半　十隊半通用

（4）魚語韻凡平上去三聲

【平】六魚　七虞通用　【仄】（上）六語　七麌　（去）六御　七遇通用

（5）街蟹韻凡平上去三聲

【平】九佳半　十灰半通用　【仄】（上）九蟹半　十賄半　（去）九泰半　十隊半通用

（6）眞軫韻凡平上去三聲

【平】十一眞　十二文　十三元半通用　【仄】（上）十一軫　十二吻　十三阮半　（去）十一震　十二問　十三願半通用

〔註 7〕毛先舒：《韻學通指》，《景印文淵閣四庫全書》（台北：商務印書館，1983）經部 217 冊，頁 414。

〔註 8〕仲恆：《詞韻》，《景印文淵閣四庫全書》（台北：商務印書館，1983）集部 426 冊，頁 225～270。

（7）元阮韻凡平上去三聲

【平】十三元半　十四寒　十五刪　一先通用　【仄】（上）十三阮半　十四旱　十五潸　十六銑　（去）十三願半　十四翰　十五諫　十六霰通用

（8）蕭篠韻凡平上去三聲

【平】二蕭　三肴　四豪通用　【仄】（上）十七篠　十八巧　十九皓　（去）十七嘯　十八效　十九號通用

（9）歌哿韻凡平上去三聲

【平】五歌獨用　【仄】（上）九蟹半　二十哿　（去）二十箇通用

（10）佳馬韻凡平上去三聲

【平】九佳半　六麻通用　【仄】（上）九蟹半　二十一馬　（去）九泰半　二十一禡通用

（11）庚梗韻凡平上去三聲

【平】八庚　九青　十蒸通用　【仄】（上）二十三梗　二十四迥　二十五拯　（去）二十三映　二十四徑　二十五證通用

（12）尤有韻凡平上去三聲

【平】十一尤獨用　【仄】（上）二十六有　（去）二十六宥通用

（13）侵寢韻凡平上去三聲

【平】十二侵獨用　【仄】（上）二十七寢　（去）二十七沁通用

（14）覃感韻凡平上去三聲

【平】十三覃　十四鹽　十五咸通用　【仄】（上）二十八感　二十九琰　三十豏　（去）二十八勘　二十九豔　三十陷通用

（15）屋沃韻入聲

【仄】一屋　二沃通用

（16）覺藥韻入聲

【仄】三覺　十藥通用

（17）質陌韻入聲

【仄】四質　十一陌　十二錫　十三職　十四緝通用

（18）物月韻入聲

【仄】五物　六月　七曷　八黠　九屑　十六葉通用

（19）合洽韻入聲

【仄】十五合 十七洽通用

由上表列，可以看出沈謙所分十九韻爲十四部陽聲韻及陰聲韻，及五部入聲韻組合而成。除入聲五部外，每部皆括平上去三聲韻字。每部下注明部目來源，其韻目由詩韻而來，如（2）「江講韻平上去三聲。平三江七陽通用；仄上三講二十二養，去三絳二十二漾通用。」對於韻部分合歷來諸多意見者，毛先舒於下以雙行小注表明歸部之屬，如（3）「支紙韻平上去三聲。平四支五微八齊十灰半通用。十灰半如回梅催杯之類。仄上四紙五尾八薺十賄半；去四寘五味八霽九泰半十隊半通用。十賄半如悔蕾腿餒之類，九泰半如沛會最沫之類，十隊半如妹碎廢吠之類。」即仲恆《詞韻・詞韻論略》引趙千門云：「詩韻中十灰、十三元，上聲十賄、十三阮，去聲十卦、十一隊、十四願皆去矜割半分用者也。」〔註9〕對於割半分用之例，學者褒貶不一，褒者如謝元淮以爲半通之例允當，故其作《碎金詞譜》從之；貶者如許昂霄認爲詞韻家掙扎於從俗與音理之間，不敢更張。至於部目，沈謙採同部中平上韻首字爲部目字，如前舉「（2）江講韻」及「（3）支紙韻」二例所示；後入聲五部，則連以兩入聲韻爲部目字，如「（15）屋沃韻」及「（16）覺藥韻」二例所示，仲恆於《詞韻・詞韻論略》以爲此乃全其「通用之義」。蓋詞分平仄，仄含上去，以上括之，又有何妨？入連二韻，除見通用，尚存以少賅多之意也。〔註10〕

綜上所述，約可歸納沈謙《詞韻略》分韻特徵爲總分十九部；每部下分平仄，仄含上去二聲；以平上韻字爲部目字；宗詩韻韻目並採割半分用之例。

（三）《笠翁詞韻》與《詞韻略》比較

李漁與沈謙相似點甚多，既爲同時代人，一起經歷明末清初政權交替的重要時刻，對天災兵燹深感無力，淒然有感，訴諸文字；同活動於江浙一帶，結交友朋亦多爲江浙人；同爲知名戲曲家，唯前者以戲曲爲後世景仰，後者全數亡佚；著作甚豐，詩、詞、曲兼備；「西泠十子」爲二人之共同友人。在諸多相同點上，相異點格外引人注意。以下茲以二書爲經，詞韻觀點、韻目體製、詞

〔註 9〕仲恆：《詞韻》，《景印文淵閣四庫全書》（台北：商務印書館，1983）集部 426 冊，頁 227。

〔註10〕仲恆：《詞韻》，《景印文淵閣四庫全書》（台北：商務印書館，1983）集部 426 冊，頁 229。

作表現三項爲緯，釐析《笠翁詞韻》與沈謙《詞韻略》之關係。

1、詞韻觀點

詞學自南宋以降，其重要性逐漸被南北曲所取代，而清代之所以詞韻專書竝出，其義乃在光復詞學傳統，因此詞人亟思振作，務求將詞體獨立於詩曲之外。在這種環境下，詞人肩負多重重責大任，一爲詞家，一爲詞韻家，一如李沈二人。

前文已明，李漁對詩、詞、曲三種文體抱持相當嚴明的態度，以爲詩、詞、曲韻三分，不容相混，用韻寬窄亦隨著文體不同而有各自依附之規範。除此之外，其時代性、實用性亦有相當差異。再者，李漁認爲詞韻沿襲現象嚴重，不若己身敢於挑戰威權，就當時考察，暨已備之音韻學養，予以改之，使今古能合。第三，舉沈謙《韻略》爲例，以爲入聲彼此難以互通，故概分八部。第四，以爲從韻雜、音連及字澀三種用韻弊端而言，周德清《中原音韻》之分部値得學習效法，足以避免前述三種弊病發生，如此則選字塡譜時，不致造成黏牙膩齒之感。

至於沈謙，亦致力辨明詞體體性，如《塡詞雜說》云：「承詩啓曲者，詞也。上不似詩，下不可似曲。」其涇渭分明的想法，與李漁不謀而合。然而，其分韻部目採詩韻而來，雖有割半分用之例，卻難以跳脫詩詞韻間互所相承的關係。有鑑於當時詞韻專書之稀罕，《菉斐軒詞林要韻》及《文會堂詞韻》皆以周德清《中原音韻》爲詞韻，編制雷同，郭娟玉先生斥爲「凡此之類，可謂既無『音隨時變』之音學觀，亦不明『詞曲有別』之文學觀者也。」〔註 11〕仲恆《詞韻‧詞韻論略》引陸蓋云：「予友沈去矜著《詞韻》一書，未及梓行而歿。余謂此書，實詞學功臣。何也？詩詞之道雖不同，而一規于韻；韻之不講，詞于何有。去矜博考古詞，參音律以正當世誤用曲韻之病。曲韻宗《中原音韻》，乃周德清所編北曲韻也。夫詞韻平聲獨用，上去通用，間有三聲通押者，而入聲不與焉，《中原音韻》則四聲通用。考之唐宋詞家，概無是例。至于肱轟崩烹盲弘鵬等字，《詞韻》收入庚梗韻，而周韻收入東鐘韻；浮字《詞韻》收入尤有韻，而周韻收入魚模韻。」〔註 12〕雖未見沈謙言論，然由其友人臨書發聲，

〔註 11〕郭娟玉：《沈謙詞學與其《沈氏詞韻》研究》（台北：私立東吳大學中國文學研究所碩士論文，1997）頁 412。

〔註 12〕仲恆：《詞韻》，《景印文淵閣四庫全書》（台北：商務印書館，1983）集部 426 冊，

去意不遠。沈謙對於《中原音韻》，未若李漁推崇，同爲詞韻書，此處觀點相左，其距甚大。第三，對於入聲，僅見於仲恆《詞韻・詞韻論略》引趙千門云：「入聲最難判斷。去矜分爲五韻，亦就宋詞中較其大略，以爲區別耳。今細檢昔賢諸詞，如去矜者十之七；彼此牽混者，亦有十之三。」沈謙雖未若李漁信誓旦旦言及韻不相混，然體現於詞作上，仍無法避免通轉之例。然趙氏對牽混之韻，卻認爲「前輩（案指宋人詞作）既已游移，今日仍無畛域，此道將流于漶漫，故亦依去矜所分者分之。」此說顯然較近李漁入聲八部不相通之義。

2、韻目體製

就韻目體製而言，李漁分韻二十有七，沈謙則一十有九。同作爲詞韻專書，故皆錄入聲韻部，分韻差異莫過於此。二書分韻部目如下所示：

（陽聲韻及陰聲韻）

李漁	(1)東董棟	(2)江講絳	(3)支紙寘	(6)魚雨御	(7)夫甫父	(4)圍委未	(5)奇起氣	(8)皆解戒	(9)眞軫震	(10)寒罕旱	(11)簫小笑	(12)哥果箇	(13)家假駕	(14)嗟姐借	(15)經景敬	(16)尤有又	(17)深審甚	(18)甘感紺	(19)兼撿劍
沈謙	東董韻	江講韻	支紙韻	魚語韻		支紙韻		街蟹韻	眞軫韻	元阮韻	蕭篠韻	歌哿韻	佳馬韻		庚梗韻	尤有韻	侵寢韻	覃感韻	

（入聲韻）

李漁	(20)屋沃	(21)覺藥	(22)質陌錫職緝	(23)屑葉	(24)厥月褐缺	(25)物北	(26)撻伐	(27)合洽
沈謙	屋沃韻	覺藥韻	質陌韻	物月韻				合洽韻

由以上二表可以發現沈謙較李漁合者爲多，尤其前文對李漁開合分韻、洪細分韻所詬病之處，前者如（6）（7），後者如（18）（19），沈謙皆以合韻展現；

頁 228。

李漁韻字重出幾達百分之七十的（13）（14），沈謙亦當所避免。沈謙支紙韻中，除包括李漁所分之（3）（4）（5），其割半分用之例亦在此發揮，毛先舒以爲「十灰半如回梅催杯之類」、「十賄半如悔蕾腿餒之類」、「九泰半如沛會最沫之類」、「十隊半如妹碎廢吠之類」。諸韻另一半置於街蟹韻，毛先舒以爲「十灰半如開才來猜之類」、「十賄半如海宰改采之類」、「九泰半如奈蔡賣怪之類」、「十隊半如代再賽在」之類。兩者相較，顯然將灰、咍分而爲二。支紙韻中諸半韻，不是合口字就是唇音字；街蟹韻中諸半韻，除「怪」字外，餘均爲開口字。沈謙與毛先舒咸爲浙江仁和（今杭州）人，經錢乃榮《當代吳語研究》字音匯整，杭州一地亦讀如〔kuᴇ〕，爲合口字；實際上，今各大方言點將該字讀如開口僅溫州，讀如〔ka〕。《韻鏡》開口同一位置之字爲「誡」。愚不敏，以爲毛先舒爲沈書作注時，或筆誤，致「誡」爲「怪」；或其所持方音具開口成份，唯吾不知；或受其他方音如溫州或建甌影響，產生變化。其次，可著眼於另一割半分用之例——元韻。沈謙眞軫韻中含「十三元半」，毛先舒注曰「十三元半如魂昆門尊之類」、「十三阮半如忖本損狠之類」、「十三願半如頓遜嫩恨之類」，元阮韻「十三元半」中則見毛先舒注曰「十三元半如袁煩暄鴛之類」、「十三阮半如遠蹇晚反之類」、「十四願半如怨販飯建之類」。李師添富由歸納晚唐律體合用通轉之例，得詩韻元韻與他韻相叶現象特殊，凡與眞文叶者，全屬《廣韻》魂痕韻字；與寒刪叶者，全爲《廣韻》元韻字。〔註13〕並就音理析之，云：「竊以爲元魂痕三韻之主要元音本同爲-ɐ-，分別爲痕-ɐn、魂-uɐn與元-iɐn、-iuɐn，故韻書以其主要元音、韻尾相同而併爲元韻；後來魂痕因受韻尾-n影響高化爲-uən及-ən，故常與眞文通叶；元韻則受-i-影響元音前移爲-a-，是以常與寒刪先叶，故晚唐五代韻圖魂痕入臻攝，元入山攝。」〔註14〕顯見毛先舒於元韻之割半分用乃沿是理，故爲沈謙注之。李漁《笠翁詞韻》中不言割半分用，而見「此與某某某原屬一韻，分合由人」之例，如於（3）下書「此與規軌貴奇起氣原屬一韻，分合由人」、於（4）下書「此與支紙寘奇起氣原屬一韻，分合由人」、於（5）下書「此與支紙寘圍委未原屬一韻，分合由人」等，蓋李漁分韻細緻所致，因此常見異部通叶之現象。

〔註13〕李添富：《晚唐律體詩用韻通轉之研究》（台北：文史哲出版社，1996）頁101。

〔註14〕李添富：《晚唐律體詩用韻通轉之研究》（台北：文史哲出版社，1996）頁105～106。

3、詞作表現

郭娟玉先生研究沈謙《詞韻略》，用力甚多，特就沈謙詞作《東江別集》，摘其韻字，依韻系聯，據義歸調，加以歸納。因此《詞韻》原書雖不傳，不見韻目下蒐羅之韻字，然可藉郭娟玉先生之探索，略見梗概。

郭娟玉先生於每韻部下分「韻字表」與「韻譜」，前者以《廣韻》韻目爲主，下列《東江別集》中該韻之字；後者以韻字爲主，下列出現該韻字之詞作。由此整理，可得原書初貌。首先見其陽聲韻異部相押之例，如「眞軫韻」與「侵寑韻」、「庚梗韻」與「東董韻」、「侵寑韻」與「元阮韻」、「覃感韻」與「元阮韻」。鼻音通轉合用之例宋詞即有，顯然其舌根鼻音〔-ŋ〕、舌尖鼻音〔-n〕與雙唇鼻音〔-m〕已相混通用，足見鼻音韻尾走向弱化爲喉塞音的狀態，或混同爲其中之一。其次，入聲韻亦異部相押，如「物月韻」與「質陌韻」、「覺藥韻」與「合洽韻」，沈謙詞作二百一闋中，僅見兩例，韻例極少，難以成爲入聲韻通轉合用之定論。

李漁詞作三百六十一闋，陽聲韻異部相押有之，如「眞軫震」與「經景敬」合用凡四闋，「甘感紺」與「兼撿劍」合用凡二闋等；陰聲韻異部押韻有之，如「支紙寘」、「圍委未」、「奇起氣」與「皆姐戒」合用之例甚繁，「魚雨御」與「夫甫父」合用凡七闋，「哥果箇」與「家假駕」合用凡二闋等；入聲韻異部押韻有之，如「屋沃」與「質陌錫職緝」合用凡一闋，「質陌錫職緝」與「物北」合用凡六闋，「質陌錫質緝」與「撻伐」合用凡一闋，「屑葉」與「厥月褐缺」合用凡八闋，「屑葉」與「撻伐」合用凡一闋，「厥月褐闋」與「物北」合用凡一闋，「厥月褐缺」與「合洽」合用凡一闋等；異聲韻異部押韻有之，如入聲韻「質陌錫職緝」與陰聲韻「奇起氣」合用凡一闋，入聲韻「質陌錫質緝」與陰聲韻「魚雨御」合用凡一闋，入聲韻「質陌錫職緝」與陽聲韻「東董棟」合用凡一闋等。由李漁詞作表現可見其變化較沈謙來得多樣，除因其分韻細緻，導致多韻合用之例；尚因時代音韻已產生演進，如入聲韻韻尾弱話以致多例異部相押；且因詞體本身可唱，入聲韻尾短促的發聲方法，唱詞拖腔時則被破壞，因此多與陰聲韻相押。

綜上所述，則李漁《笠翁詞韻》與沈謙《詞韻》之間，相異點似較相同點來得多，由詞韻觀點、韻目體製及詞作表現上，得見相似卻未見所承。經此比較分析，則李漁《笠翁詞韻》非源於沈謙《詞韻》可想而知。如此一來，李漁承續何人何著，則須由其另一與韻學相關的身份——戲曲家——進行推敲。

二、《笠翁詞韻》與《中原音韻》之同異

論及曲韻專書，非《中原音韻》與《洪武正韻》莫屬。《中原音韻》成書於1324年，《洪武正韻》則編著於1375年，就時間上來講，兩者相距甚微。就地域上而言，《中原音韻》作者周德清爲江西人，屬私修韻書，保存較多作者本身意見；《洪武正韻》作者有九人，據寧繼福先生統計，吳語四人、贛語一人、中原官話二人、江淮方言一人、粵語一人，二人不詳，總裁當是宋濂。〔註 15〕由於官修的關係，十一位纂修者己意或多或少會被修正，王力先生云：「從聲調、聲母兩方面看，《洪武正韻》偏重於存古；從韻部方面看，它又偏重於從今。而存古與從今都做得不徹底，所以說是古今南北雜揉的一部韻書。……這樣不古不今，不南不北，參考價值就很低了。」〔註 16〕然而，後世如清劉禧延《劉氏遺著》云：「明人論曲，多有南從《洪武》，北叶《中原》之說。」〔註 17〕該說起於何時，已未得考，卻可由周賓所《識小編》云：「洪武二十三年，《正韻》頒行已久，上以字義音切尚多未當，命詞臣再校之。」〔註 18〕一說窺見此書於明代難以輕易付梓，通行書肆。再者，《中原音韻》與《洪武正韻》並非分野如此明晰，除入聲十韻獨立外，餘皆與《中原音韻》相去不遠，故清吳烺《五聲反切正韻》云：「《洪武正韻》，依周德清而增入聲者也。」〔註 19〕此說或許失之偏頗，然《洪武正韻》不受當時重視可見一斑。

李漁身處兩部韻書俱存的時代，家居南北交替的臨界點，編寫曲作時，是否會有不知該使用何種韻書爲佳之疑慮？由上文所闡，已知《洪武正韻》於明代不甚通行，再者，李漁各著作中，亦從未提及該書，反而極度稱頌《中原音韻》。前文已明，李漁贊同周德清《中原音韻》分類法，云：「所以周德清之作《中原音韻》，凡聲同韻合之字，各以類從，使作者首句用此字，次句必另換一音，不至於首用東而次用冬，前用江而後用薑，上下合轍，使讀者粘牙膩齒。」

〔註 15〕寧忌浮：《洪武正韻研究》（上海：上海辭書出版社，2003）頁 3～6。

〔註 16〕王力：《中國語言學史》（台北：五南圖書出版有限公司，1996）頁 94。

〔註 17〕轉引自麥耘、李新魁：《韻學古籍述要》（西安：陝西人民出版社，1993）頁 352。

〔註 18〕轉引自王力：《中國語言學史》（台北：五南圖書出版有限公司，1996）頁 94。

〔註 19〕轉引自麥耘、李新魁：《韻學古籍述要》（西安：陝西人民出版社，1993）頁 351。

〔註 20〕李漁不僅推崇其分類法，對於詞用曲韻，其實在敘述理論時已隱隱透出端倪，《閒情偶寄・詞曲部・結構第一》云：「塡詞首重音律，而予獨先結構者，以音律有書可考，其理彰明較著。自《中原音韻》一出，則陰陽平仄畫有塍區，如舟行水中，車推岸上，稍知率由者，雖欲故犯而不能矣。」〔註 21〕由此可見李漁視《中原音韻》爲用韻標準本。李漁自編詞韻書，然本身爲戲曲大家，動輒翻檢《中原音韻》以求曲作叶合，故對《中原音韻》之了解，想必知之甚詳。是否在編纂《笠翁詞韻》時受其影響而不自知，茲待下文分析之。

（一）周德清其人與《中原音韻》略述

周德清（1277～1365），字日湛，號挺齋。高安暇堂（今江西高安）人。宋周美成之後。他是元代卓越的音韻學家兼戲曲作家，不僅著有韻書《中原音韻》，還作有不少北曲。關於周德清的出身歷史，文獻上記錄不多，《元史》無周德清傳，《高安縣志》寥寥數語，云：「周德清，號挺齋。暇堂人。工樂府，精通音律。所著有《中原音韻》行世。虞伯生序之曰：『隨時體制，不失法度。』羅宗信稱其詞曰：『毋使如陽春白雪，徒爲寡和。』蔡虛齋先生并有序表之。」〔註 22〕記載較完整的，該屬《暇堂周氏宗譜》，云：「德清，和公三子，行七，字日湛，號挺齋。宋端宗景炎丁丑十一月生。著有《中原音韻》行世。學士歐陽元、虞集等贊其詞律俱優，同志羅宗信、瑣非復初各序其妙。邑乘載文苑。元至正乙巳卒。享年八十有九。……配妣胡氏，生卒未詳，同葬鰲香嶺校椅山。子一：謙。」〔註 23〕

《中原音韻》成書於 1324 年，眾所周知是爲曲韻而編纂的韻書，版本多種，如鐵琴銅劍樓本、納庵跋本、《嘯餘譜》本、萬曆初刻本、康熙覆刻本、《古今圖書集成》本、《四庫全書》本、《重訂曲苑》本、海寧陳氏影印本、《中國古典戲劇論著集成》本等，今市面較爲流行、多人使用當屬鐵琴銅劍樓本；眾版本中最佳者爲納庵跋本，收錄於《古本戲曲叢刊外編》。由於當時入聲已然消失的語音現象，使周書中產生「入派三聲」的觀點，體製上變成「入聲

〔註 20〕李漁：《笠翁詞韻》，《李漁全集》（杭州：浙江古籍出版社，1992）頁 363。

〔註 21〕李漁：《李漁隨筆全集》（成都：巴蜀書社，2002）頁 9。

〔註 22〕轉引自寧繼福：《中原音韻表稿》（長春：吉林文史出版社，1985）頁 1。

〔註 23〕轉引自寧繼福：《中原音韻表稿》（長春：吉林文史出版社，1985）頁 1。

作平聲」、「入聲作上聲」及「入聲作去聲」。分韻十九，並平分陰陽，加以入派三聲，想必是周德清最爲得意之處。《中原音韻》內容分爲兩大部分：第一部分是以韻書的形式，將曲詞裡常用作韻腳之字，按讀音進行分類，編成韻譜，分十九韻；第二部分稱做《正語作詞起例》，針對韻譜編制體例、審音原則多所說明，至於北曲體制、音律、語言及曲詞創作方法亦皆有論述。

（二）《中原音韻》部目概論

《中原音韻》分十九韻，今依鐵琴銅劍樓版本爲：

（1）東鍾

【平聲】陰 陽　【上聲】　【去聲】

（2）江陽

【平聲】陰 陽　【上聲】　【去聲】

（3）支思

【平聲】陰 陽　【上聲】入聲作上聲　【去聲】

（4）齊微

【平聲】陰 陽 入聲作平聲陽 去聲作平聲陽　【上聲】入聲作上聲　【去聲】入聲作去聲

（5）魚模

【平聲】陰 陽 入聲作平聲　【上聲】入聲作上聲　【去聲】入聲作去聲

（6）皆來

【平聲】陰 陽 入聲作平聲　【上聲】入聲作上聲　【去聲】入聲作去聲

（7）眞文

【平聲】陰 陽　【上聲】　【去聲】

（8）寒山

【平聲】陰 陽　【上聲】　【去聲】

（9）桓歡

【平聲】陰 陽　【上聲】　【去聲】

（10）先天

【平聲】陰 陽　【上聲】　【去聲】

（11）蕭豪

【平聲】陰 陽 入聲作平聲　【上聲】入聲作上聲　【去聲】入聲作去聲

（12）歌戈

【平聲】陰 陽 入聲作平聲　【上聲】入聲作上聲　【去聲】入聲作去聲

（13）家麻

【平聲】陰 陽 入聲作平聲　【上聲】入聲作上聲　【去聲】入聲作去聲

（14）車遮

【平聲】陰 陽 入聲作平聲　【上聲】入聲作上聲　【去聲】入聲作去聲

（15）庚青

【平聲】陰 陽　【上聲】　【去聲】

（16）尤侯

【平聲】陰 陽 入聲作平聲　【上聲】入聲作上聲　【去聲】入聲作去聲

（17）侵尋

【平聲】陰 陽　【上聲】　【去聲】

（18）監咸

【平聲】陰 陽　【上聲】　【去聲】

（19）廉纖

【平聲】陰 陽　【上聲】　【去聲】

由以上表列，可知周德清《中原音韻》入派三聲的觀點並未施行於每一韻部，僅出現於陰聲韻中。實際上，當入聲韻尾消失，前位之元音的確也只能呈現開尾韻的狀況，故陰入相配自有其道理。

其次，可著眼於「家麻」與「車遮」二韻部。「車遮」平聲僅二十字，上聲僅十六字，去聲亦僅二十字。五十六字中，皆爲開口細音，存〔-i-〕介音，不同於「家痲」所錄均爲開口洪音及合口字。同樣的情況尚可見於「監咸」與「廉纖」二韻部，周德清亦將細音字全歸「廉纖」，洪音字則入「監咸」，亦以洪細分部之例。此外，周德清將寒刪諸韻分爲三部，其中將元韻唇音字納於「寒山」，喉牙音字則入「先天」；「寒山」中除元韻唇音字外，尚有《廣韻》寒、山、刪三韻字；「桓歡」則錄《廣韻》桓韻字；「先天」含括《廣韻》先、仙二韻字。蓋寒、山、刪三韻均爲開口，桓韻則是與寒韻對立的合口韻，先、仙二韻各爲四等及三等之細音字。由此可見，周德清爲曲作韻書時，思及唱曲時尖團分判有別，故將細音字獨立，另起一部。

（三）《笠翁詞韻》與《中原音韻》比較

1、韻部體製

李漁《笠翁詞韻》乃爲詞作，是以會存在入聲現象，概分八部，係在沈謙《詞韻略》分爲五部的基礎上再行增加；至於周德清《中原音韻》，因語音演變至當時已無入聲，又該書主要是爲曲家而作，曲之演唱難以表現入聲，短促的聲調會阻礙歌曲的衍聲，故多以拖腔呈現，入聲乃幾不可聞。

除語音演變外，文學作品所生成之地域亦有關係，如《檀弓》稱「子辱與彌牟之弟游」，注謂「文子名木，緩讀之則爲彌牟」；又古樂府《江南曲》以「魚戲蓮葉北」韻「魚戲蓮葉西」，注亦稱「北，讀爲悲」。是以入叶平，已萌於古。又《春秋》「盟於蔑」，《穀梁》作「盟于昧」；《春秋》「定姒卒」，《公羊》作「定弋卒」，是亦方言相近，故上、去、入可以轉通也。《四庫全書總目提要》謂此現象乃由於「北音舒長遲重，不能作收藏短促之聲。凡入聲皆讀入三聲，自其風土使然。樂府既爲北調，自應歌以北音。」但周德清亦有言：「入聲派入平上去三聲者，以廣其押韻爲作詞而設耳。然呼吸言語之間，還有入聲之別。」就算在元代，平時說話仍保存了入聲的發音方式，可見入聲不論歸隸到平、上、去三聲中而幾近消失，或存在里巷口語之中，兩種現象皆併行於同一時空。

此處倘不考入聲現象，僅就平、上、去十九部分析，則周書與李書在分部體製上則呈現如下：

李漁	(1)東董棟	(2)江講絳	(3)支紙寘	(6)魚雨御	(7)夫甫父	(4)圍委未	(5)奇起氣	(8)皆解戒	(9)眞軫震	(10)寒罕旱			(11)簫小笑	(12)哥果箇	(13)家假駕	(14)嗟姐借	(15)經景敬	(16)尤有又	(17)深審甚	(18)甘感紺	(19)兼撿劍
周德清	東鍾	江陽	支思	魚模		齊微		皆來	眞文	寒山	桓歡	先天	蕭豪	歌戈	家麻	車遮	庚青	尤侯	侵尋	監咸	廉纖

其中，《中原音韻》魚模韻在《笠翁詞韻》中被分爲（6）以魚虞韻爲主與（7）以模韻及虞韻合口字爲主；齊微韻與皆來韻被分爲三部；寒山韻、桓歡韻及先天韻則被併爲（10）一部；家麻韻與車遮韻爲洪細之分，李漁雖有大量韻字重複現象，然大體而言仍從周書，由洪細現象分（13）、（14）二部；侵尋韻獨用，李漁從之；咸攝字依洪細分二部，李漁亦從之。

2、韻字收錄

收字上，李漁《笠翁詞韻》著書凡例中有一條：「即有字極平易，亦復典雅，但可見於詞中，不可用之句尾者，如逡巡之逡、徘徊之徘、崆峒之崆、蝴蝶之蝴、琵琶之琵諸常字，無刻不見於詞中，千萬年未施於韻腳，載之何爲，亦入副格。」而周德清《中原音韻》中亦有言：「音韻不能盡收《廣韻》，如崆峒之崆、覂駕之覂、倥傯之倥、鵓鴿之鵓字之類，皆不可施於詞之韻腳，毋譏其不備。」二人皆以爲不可施於詞之韻腳之字，在韻書收字中實非必要，李漁將其入爲副格，周德清則不收。再者，二人所選不收字之例及敘述，如「崆峒之崆」，可見二書收字之同質性非常高；又周書在李書之前，可見此乃周書對李書之影響。

其次，前文已明，李漁於（9）眞軫震中，收錄他韻之「肯」、「品」、「孕」、「噀」等字；於（10）寒罕旱中，收錄凡韻「凡」、「帆」、「泛」、「范」、「範」、「犯」等字，咸見於周德清《中原音韻》「眞文」與「寒山」中。此外，流攝「浮」、「富」、「負」、「婦」、「副」等字，李漁置於（7）夫甫父，周德清亦入於「魚模」。李漁與周德清籍貫不同，生長背景相異，時代差距三百年，此種偶然與其解釋爲方音所致，不如視爲李漁複寫周德清之結果。

3、韻字排序

在字序上，李漁亦大抵同於周書，相似度極高。如《中原音韻》東鍾韻有「容、溶、蓉、瑢、鎔、庸、傭、鄘、鏞、墉、融、榮」，《笠翁詞韻》東董棟爲「容、溶、蓉、榕、鎔、庸、慵、傭、墉、鏞、喁、融」。再如《中原音韻》家麻韻有「蛙、洼、窪、哇、媧、蝸」，《笠翁詞韻》家假駕爲「蛙、娃、洼、窪、哇、媧、蝸、窊」。除去彼此未收字，其排列幾近相同。由是可見，李漁《笠翁詞韻》不僅在韻目排序，甚或在韻字排序上，亦依周德清《中原音韻》而來。

4、例外收字

第四，著一「呆」字。該字《中原音韻》收入車遮部，《笠翁詞韻》亦入（14）平聲副格，然該字乃「梅」之異體字也，本爲「槑」，因省文而成「呆」，《字彙》云：「古某字，今俗以爲癡獃字，誤。」《正字通》解釋：「本草李時珍曰梅杏類，倒杏爲呆，書家僞從口木，後乃作梅。」又「從每諧聲。」蓋知其爲梅也，且其音應同以「每」或「某」爲聲母字。查之《廣韻》，梅、媒、煤、脢、腜、莓、鋂、禖等字皆屬灰韻，而獃字則隸咍韻，皆非如李周二人收入麻韻細音中。考之《漢語方音字匯》，「每」字在溫州方言中讀爲〔mai〕，韻尾〔-i〕若丟失則成一開口麻韻字，就語音會因時變化之角度觀之，不無可能。據上文所述，李漁極有可能轉錄周德清《中原音韻》之收字，雖置於副格，然副格之用在於格開冷僻字，不在疑字而不入正格，故李漁此措並無法解釋何以收「呆」字於（14）嗟姐借中，由此例看來，似爲複寫周德清《中原音韻》之另一例。

綜上所述，李漁《笠翁詞韻》之來源，就二者相較，言周德清《中原音韻》較沈謙《詞韻》爲妥，其相似度之高，已可由前文所闡有初步了解。

李漁將詩詞曲區分得相當明確，除《笠翁詞韻》外，亦作有《笠翁詩韻》，不見曲韻書的產生，許是以爲周德清《中原音韻》已然完備。是故，不僅在《笠翁詞韻．詞韻例言》中大力稱許周書，於體製或收字、排序等方面，均受其影響。倘若要說李書與周書間有何不同，最大相異點約莫是入聲的有無，其次就是止攝、蟹攝等字的分部問題。然而，對於李漁分部有問題者，在今天對詞韻書的分部討論中，亦是各持己見，不一而足。除此之外，李書與周書在相似性上實已到達一定程度。以曲韻爲詞韻，亦顯見詞韻在定位上實際向時音靠攏之概念。

第二節　李漁詞韻觀

一、詩詞曲韻，涇渭分明

李漁詩詞曲之分派極為嚴明，如《笠翁詞韻・詞韻例言》云：「詩韻嚴，曲韻寬，詞韻介乎寬嚴之間，此一定之理也。」開宗明義地告示詩詞曲用韻寬窄之差異。就時代性而言，則「詩體肇於《三百篇》，乃上古之文也。上古之文，其音務合古人之口。詞則始於唐宋，乃後世之文也。後世之文，其韻務諧後世之音。」案「曲」想必即「當世之文」，「其韻務發當世之聲」。足見李漁連詩詞曲之時代性咸清楚劃分，絲毫不容相混。就實用性而言，則見於《窺詞管見》，云：「曲宜耐唱，詞宜耐讀，耐唱與耐讀有相同處，有絕不相同處。蓋同一字也，讀是此音，而唱入曲中，全與此音不合者，故不得不為歌兒體貼，寧使讀時礙口，以圖歌時利吻。詞則全為吟頌而設，止求便讀而已。」筆者以為，以「旗亭畫壁」為例，足見至少在唐王昌齡、高適、王之渙時代，詩即為人所唱頌；而詞稱為「樂府」，其音樂性更是不為人所忽略，如劉攽《貢父詞話》云：「晏元獻，尤喜江南馮延巳歌詞。」著一歌字，不啻代表詞之歌唱性質；又如周邦彥為人所熟者，即其審音度曲的能力，創有〈六醜〉、〈蘭陵王〉等詞調，倘若詞不可歌，止求便讀而已，則無疑抹煞前人詞曲創作成就。

二、詞韻分部，改弦易轍

李漁於《笠翁詩韻・序》云：「非取古人已定之四聲，稍稍更易而攘為己有。」實際上，不僅在《詩韻》中作如是述，《詞韻》亦然，云：「邇來詞韻，都仍舊貫。」又「予則才細如絲，膽大如斗，故敢縱意為之。」顯見李漁之制定詩詞用韻，非就古而來，乃就今日考察，暨已備之音韻學養，將沿襲舊法之詞韻予以改之，「使古人至今而在，則其為聲也，亦必同於今人之口」。

三、贊同《中原音韻》分類法

李漁《窺詞管見》云：「二句合音，詞家所忌。何謂合音，如上句之韻為東，下句之韻為冬之類是也。東冬二字，意義雖別，音韻則同，讀之既不發調，且有帶齒黏喉之病。」即「音連」之病，云：「音連者何，一句之中連用音同之數位，如先烟、人文、呼胡、高豪之屬，使讀者粘牙帶齒，讀不分明，此二忌也。」且不只於《窺詞管見》提及，尚可見於《笠翁詞韻・詞韻例言》，云：「首用東而次用冬，前用江而後用姜，上下合轍，使讀者黏牙膩齒。」案歌詞曲所押之韻稱爲「轍」，「合轍」則多謂戲曲中指韻調相諧之說法。由以上論點，可見李漁認爲黏牙膩齒者乃詩詞用韻之同用通轉現象，「詩詞韻雖合仍分，以作詩韻可，以作詞韻亦可，一書備二事之用，可稱極便」。然回歸上述李漁詩詞曲三分之理論依據，則「予謂詞即詞，而詩則詩，既名詞韻，胡復云詩？且作詞之法，務求聲韻鏗鏘，宮商迭奏，始見其妙。」作詞之法即「便讀之法」，即「首忌韻雜，次忌音連，三忌字澀」。李漁對於韻部的純雜，自有其看法，純者如東、江、眞、庚、天、蕭、歌、麻、尤、侵等韻；雜者如支、魚二韻；更甚者則「純之又純」，如魚虞二韻：「一韻之中先有二韻，魚中有諸，虞中有夫是也。盍以二韻中各分一半，使互相配合，與魚虞二字同音者爲一韻，與諸夫二字同音者爲一韻，如是則純之又純，無眾音嘈雜之患矣。」因此贊同周德清《中原音韻》之分類，謂「所以周德清之作《中原音韻》，凡聲同韻合之字，各以類從，使作者首句用此字，次句必另換一音。」案「類」指「韻類」而言，即《中原音韻》所分之十九部。李漁之說，指如「東冬」者，均入「東鍾部平聲陰」，「江姜」者，均入「江陽部平聲陰」，如此則選字填譜時，不致造成黏牙膩齒之感也。至於普遍以來，將數韻合而觀之的理論，如支、微、齊、灰四韻，李漁認爲「齊、微、灰可合，而支與齊、微、灰究竟難合」，但「魚虞二韻，合之誠是」。

四、入聲概分八部，彼此難以互通

李漁對於入聲的印象，評爲「聲韻之雜，未有過於入聲者」，並舉詩韻六月與七曷之收字爲例說明，認爲「在詩韻內已覺聱牙，矧詞之專以齒頰爲利者乎？」故就沈去矜《韻略》分入聲五部再多三部，共分八部入聲，而「他韻可以變通，此則似難更易也」。

由以上整理，不難看出李漁有相當明確的詞韻觀，非黑即白，中間不存灰色地帶，而事實上，李漁會贊同周德清《中原音韻》作爲一部曲韻書的分韻觀點，並以周書爲例說明自己的分韻構想，不啻是其詞韻系統其實多少受到明清曲韻影響所致，更何況，李漁本身正是一位偉大的戲曲專家，不僅是重要的劇作家及戲曲理論家，更是中國第一位導演。在強調「恪守詞韻」、「凜遵曲譜」的同時，也針對時弊，予以批評。他很不同意當時喜用集曲犯調，生扭數位作曲名的風氣，云：「只求文字好，音律正，即牌名舊殺，終覺新奇可喜；如以極新極美之名，而塡以庸腐乖張之曲，誰其好之。善惡在實，不在名也。」然而，專就詞韻而言，如同他在《窺詞管見》云：「大約空疏者作詞，無意肖曲，而不覺彷彿乎曲。」詞韻歸部方面，李漁本身是否也在無意中受曲影響而不自知？茲待下文分析之。

第三節 《笠翁詞韻》分部凡例及其分韻

一、分部凡例說明

李漁認爲韻書之設，在於便查，譏病前人詞韻歸部總喜遵詩韻，乃因前人不敢妄動大家者如劉淵或王文郁的平水韻成果〔註 24〕，導致作詩時因韻書收字繁多，可用者不過十之四五，而斷斷不用，既爲前人所收，後人兢兢守之不敢去者，幾及半焉。使人覓句時少，選韻時多。故其《笠翁詩韻》倣朱熹作《四書集註》之法，以圈隔之；至於《笠翁詞韻》，李漁謂：「其法又進於此。」其凡例爲：

（一）分四卷，每卷前標示收錄韻目，如〈卷之一〉「東董棟」，各爲平上去聲。〈卷之二〉及〈卷之三〉亦然，唯〈卷之四〉全錄入聲。

（二）〈卷之一〉始東終夫，〈卷之二〉始皆終嗟，〈卷之三〉始經終兼，〈卷之四〉始屋沃終合洽。

（三）書畫二格，別出天欄，以爲副格；餘爲正格。

（四）凡一切冷僻怪誕及庸俗粗鄙之字，斷斷不可入詞者，盡入副格。

（五）即有字極平易，亦復典雅，但可見於詞中，不可用之句尾者，如逡

〔註 24〕平水韻一指宋淳祐十二年（1252）劉淵所刻印的《壬子新刊禮部韻略》。因刻書地點在平水（今山西臨汾）而得名。合併《廣韻》韻目下所註押韻時可以同用的韻，並把去聲證嶝兩韻並入徑韻，共得 107 韻。元代黃公紹、熊忠《古今韻會舉要》即根據此書。一指將 107 韻改並爲 106 韻一派的韻書，此乃將上聲拯等二韻並入迥韻的結果。據錢大昕《十駕齋養新錄》五說，此類韻書最早始於王文郁《平水韻略》（1223），後來的詩韻如《佩文韻府》等皆爲此派。

巡之逡、徘徊之徘、崆峒之崆、蝴蝶之蝴、琵琶之琵諸常字，無刻不見於詞中，千萬年未施於韻腳，載之何爲，亦入副格。

（六）案李漁語中未見正格定義，然可自前二項條例看出，所謂「正格」者，乃就副格而言，凡相反者即是。

筆者探求《笠翁詞韻》所謂正格與副格之分配關係，除李漁所言外，在版面上，則是將上層之副格以眉批樣式呈現於天欄，並於〈卷之一・東董棟〉書以「一切隱癖字，詞中鮮用者，俱列上層，免溷耳目。」至於下層之正格，則錄該韻之數字，首字以方框標示，如：東蝀冬。偶爾會於字目下略作解釋或以直音標誌讀音，前者如：蝀螮－，虹也，後者如：紅音公，女工也。；或列同音同義異體字以供參考，唯不一定置於何處，如「岡山脊，崗同。」爲先釋義後列字之例，「鍬鍫同，畚也。」爲先列字後釋義之例，「鞘刀－。鞘同。」爲先造詞後列字之例，「糧粮同。」爲純列字之例。凡此皆爲李漁《笠翁詞韻》著書凡例之概述。以下茲編號並以條列呈現李漁分韻韻部：

（1）東董棟	（2）江講絳	（3）支紙寘
（4）圍委未	（5）奇起氣	（6）魚雨御
（7）夫甫父	（8）皆解戒	（9）眞軫震
（10）寒罕旱	（11）簫小笑	（12）哥果箇
（13）家假駕	（14）嗟姐借	（15）經景敬
（16）尤有又	（17）深審甚	（18）甘感紺
（19）兼撿劍	（20）屋沃	（21）覺藥
（22）質陌錫質緝	（23）屑葉	（24）厥葉褐缺
（25）物北	（26）撻伐	（27）合洽

由以上整理可看出，李漁並不特別區分陽聲韻與陰聲韻，只獨立入聲韻，分列八部，由（20）至（27）。若就陽聲韻與陰聲韻分別之，則陽聲韻有八，陰聲韻有十一。陽聲韻中，收舌根鼻音者爲（1）、（2）、（15）；收舌尖鼻音者爲（9）、（10）；收雙唇鼻音者爲（17）、（18）、（19）。以下茲就《笠翁詞韻》所呈現之語音現象進行分析。

李漁將同韻之平上去三聲共列一部，此節將討論前十九部及後入聲八部，爲韻部之分合略行比較。爲求簡明，暨《廣韻》四聲相承之作用，故除祭、泰、夬、廢四韻標明「去聲」外，前十九部皆以平聲韻目概括之；後八部因專論入聲，因此亦不刻意書以「入聲」字樣。《廣韻》韻目之擬音本諸陳新雄先生《音略證補》暨《古音研究》考定。

二、分部及相關語音現象分析

（一）東 類

（1）東董棣：包括《廣韻》韻目東〔-oŋ〕、〔-i̯oŋ〕、冬〔-uŋ〕、鍾〔-i̯uŋ〕

東韻本身兼備開合，冬鍾則互為補充。今東冬二韻在諸方言中業已無別，以李漁身為吳地人來看，揚州、蘇州與溫州方音中，東韻宮字收〔-oŋ〕、戎字收〔-oŋ〕；冬韻松字收〔-oŋ〕、農字收〔-oŋ〕、從字收〔-oŋ〕、容字收〔-ioŋ〕或〔-yoŋ〕，可見其韻母已近同，使用於塡詞押韻，更無須區別。薛鳳生先生提出「韻基」一詞，其概念等同於詩詞押韻的單位，云：「互相押韻的音節都含有相同的『韻基』（即主要元音加上韻尾）。」〔註25〕由李詞之用韻及分韻看來，正是如此，對東冬等韻取其合攏，表時音對該韻已然不分。

李漁三百六十一闋詞作中，以（1）為韻者凡二十五闋，其中平聲為多，共二十闋；上去聲各二闋；上去混一闋。李詞用韻為（1）者，均符《笠翁詞韻》所收韻字範圍，甚而無選副格之辟字。由《笠翁詞韻》及李詞用韻來看，合乎韻文押韻無關介音開合之原則，因此韻書歸其為同部，詞作押韻亦二者相通。

（二）江 類

（2）江講絳：包括《廣韻》韻目江〔-ɔŋ〕、陽〔-iaŋ〕、〔-iuaŋ〕、唐〔-aŋ〕、〔-uaŋ〕

江陽唐三韻，《廣韻》系統認為江獨用而陽唐合用，江韻本身僅備開口，陽、唐則互為補充。然董同龢先生於《漢語音韻學》云：「從許多韻書以外的材料，可知，江攝字老早就和宕攝字混了。」又「現代方言也沒有能分別江與宕的了」〔註 26〕如以吳地方言看，江韻邦字與唐韻幫字在揚州音中皆收

〔註25〕薛鳳生：《漢語音韻史十講》（北京：華語教學出版社，1999）頁 5。

〔註26〕董同龢：《漢語音韻學》（台北：文史哲出版社，1998）頁 166。

〔-aŋ〕、蘇州音收〔-ɒŋ〕、溫州音收〔-uɔ〕，由此可見一斑。溫州因地近福建，是以所屬之吳語甌江片與閩東話及閩南話咸有接觸，導致同字讀音不若揚州與江蘇。雖此，仍可一窺董同龢先生所言「現代方言也沒有能分別江與宕的了」之梗概是也。李漁詞韻分部在江陽的態度上，亦取其合，正可見當時時音已混而不分。

李漁詞作中以（2）爲韻者凡三十二闋，亦以平聲爲多，共二十二闋；上聲三闋；去聲七闋。李詞所選韻字亦不出《笠翁詞韻》範圍，然〈如夢令最喜鶯聲嘹亮〉〔註 27〕之「傍」及〈滿江紅咫尺龍門〉〔註 28〕之「緉」皆爲李氏以爲「隱癖鮮用」故歸副格之字。考之《全宋詞》，以去聲「傍」爲韻字者如柳永〈蝶戀花蜀錦地衣絲步障〉等凡十闋〔註 29〕，以「緉」爲韻字者無。就《全宋詞》近兩萬首作品而言，實如滄海一粟。可推論者，乃「傍」之去聲作動詞用，實難見於句尾；「緉」爲量詞，亦難之也。故李漁入其爲副格，足見其理之稱也。

上列兩種組合在詞韻使用中係常叶韻者，一來因其主要元音相近，二來押韻不論開合，故不論李漁《笠翁詞韻》或戈載《詞林正韻》皆如是分部。

（三）支、圍、奇、皆四類

（3）支紙寘：包括《廣韻》韻目支〔-i̯ɛ〕、脂〔-i̯e〕、之〔-i̯ə〕

（4）圍委未：包括《廣韻》韻目支〔-i̯ɛ〕、〔-i̯uɛ〕、脂〔-i̯e〕、〔-i̯ue〕、微〔-i̯uəi〕、齊〔- iei〕、灰〔-uəi〕；去聲泰〔-ɑi〕、〔-uɑi〕、廢〔-iuɐi〕

（5）奇起氣：包括《廣韻》韻目支〔-i̯ɛ〕、脂〔-i̯e〕、之〔-i̯ə〕、微〔-i̯əi〕、齊〔-iei〕；去聲祭〔-i̯ɛi〕、〔-i̯uɛi〕

（6）皆解戒：包括《廣韻》韻目佳〔-æi〕、〔-uæi〕、皆〔-ɐi〕、〔-uɐi〕、咍〔-əi〕、支〔-i̯uɛ〕、脂〔-i̯ue〕、之〔-i̯ə〕；去

〔註 27〕李漁：《李漁全集》卷二（杭州：浙江古籍出版社，1992）頁 391。

〔註 28〕李漁：《李漁全集》卷二（杭州：浙江古籍出版社，1992）頁 472。

〔註 29〕柳永〈蝶戀花蜀錦地衣絲步障〉、晏殊〈漁家傲畫溪邊停彩舫〉、晁端禮〈殢人嬌旋剔銀燈〉、毛滂〈蹋莎行天質嬋娟〉、毛滂〈調笑令相望〉、朱敦儒〈鵲橋仙白鷗欲下〉、程垓〈蝶戀花畫閣紅爐屏四向〉、陳亮〈念奴嬌江南春色〉、劉學箕〈漁家傲漢水悠悠還漾漾〉、胡翼龍〈西江月水齋芹香燕觜〉。

聲泰〔-ɑi〕、〔-uɑi〕、夬〔-ai〕、〔-uai〕

（3）（4）（5）（8）向來是韻部分合之爭論重點，歷來多有學者提出討論，如戈載《詞林正韻》畫分爲第三部與第五部〔註 30〕；許金枝先生〈詞林正韻部目分合之研究〉藉蘇軾、辛棄疾、周邦彥、晏殊、劉克莊五家詞韻駁斥戈載「灰賄隊」歸部之非〔註 31〕；林裕盛先生就《全宋詞》進行比較，認爲三、五二部當析爲三部〔註 32〕；魯師國堯同樣以宋代詞作進行分析，以爲當分皆來與支微二部〔註 33〕。然而，令人好奇的是，李漁分部中，（1）（2）不因開合問題列分他部，此處（4）「灰」與（8）「咍」卻另有安排，微韻之開合亦是同樣情況，開合各分布於（5）（4）之中；再者，李漁於（3）支之脂三部所錄之韻字，皆無合口，合口者另收入（5）（8）二部，簡而言之，光支脂之三部韻字就分布了三個韻部，泰韻亦然，不論開合就分布了（4）（8）二部。

李漁詞作中，（3）獨用者凡一十九闋，（4）獨用者凡一十四闋，（5）獨用者凡九闋，（8）獨用者凡一十二闋；（3）（5）合用者凡四闋，（4）（5）合用者

〔註 30〕戈載第三部爲「支脂之微齊灰」及其上去聲，與去聲「祭泰廢」；第五部爲「佳皆咍」及其上去聲，與去聲「泰夬」。

〔註 31〕許金枝：〈詞林正韻部目分合之研究〉，《中正嶺學術研究集刊》（桃園：中正理工學院，1986）頁 4，云：「東坡、清眞、稼軒詞韻與戈氏詞林正韻之較然殊異者，即『灰賄隊』三韻之歸部。東坡詞韻平聲『支脂之微齊』合用者計三十四例，『皆灰咍』合用者十四例。……清眞詞韻平聲『支脂之微齊』合用者十二例，『灰咍』合用者二例，未見之與咍相雜廁之例；稼軒詞韻平聲『支脂之微齊』合用這六十例，……『皆灰咍』合用者四十五例，……其他宋人詞中，亦多『灰咍』並施之例，如晏元獻〈浣溪紗〉（一曲新詞酒一杯）以『杯臺迴　來徊』爲韻；劉克莊〈風入松〉（歸鞍尚欲小徘徊）以『徊徘罍懷　哀開來迴』爲韻，接灰咍並用之例。……上述晏元獻、蘇東坡、周美成、辛稼軒、劉後村皆卓爾名家，而『灰咍』並施，是以戈氏於『灰賄隊』之歸部，非『求協於古』，仍依後世之語音現象而定其部居，辨之未審也。

〔註 32〕林裕盛：〈《詞林正韻》第三部與第五部分合研究〉——以宋詞用韻爲例〉，《中國語言學論文集》（高雄：復文圖書出版社，1994）頁 97～113，分爲三部：支脂之微齊祭廢同部、佳（半）皆咍泰（半）同部、灰泰（半）同部。

〔註 33〕魯師國堯：〈論宋詞韻及其與金元詞韻的比較〉，《宋遼金用韻研究》（香港：文化教育出版社有限公司，2002）頁 43～85，分爲皆來部（咍皆佳夬，又灰泰韻的多數字）與支微部（支脂之微齊祭廢韻，又灰韻及泰韻合口字的少部分）。

凡二十闋，（4）（8）合用者凡二闋，不見（3）（4）合用者；（3）（4）（5）合用者凡六闋。如下條列所示：

表 4-1　支圍奇皆合韻譜〔註 34〕

204	來排開諧哉裁杯•回•
91	…來杯•開財
微皆合韻譜（4）（8）	
319	知滋飴•宜•醯•支離•時
94	…際•寺…
57	思思時絲知知癡疑•
5	時遲疑•疑•
支齊合韻譜（3）（5）	
337	世意°底°醉•戲°沸•已°氣°淚•
321	隨•迷°歸•非•遲飛•思癡
231	依°啼°飢°時歸•棲°
205	歸•垂•悲•啼°眉•持帷•其°
185	伊°提°垂•歸•宜°妻°遲知
160	矣°水•水•砥美•倚°倚°己°
支微齊合韻譜（3）（4）（5）	
無	
支微合韻譜（3）（4）	
355	矣•起•洗•已•鄙•米•里•費幾•醉蔽味
325	起•洗•里•夊背繫•地•被
304	意•底•味矣•會退美瑞
292	稀•齊•頤•飛鸝•歸宜•隨
282	衣•窺蕤幃輝堆肌•回
265	地•婿•醉異•易•氣•謎•味
230	機•鸝•陪歸揮題•
220	啼•離•肌•爲衣•帷凄•題•
217	媚尉未起•理•里•
199	…啼•歸…
179	帷菲眉啼•誰
166	地•沸醉瑞…
163	水底•底•洗•累計•計•際•
162	水起•起•吹瑞喜•喜•蕊
159	矣•起•起•底•幾•喜•喜•悔
158	未醉醉意•被例•例•麗•
82	里•水…
68	膩•翠避婿•
51	微歸泥•其•
14	泥•飛隨
微齊合韻譜（4）（5）	

由合韻譜可以看出，支齊合韻中，齊韻字「疑」與「時、遲、思、絲、知、癡」等支韻字相押，齊韻字「際」與支韻字「寺」相押，齊韻字「飴、宜、醯、離」亦與「知、滋、支、時」等支韻字相押。至於微齊合韻中，齊韻字「泥、其、稀、齊、彝、鸝、宜」等字與微韻字「飛、隨、微、歸」相押，齊韻字「意、例、麗、矣、起、幾、喜、底、洗、計、際」與微韻字「未、醉、被、悔、水、吹、瑞、蕊、累」等字相押，齊韻字「里、理、起」與微韻字「水、媚、尉、未」等字相押……等，諸多例證以系聯連之，亦可得如支齊合韻之結果。

〔註 34〕合韻譜下所列「括號數字」表本文爲利敘述所編制之號碼，同各韻部前之括號數字；韻字上阿拉伯數字表本文爲利敘述與統計所編制之號碼，同本文〈李漁詞作韻字及歸部一覽表〉中爲李詞之編號；韻字旁未加任何記號者，表該字隸該合韻譜首韻，如支微齊之「支」；韻字旁加「・」者，表該字隸該合韻譜次韻，如支微齊之「微」；韻字旁加「。」者，表該字隸該合韻譜第三韻，如支微齊之「齊」。下同不贅。

李漁詞作中不見支微合韻者，然通過系聯，可摘出如齊韻「際、宜」二字同時出現於支齊合韻及微齊合韻中。「際」一方面於〈點絳唇一派秋山〉中與支韻字「寺」合用，另方面於〈憶秦娥秦淮水〉中與微韻字「水、累」合用；「宜」一方面於〈滿庭芳一種相思〉中與支韻字「知、滋、支、時」合用，另方面於〈風入松漫言七十古來稀〉中與「飛、歸、隨」等支韻字合用。由此可見，支、微、齊三韻乃可系聯爲同用也。再者，李漁詞作中亦見有支微齊合韻者，如〈憶秦娥春歸矣〉中，以支韻「砥」字、微韻「水、美」等字與齊韻「矣、倚、己」等字相押；〈三字令臨別話〉中，以支韻「遲、知」二字、微韻「垂、歸」二字與齊韻「伊、提、宜、妻」四字相押；〈浪淘沙盼得遠人歸〉中，以支韻「持」字、微韻「歸、垂、悲、眉、帷」五字與齊韻「啼、其」二字相押；〈臨江仙小閣疏簾花睡醒〉中，以支韻「時」字、微韻「歸」字與齊韻「依、啼、饑、棲」四字相押；〈滿庭芳他覓他魂〉中，以支韻「遲、思、癡」三字、微韻「隨、歸、非、飛」四字與齊韻「迷」字相押；〈花心動此曲只應天上有〉中，以支韻「世」字、微韻「醉、沸、淚」三字與齊韻「意、底、戲、已、氣」五字相押。由此六闋詞作得見支、微、齊三韻相協同用，亦輔證系聯支齊合韻與支微合韻所得之結果是也。

至於詞作中微皆合韻的狀況，則可由〈女冠子夜深獨嘯〉中，以微韻「來、開、財」等字與皆韻字「杯」相押；〈浪淘沙天遣白衣來〉中，以微韻「來、排、開、諧、哉、裁」六字與皆韻「杯、回」兩字相押。以下茲以表列呈現：

表 4-2　灰咍皆通押韻字

來	開	財	排	諧	哉	裁	杯	回
咍	咍	咍	皆	皆	咍	咍	灰	灰
（8）皆解戒							（4）圍委未	

此處例證數量不足，難以說明是否在李漁時代此二韻聲已相同，然舉平賅上去入，細究（4）與（8）平聲正格中灰韻字與咍韻字的比例，則可得（4）之百四十三韻字中，灰韻有四十一字；（8）之七十六韻字中，咍韻有三十六字。這些韻字中，除介音有無的差別外，尚可發現灰韻包含了咍韻沒有的唇音字，如「杯、陪、培、裴、媒、煤、梅、枚、禖、醅、坯、胚」等十二個唇音字。潘悟云先生〈漢越語和《切韻》唇音字〉一文云：「我們設想，哈灰分韻的時

候，先是灰韻非唇音字分離爲獨立的韻類，接著唇音中的一部分字跟著跑到灰韻中去，最後連剩下的那部分唇音字也跑過去了。」〔註35〕由此可見灰咍二韻顯然除了介音差別外，尚存在唇音字的差異，二者不相雜廁，畛域分明。

與李漁同時代且爲「西泠十子」的沈謙著有《詞韻略》一書，乃清代詞韻書之祖，影響後世詞韻書編輯甚鉅。沈書將詞韻分爲十九部，其中第三部「支紙韻」包括了詩韻系統中的支、微、齊、灰等韻；第五部「街蟹韻〔註36〕」包括了詩韻系統中的佳、灰等韻。詩韻系統中，灰韻包括灰、咍二韻，佳韻囊括皆、佳二韻，乃眾所周知。毛先舒雙行小注云：「支紙韻……十灰半如回梅催杯之類……街蟹韻……十灰半如開才來猜之類。」「支紙韻」中的灰韻指《廣韻》灰韻，「街蟹韻」中的灰韻指《廣韻》咍韻，顯見沈謙同樣將二者一分爲二。自《切韻》以降，至《廣韻》、《集韻》一類《切韻》系韻書，皆作灰咍分韻的設計。然而，詞韻書畢竟與韻書不同，在不必考慮介音的情況下，當是沒有必要作如此細緻的區分。

（四）魚、夫二類

（6）魚雨御：包括《廣韻》韻目魚〔-i̯o〕、虞〔-i̯u〕、尤〔-i̯ou〕、銜〔-am〕、燭〔-i̯uk〕

（7）夫甫父：包括《廣韻》韻目魚〔–i̯o〕、虞〔–i̯u〕、模〔–u〕、尤〔–i̯ou〕、侯〔–ou〕、麻〔–a〕、鐸〔–ɑk〕

（6）（7）二部皆屬魚虞模韻，在（6）中，不見模韻字。以平聲正格而言，魚虞二韻占大部分，百二十一韻字中僅一例尤韻字「騶」及一例銜韻字「芟」；去聲正格中，僅一例燭韻字「欲」，比例差距甚大。而（7）中百一十七韻字則爲虞模二韻的天下，平聲正格中出現九例魚韻字「初」、「梳」、「蔬」、「疏」、「踈」、「樗」、「攄」、「鋤」與「鉏」，二例尤韻字「浮」與「蜉」，及

〔註35〕潘悟云、朱曉農：〈漢越語和《切韻》純音字〉，《中華文史論叢》（上海：上海古籍出版社，1982）頁323～356。

〔註36〕沈謙《詞韻略》版本有異。今人郭娟玉先生碩士論文《沈謙詞學與其《沈氏詞韻》研究》考究沈書版本有七，其中之一清毛先舒《韻學通指》版本爲「街蟹韻」，毛版沈謙雙行小注云：「街屬九佳，因佳字入麻，故用街字作領韻，而括略仍稱九佳半者，本其舊也。」因此本文從毛版《詞韻略》書爲「街蟹韻」。

一例麻韻字「拏」；上聲正格中出現十六例魚韻字，一例尤韻字「缶」，七例侯韻字「瓿」、「母」、「姆」、「拇」、「畝」、「牡」及「某」；去聲正格中出現十九例魚韻字，七例尤韻字「富」、「仆」、「負」、「阜」、「婦」、「副」及「覆」，二例侯韻字「瞀」及「戊」，一例鐸韻字「堊」。雖有他韻韻字介入，然無礙大多數的魚虞模三韻韻字，因此大致形成（6）爲魚虞韻，而（7）爲模韻的現象。韻字分布及比例如下所示：

表 4-3　魚夫韻字分布比例

	平聲			上聲			去聲		
	韻目	出現字數／總數	百分比	韻目	出現字數／總數	百分比	韻目	出現字數／總數	百分比
（6）魚雨御	魚	56/121	46%	魚	25/40	63%	魚	29/49	59%
	虞	63/121	52%				虞	19/49	39%
	尤	1/121	1%	虞	15/40	37%	燭	1/49	2%
	銜	1/121	1%						
（7）夫甫父	魚	9/117	8%	魚	16/92	17%	魚	19/133	14%
	虞	26/117	22%	虞	21/92	23%	虞	32/133	24%
	模	79/117	68%	模	47/92	51%	模	72/133	54%
	尤	2/117	1%	尤	1/92	1%	尤	7/133	5%
	麻	1/117	1%	侯	7/92	8%	侯	2/133	2%
							鐸	1/133	1%

魚模分韻係自《切韻》即存在的現象，由《切韻》、《廣韻》及《集韻》皆作如是分部；至《洪武正韻》（1375）也將魚模分而爲二；而《洪武正韻》這項舉措，於蘭茂《韻略易通》（1442）中完全繼承，將魚模分爲「居魚」及「呼模」二韻；隨後，時至與李漁同時代的畢拱辰《韻略匯通》（1642）及陳藎謨《皇極圖韻》（1632）中所錄之〈四聲經緯圖〉中對魚模的處置亦然，前者與蘭書同，後者則將魚模分爲「魚燭」與「模屋」二部。反觀詞韻書，沈謙《詞韻略》中將魚模合爲「魚語御」一部，後戈載《詞林正韻》承自沈書，故其第四部魚虞模三韻通用自不待言。《笠翁詞韻》本著詞韻書的立場，將則魚模分部的原則，或可由虞韻字配入魚模二韻的情況一窺堂奧。

由上表可知，虞韻在魚韻與模韻中，均占有大量比例。在（7）平聲正格中有二十六例虞韻字，除「雛」字外，餘皆爲唇音字；上聲正格中有二十一例，除「乳」、「數」、「主」、「拄」及「麈」六字外，餘皆爲唇音字；去聲正格中有三十二例，除「孺」、「乳」、「戍」、「樹」、「豎」、「住」、「注」、「柱」、「註」、「拄」、「駐」、「蛀」、「澍」、「鑄」、「㽙」與「數」十六字外，餘皆爲唇音字。相較於（7）收有虞韻唇音字，（6）則完全不見虞韻唇音字蹤跡，形成（6）（7）最大的差異即在虞韻唇音字的有無。再者，虞韻本身爲三等韻，加以合口性質則由重唇音轉爲輕唇音，而這些唇音字全納入（7）中；換言之，（7）之虞韻唇音字全爲輕唇音是也。其次，除上述虞韻唇音字規則外，尚可發現入（7）之魚虞韻字多爲舌音知系字及齒音二等莊系字及三等照系字，僅五例舌齒音日母字。五例日母字中，重出「乳」字，分上去二聲，故實際上僅「汝、乳、孺、茹」四字。上古音系中，舌音與齒音間關係密近，早有定論，加以發音部位相近，故發音時得其音近之聲實屬自然，《韻鏡》中將日來二母所置之「齒音舌」一詞，即爲該語音現象之明證。如此，則（7）中不僅入虞韻唇音字，尚入魚虞二韻之舌音知系字、齒音二等莊系字及三等照系字。

至於非魚虞模三韻的其他韻字混入（6）（7）之中的情形，如上表所示，則共有六韻二十四字，其中最爲人所注意者乃流攝字的雜入，此容後與（16）尤侯幽等流攝字並陳。此外，尚有入聲字雜入，乃燭韻「欲」及鐸韻「堊」二字，前者擬音爲〔-i̯uk〕，後者擬音爲〔-ɑk〕，同樣收舌根塞音〔-k〕，既納入魚模韻，表示其塞音韻尾已然弱化爲喉塞音〔-ʔ〕，甚至消失。若塞音韻尾消失，則前者讀如〔-i̯u〕，與虞韻同；後者在《笠翁詞韻》中與「惡」爲同小韻「誤」字之同音字，雖不見李漁對字義的解釋，然仍可知該「惡」爲「厭惡」之「惡」，非與「堊」同在鐸韻之「不善」之「惡」，如此則「堊」已衍出同「誤」之音，當擬爲〔-u〕是也。而唯一一例的銜韻字「芟」，擬爲〔-am〕，收於小韻字「如」之下，同小韻字有「茹」、「儒」、「襦」、「繻」、「嚅」、「濡」、「薷」、「殊」、「銖」、「除」、「蜍」、「廚」、「躕」、「躇」等，其中一半爲虞韻字，餘爲模韻字。由語音現象無法推知其與虞模韻之間的關係，然由「芟」、「殳」二字之形體類近，因此筆者認爲傳抄之誤的可能性大增，致「殳」爲「芟」；除字體形近之由外，尚可從《笠翁詞韻》（18）甘感紺收有「芟」字，及李漁《笠翁詩韻·上平聲·七虞》下收「殳」字，《笠翁詩韻·下平聲·十五咸》收「芟」字爲二例旁徵〔註37〕，可補證上述說法，故筆者推斷「芟」

〔註37〕李漁：《笠翁詩韻》（杭州：浙江古籍出版社，1992）頁232、頁280。

當爲「殳」，入（6）魚雨御部。

李漁詞作中，（6）獨用者凡十三闋，（7）獨用者凡二十三闋，（6）（7）合用者凡七闋，合韻譜如下所示：

表 4-4　魚模合韻譜

魚模合韻譜（(6)(7)）

92 語句雨住•故•土•數•

109 具聚樹•去

120 ：去住•：•

273 阻•虎•沮腐•鼠•斧•鼓•苦•舞•譜•

302 廬•居予娛俱噓

348 樹•處據句絮聚住•雨具

350 句緒羽住•趣•懼•遇絮樹•負•路•

李漁將（6）（7）二部數韻字相押在一詞之內，由系聯來看，顯然可將此二部合而爲一。縱然李漁對虞韻字的分配有其獨到之處，對魚模二韻的分立有其特別見解，然分而爲二並無法完全落實於詞作用韻之中，對詞作亦無起太大作用。前代韻書將魚模分而爲二，乃根據魚韻獨用、虞模合用之道，是爲溝通南北是非、古今通塞而設。今以李漁將魚模相叶，可推論者除二者於詞作押韻不論開合外，於當時語音而言，二者讀音恐已相近，甚而相同。

由李漁詬病「音連」之詞韻觀看來，顯然認爲（3）（4）（5）（8）四部及（6）（7）二部，部部之間彼此分立，互不相涉，卻又見李漁於（3）下書「此與規軌貴奇起氣原屬一韻，分合由人」、於（4）下書「此與支紙寘奇起氣原屬一韻，分合由人」、於（5）下書「此與支紙寘闈委未原屬一韻，分合由人」、（8）下不見記載；亦於（6）下書「此與夫甫父原屬一韻，分合由人」、於（7）下書「此與魚雨御原屬一韻，分合由人」。如是觀之，李漁豈非自相矛盾？倘若這些韻部皆「原屬一韻」，又何以分部？倘若李漁分部有其原因，又何以在分部之下書明「分合由人」？

（五）真、寒二類

（9）眞軫震：包括《廣韻》韻目眞〔-i̯en〕、諄〔-i̯uen〕、臻〔-en〕、文〔-i̯uən〕、欣〔-i̯ən〕、魂〔-uən〕、痕〔-ən〕、寒〔-ɑn〕、仙〔-i̯ɛn〕、蒸〔-i̯əŋ〕、登〔-əŋ〕、侵〔-i̯əm〕

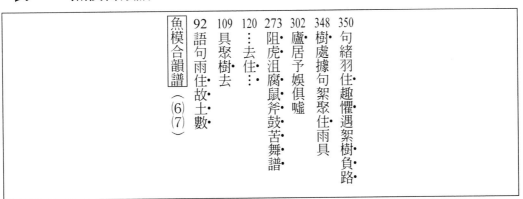

（10）寒罕旱：包括《廣韻》韻目元〔-i̯uɐn〕、寒〔-ɑn〕、桓〔-uɑn〕、刪〔-an〕、山〔-ɐn〕、先〔-ien〕、仙〔-i̯ɛn〕、侯〔-ou〕、凡〔-i̯uɐm〕、談〔-ɑm〕、鹽〔-i̯ɛm〕

上列三種組合係詞作押韻時經常叶韻者，向來無所爭議。彼此間主要元音發音部位相近、又開合不致影響押韻，故各家詞韻分部皆作如是安排。

董同龢先生於《漢語音韻學》中認爲：「早期韻圖痕魂欣文是一個系統，臻眞諄是一個系統，所以我們以爲前者同主要元音，後者另有一個主要元音。」〔註 38〕李師添富歸納晚唐律體詩用韻通轉之現象，則以爲：「元魂痕三韻之主要元音本同爲-ɐ-，分別爲痕-ɐn、魂-uɐn 與元-iɐn、-iuɐn，故韻書以其主要元音、韻尾相同而併爲元韻；後來魂痕因受韻尾-n 影響高化爲-uən 及-ən，故常與眞文通叶；元韻則受-i-影響元音前移爲-a-，是以常與寒刪先叶，故晚唐五代韻圖魂痕入臻攝，元入山攝。」〔註 39〕到了宋詞用韻，元韻入寒先，魂痕入眞文，因此不論李漁《笠翁詞韻》、戈載《詞林正韻》抑或魯師國堯分析比較宋詞用韻而得出之結果，皆如（9）（10）所示。

可注意者，（9）平聲正格中「餐」、「飡」二字寒韻入魂，（9）上聲正格中「肯」字登韻入痕，「品」字侵韻入眞，（9）去聲正格中「孕」字蒸韻入眞，「噀」字仙韻入諄，「亘」字登韻入痕；（10）平聲正格中「凡」「帆」二字凡韻入元，「坍」字談韻入寒，（10）上聲正格中「鯫」字侯韻入仙，「貶」字鹽韻入先，（10）去聲正格中「泛」、「范」、「範」、「犯」四字凡韻入元，「梵」字凡韻獨立。上述諸例皆因方言影響，致異韻混同相叶。無獨有偶，在《中原音韻》中，亦可找到相同痕跡，除「亘」、「鯫」位於本韻，而無見「坍」、「梵」二字外，其餘諸字所入之位皆與李書相同。

曾攝字入眞文韻是（9）中較顯明之處，共有三字，其中登韻「肯」、「亘」二字入痕韻，蒸韻「孕」字入眞韻。登韻二字擬爲〔-əŋ〕，與痕韻〔-ən〕相較，僅舌根鼻音與舌尖鼻音之差異；「孕」字擬爲〔-i̯əŋ〕，與眞韻〔-i̯en〕相較，則除了鼻音韻尾的差異外，主要元音亦不相同。就「肯」、「亘」二字而言，

〔註 38〕董同龢：《漢語音韻學》（台北：文史哲出版社，1998）頁 170。

〔註 39〕李師添富：《晚唐律體詩用韻通轉之研究》（台北：文史哲出版社，1996）頁 105～106。

因央中元音〔-ə-〕的關係，使舌位往前，因此舌根鼻音〔-ŋ〕前化爲舌尖鼻音〔-n〕，因此李漁將該二字入眞文韻，並置於痕韻字下。就「孕」字而言，〔-i̯-〕爲輔音性〔-i-〕介音，不影響發音，是以央中元音〔-ə-〕被前高元音〔-i-〕前化、高化，而與〔-i̯en〕發音近同，故李漁納「孕」字於眞文韻，並置於眞韻字下。

此外，「餐」字互見於（9）（10）之中，在（9）中附於小韻字「孫」下，有同小韻「蓀」、「猻」二字；於（10）中則自爲小韻字而獨立，下無同小韻字。李漁詞作中，韻字用「餐」僅見一例，出現於〈送入我門來不有三農〉一詞，與「源、錢、泉、捐、邊」等五字相押，顯見該詞主押（10）韻。由詞作押韻現象無法得知其與（9）之間的關係，是否爲方言影響，則可見於顧黔先生《通泰方言音韻研究》。顧書羅列諸字，以攝爲別，其中「餐」字出現於山攝開口一等中，如皋音擬爲〔tsʻɛ̃〕〔註 40〕。〔-ɛ̃-〕顯然是鼻化元音結構，John Ohala 研究指出元音在鼻化時，其音質也會產生變話，舌位有降低的趨勢。〔註 41〕據其說法，筆者以爲〔-ɛ̃-〕極有可能爲〔-en-〕鼻化而來，「餐」字在語感中則當擬爲〔tsʻen〕，致使李漁將其亦歸於眞韻，如此將可得到解釋。其次，「品」字於李漁詞作中見於〈如夢令園圃不須力墾〉一詞，與「墾、菌、隱、穩」等五字相押〔註 42〕，顯然主押（9）韻。「品」原爲侵韻，擬爲〔-iəm〕，與眞韻〔-ien〕最大的不同在於鼻音韻尾的差異。前者爲雙唇鼻音，後者爲舌尖鼻音，由李漁詞作押韻現象及編纂韻書列韻現象，可推論央元音〔-ə-〕因前高元音〔-i-〕的關係，高化爲前半高元音〔-e-〕，而雙唇鼻音〔-m〕則演變爲舌尖鼻音〔-n〕，鼻音韻尾演化現象於諸多方言點皆可發現。周美慧先生於第十七屆東方語文暨語言學研討會會中論文指出，鼻音韻尾的演化過程，大致朝簡單化、刪除性及元音化的方向進行，並圖示呈現鼻音韻尾由雙唇鼻音〔-m〕演爲舌尖鼻音〔-n〕，再演爲舌根鼻音〔-ŋ〕的歷程。而由隋唐五代的詩作、宋代詞作及元明曲作中，亦可見其混用軌跡。李師添富於《晚唐律體詩用韻通轉之研究》

〔註 40〕顧黔：《通泰方言音韻研究》（南京：南京大學出版社，2001）頁 280。

〔註 41〕John Ohala: "The phonetics of sound change" *Historical Linguistics: Problems and Perspectives.*（London：Longman，1993）p243.

〔註 42〕韻字「隱」重出，故雖爲五字，實爲四字。

探討眞侵合韻的現象出自方言關係〔註 43〕，金周生先生於〈元代散曲m n韻尾字通押現象之探討〉則處理了曲作中雙唇鼻音及舌尖鼻音相叶的狀況絕非由單一方言產生，而是各方言的趨勢〔註 44〕。在在研究顯示出「品」字入眞一爲語音同化作用，二爲音變趨勢的影響。同樣的情況，出現在（10）中咸攝字的雜入，其中以凡韻爲最，「凡」、「帆」、「泛」、「范」、「範」、「犯」六字皆入元韻，「梵」字獨立爲小韻字；談韻「坍」一字，入寒韻；鹽韻「貶」一字，入先韻。凡韻如侵韻，其韻尾收雙唇鼻音〔-m〕，擬爲〔-i̯uɐm〕，與元韻〔-i̯uɐn〕僅具有韻尾差別。然李漁詞作中，除兩次以「帆」爲韻字外，其他咸攝字未用於詞作中，分別見於〈浣溪紗倦起婆娑事未諳〉及〈春風裊娜怪虎頭一幅〉。前者與「諳」、「憨」、「堪」、「南」等四字相押，後者與「南」、「函」、藍」、「酣」、「談」、「添」、「尖」、「堪」、「廉」等九字相押，無論何闋詞作，皆是與咸攝字相叶，不與山攝字同用，無疑代表李漁雖在編纂韻書時，將「帆」字入寒山韻，然實際語音操作時，該字仍收雙唇鼻音，並與咸攝字並用。談韻擬爲〔-ɑm〕，與寒韻〔-ɑn〕相較，亦是由雙唇鼻音演化爲舌尖鼻音，混入寒山韻；鹽韻擬爲〔-i̯ɛm〕，與先韻〔-ien〕相較，除同諸例之鼻音演化外，其主要元音發音部位相近，前者主要元音爲前半低元音〔-ɛ-〕，受前高元音〔-i̯-〕的影響，高化而與先韻發音相同，因此李漁將其歸入寒山，置於先韻字下。同爲元音差異的尚有「噀」字，然該字不僅有語音上的差別，尚存字形上的差異。「噀」見於《集韻》仙韻去聲，李漁於《笠翁詞韻》「噀」字下釋其義爲「噴也」，與《集韻》同；於《廣韻》仙韻去聲則得「潠」，其義爲「口含水濆」，與該字義皆近同，足見「噀」與「潠」實爲一字二體，屬仙韻去聲。「噀」擬爲〔-i̯uɛn〕，與諄〔-i̯uen〕相較，二者僅主要元音的差別。前者爲半低前元音，後者爲半高前元音，些微的差異使李漁將「噀」字納入眞文韻，並置於諄韻字下。

綜上所述，雖舌根鼻音〔-ŋ〕、舌尖鼻音〔-n〕與雙唇鼻音〔-m〕在韻書中有混同現象，然於李漁詞作中，不見臻山二攝通押者，筆者以爲此二攝於李

〔註 43〕李師添富：《晚唐律體詩用韻通轉之研究》（台北：文史哲出版社，1996）頁 104～105。

〔註 44〕金周生：〈元代散曲ㄇ□韻尾字通押現象之探討〉，《輔仁學誌》（台北：輔仁大學，1990）頁 217～224。

漁塡詞用韻時，其語音狀況仍明析可判，故雖有「餐」字入眞文，然亦見於寒山，故塡詞時與寒山相押，不礙其理也。

（六）蕭　類

（11）簫小笑：包括《廣韻》韻目蕭〔-i□u〕、宵〔-i□□u〕、肴〔-□u〕、豪〔-□u〕、侯〔-○u〕

蕭宵肴豪在韻圖中呈現一完整的四等分布，在唐詩或宋詞用韻中，多四者彼此通叶，不與他韻相雜廁。言「多」不言「都」，乃仍可於宋代詞作中發現與他韻相叶之數例。據魯師國堯研究，與歌戈叶者，通常出現在福建詞人之作，如黃裳〈蝶戀花水鑒中看猶未老〉即使用了「老、過、個、到、坐、倒、早、道」等韻字；與尤侯叶者，在福建與江西詞人之作中是較爲普遍的現象，如張元幹〈鵲橋仙靚妝豔態〉使用了「笑、調、瘦、峭、草」等韻字。〔註 45〕由此可見，蕭韻若與他韻合用，常是因方音所致。李漁詞韻仍保持了純粹的效攝獨用系統，此點可自四十一闋以效攝爲韻字的李詞中，全然不與他韻相雜廁一況得見。然而，在《笠翁詞韻》中，可於上聲正格得「剖」字、去聲正格得「茂」字，二字皆爲流攝字，前者爲侯韻上聲，後者爲侯韻去聲字。「剖」字於《笠翁詞韻》獨立爲小韻字，其下無同小韻字；「茂」字附於小韻字「貌」下，同小韻字有「冒」、「帽」、「娼」、「耄」、「旄」、「旄」等六字，除小韻字「貌」爲肴韻外，餘同小韻字皆爲豪韻，可見「貌」在當時已漸與冒、帽等豪韻字讀音近同，今在北京音系中更是無法區別。侯韻與肴豪二韻的差別僅在主要元音，然而三韻之主要元音皆是後元音，其間差異縮小到舌位高低上，由高至低分別爲侯韻〔-ou〕、肴韻〔-ɔu〕及豪韻〔-ɑu〕，尤其侯肴二韻，音位相同，音値上僅半高與次高之別，讀音趨同致使李漁將「剖」、「茂」二字歸入效攝。

（七）哥、家、嗟三類

（12）哥果箇：包括《廣韻》韻目歌〔-ɑ〕、戈〔-uɑ〕

（13）家假駕：包括《廣韻》韻目佳〔-æi〕、〔-uæi〕、麻〔-a〕、

〔註 45〕魯國堯：〈論宋詞韻及其與金元詞韻的比較〉，《魯國堯語言學論文集》（南京：江蘇教育出版社，2003）頁 396。

〔-ia〕、〔-ua〕、歌〔-ɑ〕、模〔-u〕；去聲夬〔-uai〕

（14）嗟姐借：包括《廣韻》韻目麻〔-a〕、〔-ia〕、戈〔-i̯ɑ〕

上列三種組合大致可分爲歌韻系與麻韻系字，亦皆陰聲韻部。

果攝在《笠翁詞韻》中相當單純，歌戈二韻互爲開合，相爲補充，成爲一個獨立且完整的韻部。可注意者，在（12）中尚見「睃」字，該字於《集韻》中可得二音，一爲仙韻平聲，義爲「闕人名漢有魯文王睃」；一爲諄韻去聲，義爲「視也」。無論何義，皆未見入於李漁所編之果攝內。按以「夋」爲諧聲偏旁之字，如上文所言之「睃」，今多分而爲二，一者如「俊」、「峻」、「畯」、「駿」等諄韻字，一者如「梭」、「唆」、「睃」等戈韻字，前者全爲精系三等字，後者則爲心母一等字。精系字遇細音成份，則將顎化，已爲定論。今以上諸字雖同以「夋」爲聲符，然僅前者顎化，後者維持原樣。蓋《廣韻》及《集韻》等韻書中，將諸字畫分二部，當以顎化與否而分別；今《笠翁詞韻》亦將「睃」入同「梭」、「唆」音，置於小韻字「蓑」以下，則該字於當時當地尚未顎化，因此讀如〔sɤɯ〕音。

一般而言，麻韻並不分立，然自（13）（14）之整理結果看來，其差別在於後者不包括麻韻合口字，如此一來則不免使人疑惑。如上文所述，既然（1）（2）不因開合而分立二部，何以灰韻系與微韻系，及（13）（14）之麻韻字的處理皆以開合爲分立原則？且不如前文所述書明「此與嗟姐借（家假駕）原屬一韻，分合由人」。再者，以（14）平聲正格爲例，李漁所收十九字中，有十三字重複出現在（13）中，換言之，（14）中僅「爹」、「耶」、「琊」、「鎁」、「伽」、「茄」六字與（13）不同；（14）上聲正格十七字中，僅「扯」、「舍」、「喏」、「若」、「撦」五字與（13）不同；（14）去聲正格十七字中，僅「社」、「射〔註 46〕」二字與（13）不同。如此高的重韻之例，豈不牴觸李漁本身所忌諱的「音連」之病。李漁詞作中，（12）獨用者凡十八闋，（13）獨用者凡十九闋，（14）獨用者無；（12）（13）合用者凡二闋，（13）（14）合用者亦二闋，（12）（14）合用者無，亦不見（12）（13）（14）三部合用者。其合韻狀況如下所示：

〔註 46〕此「射」乃爲官名「僕射」之「射」，「射箭」之「射」則於（13）（14）中重出。

表 4-5　歌麻合韻譜

267 路數露度顧誤渡唾•
模歌合韻譜（(7)(12)）

297 家耶•喳花麻蝦涯誇
280 乍謝射話掛舍•借下
家嗟合韻譜（(13)(14)）

117 ⋮他差•⋮
35 蛙•花•茶•他家•
歌麻合韻譜（(12)(13)）

由（14）不見獨用之例可以同步印證（13）與（14）韻字重出比例之高，若韻字可在（13）中尋及，就沒有必要再翻檢（14），如此一來，（14）之設從何而來？蓋（13）平聲正格中「蛙」、「洼」、「撾」、「髽」、「誇」、「花」、「瓜」、「華」等十九例合口字無見於（14），上聲正格中三例合口字、去聲正格中十一例合口字亦然，而（14）中如「者」、「惹」、「野」等字皆有細音，顯見李漁分韻標準在於洪細，凡細音歸屬（14），開口洪音及合口字則隸屬（13）。由上列合韻譜可看出，在〈離亭宴愧我游春非乍〉及〈一叢花絕無人處有人家〉均使用了（14）韻字，前者使用「舍」字，後者則使用「耶」字與（13）相叶，除此之外，詞作中不見其他（14）與（13）間相異的韻字。「舍」、「耶」二字本屬家麻韻，與本韻韻字相押理所當然，然若如李漁將其格出，另成一部，則在押韻過程中又被視為異部通叶，實不必如此。愚以為就《笠翁詞韻》所歸攝之韻字，及李漁詞作中所呈現之押韻情況，（14）併入（13）乃勢所必至，無可厚非。

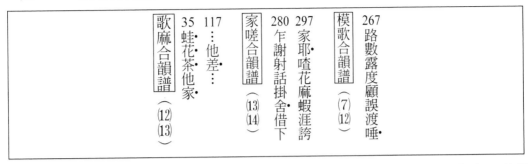

除了韻字重出問題外，家麻韻中尚存有他韻雜入之況，韻字分布如下所示：

表 4-6　家嗟韻字分部比例

	平聲			上聲			去聲		
	韻目	出現字數/總數	主韻以外韻字	韻目	出現字數/總數	主韻以外韻字	韻目	出現字數/總數	主韻以外韻字
（13）家假駕	麻	82/85	（主韻略）	麻	31/33	（主韻略）	麻	57/65	（主韻略）
	佳	3/85	佳娃涯	歌	1/33	那	佳	5/65	畫卦掛罣註
				模	1/33	媽	夬	1/65	話
							歌	2/65	那大
（14）嗟姐借	麻	16/19	（主韻略）	麻	17/17	（主韻略）	麻	17/17	（主韻略）
	戈	3/19	迦伽茄						

其中，「那」字不僅出現在家麻韻中，亦收錄於歌戈韻裡，李漁詞僅〈如夢

令食我胡麻千顆〉一闋使用該字，而正與「顆」、「朵」、「躲」、「鎖」等果攝字相押，然此爲孤證，實難代表該字即與果攝同用爲多。中古時期，果假二攝本皆屬於〔-a-〕類元音，然中古後期，因某些方言的演變，造成〔-a-〕元音向後轉爲〔-ɑ-〕元音；當舌位上升時，因高化又成爲〔-o-〕類元音。然而，竺家寧先生亦言道：「可是在宋代的另外一些較保守的地區，果、假攝的字仍讀〔a〕類元音。」〔註 47〕由《笠翁詞韻》中將「那」字錄於果假二攝的情況可知當時當地已將「那」字分化爲〔-a-〕類與〔-o-〕類元音是也。另一歌韻之「大」字，則不見於歌戈韻中，僅見於家麻韻，可知「大」字與「那」字不同，完全讀爲〔-o-〕類元音。除此之外，韻書記歌韻有開口一等字，戈韻則存合口一等及開口三等字，然而，在歌戈韻中僅見戈韻合口一等字，無見開口三等，其因在於如「迦」、「茄」、「伽」等戈韻開口三等字已提入家麻韻，並以「迦」爲小韻字，「伽」、「茄」爲同小韻字。

其次，著眼於模韻「媽」字。該字於《廣韻》中爲莫補切，是爲模韻上聲，此處將其入爲家麻韻，附於小韻字「馬」之下，顯見兩者發音已近同，以〔-ɑ〕爲主要元音。「媽」字在模韻同「姥」，然在《笠翁詞韻》讀如「馬」，據鄭張尚芳先生的解釋，「母」字上古音讀之一爲魚部的〔*ma〕，魏張揖將其書爲「媽」，故入模韻〔註 48〕；再者，上古魚部字中古多分布於魚虞模麻諸韻中，因此在《廣韻》與《集韻》等韻書中雖將「媽」收於模韻，然與麻韻「馬」等字之間的關係早不言而喻。此外，李漁詞〈青玉案橫雲隔斷歸來路〉中將戈韻「唾」字與模韻「路」、「數」、「露」、「度」、「顧」、「誤」、「渡」等韻字相押，又可見果攝與魚模的關係。由以上二例可見上古魚部於中古分入魚虞模麻韻的遺跡，亦可見歌麻與魚模間的證據。

麻韻不分立，卻除了麻韻字外，尚包括佳韻「佳」、「娃」、「涯」、「畫」、「卦」、「掛」、「罣」、「詿」及去聲夬韻「話」等韻字，此乃宋詞用韻之例。佳韻擬音爲開口〔-æi〕及合口〔-uæi〕，與家麻韻相較，其韻尾顯然已經丟失，而主要元音〔-æ-〕與家麻韻主要元音〔-a-〕同爲前元音，又僅是次低與最低的差別，發音時因舌位上升，聽聞之間，幾近相似，甚而相同，故將其

〔註 47〕竺家寧：《聲韻學》（台北：五南圖書出版公司，1992）頁 379。

〔註 48〕鄭張尚芳：〈漢語方言異常音讀的分層及滯古層次分析〉，《第三屆國際漢學會議論文集語言組》（台北：中央研究院中國文哲研究所，2002）頁 121。

置入家麻韻中。夬韻擬音為〔-uai〕，與家麻韻相較，則比佳韻更為接近家麻讀音，其韻尾同樣丟失，而失去了韻尾的夬韻字，與麻韻合口字幾無二致。

（八）經　類

（15）經景敬：包括《廣韻》韻目庚〔-aŋ〕、〔-i̯aŋ〕、〔-i̯uaŋ〕、耕〔-æŋ〕、〔-uæŋ〕、清〔-i̯ɛŋ〕、〔-i̯uɛŋ〕、青〔-ieŋ〕、〔-iueŋ〕、蒸〔-i̯əŋ〕、登〔-əŋ〕、侵〔-i̯əm〕

「庚耕清青」與「蒸登」之間的關係，在先秦至隋唐這一階段稍遠，如《韻鏡》排列方式，即是將「蒸登」放置最末。直至宋詞用韻，始常見通叶。董同龢認為：「梗攝字的元音，現在方言中不外 ə，e，i，a 的系統，值得注意的是在吳語、客家、閩語、粵語與若干官話方言，有些字是 ə（或 e，ei，i）與 a 兩讀。前者與下述曾攝字甚或前述臻攝字混，多為讀書音，後者或與宕攝字混或獨成一韻，多為口語所用，由此可知，他們應當是從一個近於〔a〕類而容易變 ə、e 或 i 的元音來的。」〔註 49〕李師添富亦從庚青蒸三韻在徐鉉和方泰州詩中同首互叶的現象，謂三韻合流〔註 50〕。由此可見，最早自晚唐始，便有合用現象產生，此處李漁身為吳地人，並作如是處理，係根據沿襲前代語音現象之宋詞用韻所作之判斷。

可注意者，李漁所選韻字中，摻入一個侵韻「稟」字，並附於小韻字「丙」之下，同小韻字有「炳」、「秉」、「屛」、「餅」四字。該字亦出現於（17）深韻上聲正格中，顯示該字已分化出二音，一者維持自古以來收雙唇鼻音〔-m〕韻尾，一者則由雙唇韻尾演化為舌根鼻音〔-ŋ〕，故李漁為忠於當代語音現象，做如是措置。同樣的例字亦出現在「孕」字互見於眞文韻與庚青韻中，前文已明。此等現象落實於李漁詞作中，則雖不見以「稟」及「孕」為韻字者，然卻有（9）眞文韻與（15）庚青韻的合用現象。其中，（9）獨用者凡二十九闋，（15）獨用者凡三十闋，二部合用者凡四闋，合韻譜如下所示：

〔註 49〕董同龢：《漢語音韻學》（台北：文史哲出版社，1998）頁 176。

〔註 50〕李師添富：《晚唐律體詩用韻通轉之研究》（台北：文史哲出版社，1996）頁 110。

表 4-7 真庚合韻譜

眞庚合韻譜（9）（15）	136 青•痕峋情•	139 親塵醺形•	175 分傾•盈•樽•聲•	188 枕冷•……

在〈好時光遠近未嘗相約〉詞中，以臻攝「痕峋」叶梗攝「青情」；在〈好時光寒暖和成一片〉詞中，以梗攝「形」叶臻攝「親塵醺」；在〈相思引瘦比黃花又十分〉詞中，以臻攝「分」叶梗攝「傾盈樽聲」；在〈偷聲木蘭花來生願作鴛鴦枕〉詞中，以臻攝「枕」與梗攝「冷」互叶。從韻書收字到詞作表現，在在證明鼻音韻尾趨於混同，然未完全消失，眞庚合流在當時當地已是一種必然的態勢。

其次，則是著眼於「錭」字。該字附於小韻字「靈」以下，同小韻字有「櫺」、「醽」、「令」、「零」、「苓」、「伶」、「聆」、「齡」、「鈴」、「蛉」、「泠」、「瓴」、「鴒」、「陵」、「凌」、「菱」、「綾」等字，卻於諸韻書中探尋無果。愚不敏，以爲就李漁劃分正副二格的初衷，及該字在詞作中使用頻率，加以其與同音字間同聲同韻之密近關係上而言，當爲傳抄之失，致誤「令」爲「金」，實爲「翎」也。

（九）尤 類

（16）尤有又：包括《廣韻》韻目尤〔-i̯ou〕、侯〔-ou〕、幽〔-i̯əu〕、屋〔-ok〕

詩人或詞家在寫作時，尤侯幽三韻常是彼此同用，不雜他韻者。然而，在詞韻書的分部收字中卻稍有不同。（16）上去聲中，無見「婦負阜副富」等韻字，蓋李漁將其歸入（7）夫甫父（案即模韻）去聲中。無獨有偶，同爲清人的戈載，於《詞林正韻・發凡》云：「中原音韻諸書則以……尤韻之罘趺入魚韻，此在中州韻則然，止可施之於曲，詞則無可用者。唯有借音之數字，宋人多習用之。」並舉柳永詞作中「負」字叶方佈切、辛棄疾詞作中「否」字叶方古切、趙長卿詞作中「浮」字叶房逋切、吳文英詞作中「畝」字叶忙補切……等爲例說明，而將這些韻字列入《詞林正韻》第四部中的「增補」，如平聲增補浮字；上聲增補缶、否、母、某、畝字；去聲增補婦、負、阜、副、富字。李漁與戈載相同處在於「婦負阜副富」等韻字，至於其他地方，李漁並無戈載一般的措置。查之《廣韻》，「婦負阜」三字屬尤韻上聲，「副富」二字屬尤韻去聲，聲調不同可能因時空背景影響所致；而歸部之不同，是否係李漁之其他考量？細查諸字，皆出於流攝唇音字，將其與（7）及（16）相較，得如下結果：

表 4-8　流攝唇音字分布現象

	不	浮	蜉	桴	枹	謀	眸	牟	侔	矛	缶	否	某	母	牡	拇
（7）		✓	✓	✓	✓	☑					✓		✓	✓	✓	✓
（16）	✓	✓					✓	✓	✓	✓	✓	✓	✓	✓	✓	✓
	姆	畝	婦	負	阜	部	瓿	剖	副	覆	富	復	仆	茂	戊	瞀
（7）	✓	✓	✓	✓	✓	✓	✓		✓	✓	✓		✓		✓	✓
（16）		✓			✓		✓	✓		✓		✓		✓		☑

其中，☑表示正格未見，副格尋及。由以上表列，可知在二部皆出現者，如「浮」、「缶」、「某」、「母」、「牡」、「拇」、「畝」、「阜」、「瓿」、「覆」、「瞀」等字，在當時已產生一音二讀的情況。李漁既要保留原來音讀，也要反映當時發聲，因此於二部互見。其次，尤韻本身爲三等韻，故雖於韻圖中呈現開口，然唇音字本身兼具合口性質，因此可推論諸字已由重唇轉爲輕唇，而其中一部分與遇攝合流，讀如〔-u〕。早期韻文對於流遇二攝間的關係多有紀錄，如唐代張說〈賽江文〉叶「土主雨畝庾祜浦」等韻字，王勃則叶「母矩土祚」等韻字。李漁詞作中，使用流攝字雜入遇攝者，計有七闋，其中〈減字木蘭花春光太富〉及〈蘇幕遮撥輕雲〉二闋皆以「富」字與模韻字相押，〈清平樂憐才有素〉以「副」字與模韻字相押，〈虞美人不知情是何人造〉以「婦」字與模韻字相押，〈誤佳期天授佳期人妒〉、〈摸魚兒和君詞〉及〈鶯啼序二美難容〉三闋以「負」字與模韻字相押。諸流攝字入遇攝者，不僅被紀錄於韻書裡，在詞作中亦有體現，顯然諸字早先雖爲流攝字，當時卻已與模韻相當，且可爲定論。第三，何大安先生於〈「濁上歸去」與現代方言〉一文中，指出濁上歸去此一現象，最早見於盛唐及中唐詩人如王孟、李杜等人的詩歌押韻，於慧琳《一切經音義》及韓愈〈諱辨〉等文獻中亦可得見，云：「換言之，最遲從八世紀初開始，也就是

《切韻》成書一個世紀之後，這項演變就已經發生。」〔註 51〕而鄭再發先生〈漢語音韻史的分期問題〉一文所提出的「錐頂考察」，則指向《中原音韻》，其因略歸有二：一，鄭再發先生成文時間早，未能及見相關篇章；二，鄭文比較對象，以韻書爲主，求其完整的語音系統，故未將個人詩集及相關作品列入。〔註 52〕由李漁《笠翁詞韻》中將《廣韻》上聲中的「舅」、「臼」、「咎、「紂、「厚」、「後」、「后」等字歸於（16）去聲正格，「婦」、「負」、「阜」等字則歸入（7）去聲正格，顯見當時濁上歸去的現象亦體現李漁的生活，並紀錄在《笠翁詞韻》中；以《笠翁詞韻》作爲一部詞韻書而言，其語音系統明確且完整，實可爲鄭文再添一項錐頂考察的證據。

再者，尚可於尤侯韻中得屋韻「讀」、「簇」二字，前者附於小韻字「豆」之下，同小韻字爲「竇」字；後者附於小韻字「輳」之下，同小韻字爲「腠」字。案屋韻擬音爲〔-ok〕，今入陰聲韻，其韻尾想必已弱化爲〔-ʔ〕，甚已消失，與侯韻〔-ou〕的最大差別即在此。當此二字讀如〔-oʔ〕音時，因半高後元音〔-o-〕的關係，使喉塞音〔-ʔ〕往前推近，而與侯韻〔-ou〕近同。

（十）深 類

（17）深審甚：包括《廣韻》韻目侵〔-i̯əm〕

（十一）甘、兼二類

（18）甘感紺：包括《廣韻》韻目覃〔-əm〕、談〔-ɑm〕、咸〔-ɐm〕、銜〔-am〕、鹽〔-i̯ɛm〕

（19）兼撿劍：包括《廣韻》韻目鹽〔-i̯ɛm〕、添〔-iem〕、嚴〔-i̯ɐm〕、凡〔-i̯uɐm〕、咸〔-ɐm〕、先〔-ien〕

上列三組，即《廣韻》音系中收雙唇鼻音韻尾〔-m〕的韻母，各家詞韻書以總分二部爲主，如沈謙《詞韻略》分「侵寢韻」及「覃感韻」，將侵韻和其他韻部分開；戈載《詞林正韻》亦然，分第十三、十四部；魯師國堯則採

〔註 51〕何大安：〈「濁上歸去」與現代方言〉，《中央研究院歷史語言研究所集刊》（台北：中央研究院歷史語言研究所，1988）第 1 分，頁 115～140。

〔註 52〕鄭再發：〈漢語音韻史的分期問題〉，《中央研究院歷史語言研究所集刊》（台北：中央研究院歷史語言研究所，1966）第 36 本（下冊）頁 643。

用與沈書及戈書一樣的分法，分「侵尋」與「監廉」二部，未若有如李漁分韻三部者。由韻書分部可知，侵韻獨立是必然，就連《韻鏡》都是將侵韻獨立爲一張圖；《笠翁詞韻》中所收侵韻字，亦非常單純，無雜他韻。雖無他韻雜入侵韻，然侵韻字卻有雜入他韻的情況，如「品」入臻攝及「稟」入梗攝。前文已明二字與雜入韻部間的關係，且二字互見於侵韻與他韻間，可見當時乃爲一字二音的情況。

李漁將深韻以下八韻分部爲二，由韻字歸納可以發現，以覃、談、咸、銜四韻爲主的（18）與以鹽、添、嚴、凡四韻爲要的（19），其根本差別在於細音的有無。此八韻在《韻鏡》中，剛好呈現（18）爲一二等韻，（19）爲三四等韻之況，更可證明其洪細上的差別。然而，（18）有一例鹽韻「湶」字雜入，（19）亦各有一例咸韻「摻」字及先韻「茜」字雜入。鹽韻「湶」字在（18）中獨立爲小韻字，無同小韻字。該字以鹽韻擬爲〔-i̯ɛm〕，與（18）各主韻間的關係，即細音的有無。李漁既將該字入於（18）無細音的環境，想必該字在當時當地已呈現開口洪音狀態，介音〔-i-〕已丟失，致入（18）中。而「摻」字則剛好與「湶」字相反，而是咸韻入鹽韻中。該字以咸韻擬爲〔-ɐm〕，附於小韻字「纖」下，同小韻字有「銛」。該字與（19）各主韻間的關係，亦在細音的有無。李漁將該字入於（19）有細音的氛圍，想必該字在當時當地已呈現開口細音狀態，當擬爲〔-iɐm〕，與嚴韻近同。至於先韻的「茜」字，附於小韻字「塹」以下，無同小韻字。該字以先韻擬爲〔-ien〕，存細音，與（19）各主韻有相同介音。所附小韻字「塹」乃鹽韻，擬爲〔-i̯ɛm〕，與其差別除主要元音的舌位高低不同外，最大相異在於鼻音韻尾的種類。先韻以舌尖鼻音結尾，鹽韻以雙唇鼻音收勢，由先韻字入鹽韻的現象可以看出其舌尖鼻音尾與雙唇鼻音並無二致。

由於（18）與（19）間僅是細音有無之差別，因此體現於詞作時，容易產生異部相叶的現象。然而，李漁詞作中使用此二部之詞例甚微，（18）獨用者僅二闋，（19）獨用者亦二闋；二部合用者無，（10）（18）二部合用者一闋；（10）（18）（19）三部合用者一闋，其合韻譜如下所示：

表 4-9　覃鹽寒合韻譜

358 南函藍酣談添•尖•堪廉•帆。
覃鹽寒合韻譜（(18)(19)(10)）

97 諳憨堪南帆•
覃寒合韻譜（(18)(10)）

「帆」字已入元韻，收於（10）寒罕旱中，前文已明。李漁詞作〈浣溪紗倦起婆娑事未諳〉中，將「帆」與「諳」、「憨」、「堪」、「南」等字相押，顯示其讀音應是較近覃談諸韻；又〈春風裊娜怪虎頭一幅〉中，將洪音之覃談諸韻字與細音之鹽添諸韻字相押，不啻代表韻字洪細並無法造成詞作押韻上的區別，如此又何必分部？實可歸併爲一韻是矣。

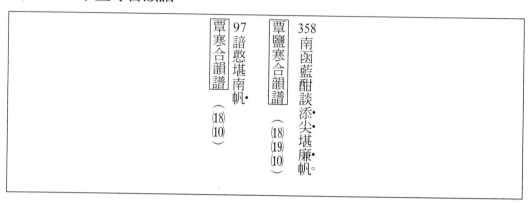

（十二）屋、覺二類

（20）屋沃：包括《廣韻》韻目屋〔-ok〕、〔-i̯ok〕、沃〔-uk〕、燭〔-i̯uk〕

（21）覺藥：包括《廣韻》韻目覺〔-ɔk〕、藥〔-i̯ɑk〕、〔-i̯uɑk〕、鐸〔-ɑk〕、〔-uɑk〕

（20）屋沃燭三韻與（21）覺藥鐸三韻，均爲韻尾收清塞音〔-k〕的韻母，然在宋詞押韻中，二組彼此分用相當清楚，不互混同。如柳永、周邦彥、吳文英、陳允平皆是。少數有二部相叶的例子，如趙長卿〈瑞鶴仙海棠花半落〉使用了「落、捕、閣、幕、著、惡、昨、案、卻、約、著、削」，其中僅「捕」屬（20），餘皆屬（21），代表了屋沃韻向覺藥韻靠攏的情況。然從周吳陳等多數格律派詞家都不混用二部的現象而言，二部分立似仍是最高原則。

李漁詞作中，（20）獨用者甚夥，計十九闋；（21）獨用者亦有，計四闋。未見（21）與他部相叶者，卻見（20）以「宿速蕩束續逐幅」等字與（22）「國」字及（16）「簇」字於〈撲蝴蝶勝事非誇〉叶韻，由此可得兩項訊息：一，「國」字爲德韻，擬爲〔-uək〕，與屋韻〔-ok〕同收清塞音〔-k〕，不同點在於介音及主要元音。案央元音〔-ə-〕太過微弱，容易丟失，使其讀如〔-uk〕；而

〔-u-〕與〔-o-〕同爲不圓唇後元音，僅舌位高低之異，因此言談之間，趨於近同。二，前文已明，某些韻字在一字兩讀的情況下，李漁會保存異讀情況，但對「簇」字的處理，卻僅將其置於尤侯韻，未見於入聲韻字中。蓋當時當地，其韻尾已然弱化，甚而消失，李漁音系中不見該音讀，是其故也。

（十三）質、屑、厥、物、撻、合六類

（22）質陌錫職緝：包括《廣韻》韻目質〔-i̯et〕、術〔-i̯uet〕、櫛〔-et〕、陌〔-ak〕、〔-i̯ak〕、〔-i̯uak〕、〔-uak〕、麥〔-æk〕、〔-uæk〕、昔〔-i̯ɛk〕、〔-i̯uɛk〕、錫〔-iek〕、〔-iuek〕、職〔-i̯ək〕、〔-i̯uək〕、德〔-ək〕、〔-uək〕、緝〔-i̯əp〕、沒〔-uət〕

（23）屑葉：包括《廣韻》韻目屑〔-iet〕、〔-iuet〕、葉〔-i̯ɛp〕、薛〔-i̯ɛt〕、業〔-i̯ɐp〕、怗〔-iep〕

（24）厥月褐缺：包括《廣韻》韻目薛〔-i̯uɛt〕、月〔-i̯ɐt〕、〔-i̯uɐt〕、曷〔-ɑt〕、末〔-uɑt〕

（25）物北：包括《廣韻》韻目質〔-i̯et〕、物〔-i̯uət〕、迄〔-i̯ət〕、沒〔-uət〕、屑〔-iet〕、〔-iuet〕、德〔-ək〕、〔-uək〕、緝〔-i̯əp〕、葉〔-i̯ɛp〕、黠〔-uɐt〕

（26）撻伐：包括《廣韻》韻目月〔-i̯uɐt〕、曷〔-ɑt〕、末〔-uɑt〕、黠〔-ɐt〕、〔-uɐt〕、鎋〔-at〕、〔-uat〕、怗〔-iep〕

（27）合洽：包括《廣韻》韻目合〔-əp〕、盍〔-ɑp〕、洽〔-ɐp〕、狎〔-ap〕、乏〔-i̯uɐp〕

自（22）到（27），向來是詞學家分部混亂的一群韻母，如沈謙《詞韻略》分爲三部；仲恆《詞韻》同於沈書；吳烺、程名世《學宋齋詞韻》分二部，並以《廣韻》韻目概括之；吳應和《榕園詞韻》將其總分爲五部；許昂霄《詞韻考略》因立有通、轉、借叶之說，故難以區分，然入聲部分總析九部；戈載《詞林正韻》將其總分爲三部；至吳梅則主張區分爲六部。以上所列各家之分析，少則二部，多則九部，戈載曾於《詞林正韻．發凡》中指陳各家之失，例如對沈書云：「國初沈謙曾著《詞韻略》，……平領上去似未該括入聲，

則連兩字曰屋沃、曰覺藥，又似紛雜，且用陰聲韻目刪併，既失其當。則分合之界模糊不清，字復亂次，以濟不歸一類，其音更不明晰，舛錯之譏，實所難免。」吳梅對戈書分部亦有意見，《詞學通論》云：「戈氏合之，未免過寬，余故重爲訂覈焉。」金周生先生《宋詞音系入聲韻部考》則定七類宋詞音系，再就系聯合爲七部；至於李漁，則分爲六部，且其部目分合令人無所適從。

李漁混亂之處在於，同韻韻字分立不同部；再者，李漁所選用之韻目，亦引人疑竇。由以上部目可清楚看出，李漁所選韻目之字均不同部者，但卻有如（24）部目中，出現月、曷、薛三韻，「厥」屬月韻卻另外標之的情況。（26）部目中，「撻」屬曷韻、「伐」屬月韻，於前皆已出現，何以另立一部？回顧李漁「首忌韻雜，次忌音連，三忌字澀」之詞韻觀，如此分部就宋詞用韻規律而言，相當容易就觸犯前兩種病諱。魯師國堯針對宋詞用韻，將以上六部區分出高元音組及低元音組，高元音組即深攝、臻攝、梗攝及曾攝的入聲，係以高元音爲主要元音，魯師國堯名爲「德質部」，以李漁分部來說，則是（22）；低元音組即咸攝、山攝的入聲，係以低元音爲主要元音，魯師國堯名爲「月帖部」，以李漁分部來說，則是（23）至（27）皆屬。筆者查考陳新雄先生之中古擬音，蓋與魯師國堯之論述有相當出入，如（22）中的〔-a-〕與〔-æ-〕，係元音舌位圖中的低元音類；（23）至（27）中的〔-e-〕則可視爲高元音屬。實乃無謂對錯，想必與各家方音影響有間接關係。

在《笠翁詞韻》的分韻中，（23）與（24）均納薛韻，細查諸韻字，可發現（23）中以「列」、「哲」、「熱」、「舌」、「孽」、「鱉」、「劣」、「別」、「孑」、「設」及「徹」爲小韻字之三十八例薛韻字全爲開口字，（24）中以「茁」、「缺」、「說」、「拙」、「絕」、「雪」爲小韻字之十二例薛韻字則爲合口字，不禁令人納悶，開合口是否影響詞作押韻？就唐宋以降諸詩詞而言，押韻不論開合已是共識，僅著重主要元音與韻尾間的組合，即所謂「韻基」，薛鳳生先生更是認爲「這條原則是一般語言都適用的，自然早是盡人皆知了，問題是能否遵守。」〔註53〕前文已明，李漁處理灰與咍、魚與模時，俱因開合分立二部，而眞與諄、寒與桓卻得到截然不同的待遇，筆者認爲實屬不必，此處亦然。

〔註53〕薛鳳生：《漢語音韻史十講》（北京：華語教學出版社，1998）頁5。

（25）是收錄韻字極爲複雜的一部，以物、沒、迄三韻爲主，另雜質、屑、葉、緝、黠、德六韻，共有九韻。九韻當中，除爲主三韻之外，餘六韻中的韻字與前置韻部有相當高的重字比例，茲以表列說明，韻字後附數字乃重出之部：

表 4-10　物北部韻字重出現象

韻目	出現字數 / 總數	韻　字（重出之部）
質	2/62	乙（22）　噎
屑	5/62	穴（24）　譎（24）　侄 絰 耋
葉	2/62	饁（23）　曄（23）
緝	1/62	拾（22）
黠	1/62	嗗
德	1/62	北（22）

除「嗗」字外，餘皆獨立爲小韻字或其下所附之同小韻字。「嗗」附於「骨」下，同小韻字有「鶻」，二字皆沒韻。該字以黠韻擬爲〔-uɐt〕，與沒韻〔-uət〕間僅主要元音的不同，當主要元音〔-ɐ-〕受到後高元音〔-u-〕的影響，高化而與〔-ə-〕相同，是其故也。與主韻不同之韻字計十二字，其中重出七字，幾乎爲（13）（14）二部的翻版。同樣的情況，亦可於月、曷、末三韻得見。三韻於（26）共四十六字中占二十字，重韻字較少，僅「魃」、「跋」、「茇」三字，附於黠韻「拔」下，各自爲同小韻字。茲以表列如下：

表 4-11　撻伐部韻字重出現象

韻目	出現字數 / 總數	韻　字（重出之部）
月	7/46	伐 筏 茷 罰 發 髮 韈
曷	9/46	撻 達 闥 剌 刺 糲 撒 薩 怛
末	4/46	魃（24）　跋（24）　茇（24）　斡

「拔」以黠韻擬爲〔-uɐt〕，與末韻〔-uɑt〕的關係一如黠韻與沒韻之間，僅主要元音不同，然其舌位相近，發音上語感近似，故置爲同部。細查諸字，四等兼備，開合俱全，難以窺探其因，然由諸字入於該部可看出清塞音已混同，或已弱化爲喉塞音，致使無別；加以主要元音或近或同，故可叶韻。

（27）是相當純粹的韻部，以雙唇塞音〔-p〕爲主，除合、盍、洽、狎、乏五韻外，與他韻不相雜廁。可注意者，該部乏韻僅錄「乏」、「法」二字，另一常用字「泛」則入元韻，前文已明。查之《廣韻》，「泛」有二切，一爲凡韻去聲，一爲入聲。李漁將該字入於元韻，當是因該字入聲不存，無一音二讀現象，故（27）中不見該字，實乃反映當時當地語音現象。

（22）以質、術、櫛、陌、麥、昔、錫、職、德等爲主韻，雜入一例沒韻「窟」字，附於小韻字「出」下，同小韻字有「黜」、「怵」、「术」三字。該字以沒韻擬爲〔-uət〕，與術韻〔-i̯uet〕皆收清塞音韻尾，主要元音相近。各自對應之陽聲韻魂、諄，亦有相同現象。眞文韻中以「倫」爲小韻字，下有同小韻字「論」、「綸」、「掄」、「輪」、「淪」、「崙」六字，其中「崙」爲魂韻，餘皆諄韻。然在（9）中，並未造成雜韻現象，因其韻尾相同，主要元音相近，故可押韻，自然將其合爲一部；今觀沒、術二韻，押韻條件不變，何以造成沒韻爲（22）中顯眼的外來者？前文所述各項入聲韻部分韻問題，或可由李漁詞作押韻現象一窺堂奧。

由李漁詞作中檢視分韻問題，入聲押韻情況分兩種，一爲與非入聲韻部相押，一爲入聲韻部彼此相押。與非入聲韻部相押者計三闋，〈減字木蘭花數聲嘹唳〉以（5）齊韻「唳」與（22）錫韻「淅」相叶。案韻書中可尋及「唳」字二切，然《笠翁詞韻》中卻不見入聲，蓋其入聲韻尾已然弱化或消失，致與陰聲無別，「淅」字亦然，故該詞應是以押以齊韻。〈玉樓春愛愛憐憐還惜惜〉以（6）魚韻「如」與（22）「惜」、「蜜」、「密」、「責」、「喫」五字相叶。五字當中，包含昔、質、麥、錫四韻，韻尾囊括〔-k〕、〔-t〕，再次說明入聲韻尾混同的現象。「如」字以魚韻擬爲〔-i̯o〕，叶以入聲五字，顯然該字讀音向入聲韻靠攏。魚韻與入聲四韻之間，主要元音各分前後，魚韻主要元音〔-o-〕與舌根清塞音韻尾〔-k〕發音部位相近，若爲詞作需要，刻意將讀音以入聲韻尾收勢，不無可能，唯難見於實際演變的結果。〈剔銀燈香粉從來不用〉以（22）職韻「飾」與（1）東鍾韻「用」、「腫」、「空」、「寵」、「重」、「汞」、「弄」、「眾」、「送」九字相叶。東鍾韻收舌根鼻音〔-ŋ〕，職韻收舌根塞音〔-k〕，當由塞音韻尾轉爲鼻音韻尾，成爲陽聲，如陳慧劍先生云：「凡入聲有 k 尾的，一方面脫去聲尾，便成陰聲；一方面 k 尾轉爲 ng（或由 g 再混爲 ng）便成『耕、蒸』各部的陽聲了。」〔註 54〕可聊備一說。

〔註 54〕陳慧劍：《入聲字箋論》（台北：東大圖書股份有限公司，1993）頁 34。

至於入聲韻部間彼此相押的現象，則如（20）獨用者十九闋，（21）獨用者四闋，（22）獨用者十二闋，（23）獨用者三闋，（24）獨用者一闋，餘無；（22）（25）合用者六闋，（22）（26）合用者一闋，（23）（24）合用者八闋，（23）（26）合用者一闋，（24）（25）合用者一闋，（24）（27）合用者一闋，餘無。以上，茲以圖表示之，以灰格爲界，右上與左下意義相同：

表 4-12　入聲八部合用詞作數

韻部＼韻部	（20）	（21）	（22）	（23）	（24）	（25）	（26）	（27）
（20）	**19**							
（21）		**4**						
（22）			**12**			**6**	**1**	
（23）				**3**	**8**		**1**	
（24）				**8**	**1**	**1**		**1**
（25）			**6**		**1**			
（26）			**1**	**1**				
（27）					**1**			

前文已明，（23）與（24）以薛韻開合爲分部重點，（23）包括〔-p〕、〔-t〕，（24）則爲〔-t〕，在入聲韻部間彼此互押的情況看來，（23）與（24）亦是相叶爲多，甚而超過各自獨用之例。在八闋之中，擴及各韻，含納〔-p〕、〔-t〕，復以證明入聲韻尾混同現象，其他各混用之例亦然。然而，不論是從李漁《笠翁詞韻》、戈載《詞林正韻》，抑或魯師國堯所分析的押韻現象，分部不同卻有一大相同點，即入聲韻的洗牌合併現象，尤其可從（22）與（25）〔-p〕、〔-t〕、〔-k〕兼備的情況得出結果。同樣〔-p〕、〔-t〕、〔-k〕兼收者，在戈書中出現在第十七部，在魯師分部中出現在德質部。而實際上宋詞押韻現象，亦多見〔-p〕、〔-t〕、〔-k〕混押，歷來多有學者研究，如金周生先生《宋詞音系入聲韻部考》就《全宋詞》所錄黃公紹二首入聲韻作品，發現黃氏作品本身入聲字收〔-k〕者獨押，乃詞韻音系〔-k〕與〔-p〕、〔-t〕仍有區別之明證〔註 55〕；亦有如李鵲娟先生〈蘇軾黃州詩用韻現象研究〉一文認爲：「此等現象（案指入聲合用）似乎意味著入聲韻尾的消失，而與陰聲相

〔註 55〕金周生：《宋詞音系入聲韻部考》（台北：文史哲出版社，1985）頁 338～339

近；或入聲韻尾消失，入聲韻部彼此之音值已然無別或切近。」〔註 56〕筆者以爲，金說較爲主觀，李說較保守而合宜。無論對入聲韻混押的現象作何解釋，顯示最早自 11、12 世紀始，詞人使用入聲押韻已少苛求，相當大的因素許是在於入聲韻使用在音樂性極強的宋詞中，或因拖腔所致或因入聲韻尾弱化消亡，已與陰聲無別，是其故也。

縱觀全書，約略可得如下結果：一，韻分開合；二，韻分洪細；三，入聲韻尾弱化或混同。當然，韻分開合及洪細並非體現在每一韻部中，然根據二部之間所歸納的分部依據，理當如此；入聲韻尾弱化得自於入聲字錄於陰聲韻的情況，混同則可由詞作表現及入聲韻分部相雜的證據中獲釋。

〔註 56〕王靜芝、王初慶等：《千古風流：東坡逝世九百年學術研討會》（台北：洪葉文化事業股份有限公司，2001 年 5 月）頁 246

第五章　李漁語音體系探討

前文自《笠翁詩韻》、《笠翁對韻》至《笠翁詞韻》分別立說，詩韻系統與詞韻系統雖有扞格之處，然就其音韻本質而言，仍可約略窺測李漁分韻之同異。所謂音韻本質，如由《笠翁詩韻》直音系統異部相註的情況歸納語音關係，或由《笠翁詞韻》中小韻字與同小韻字間的聯繫整合語音系統。經由此道，對李漁分韻已有初步認識，本章將統合前述三章所呈現者，對李漁分韻再行釐清。

第一節　方言的影響

由李漁所著《笠翁詩韻》、《笠翁詞韻》與《笠翁對韻》中，能夠看出些許方言的影響，如止遇互入、流遇有摻的情況……等等。

一、聲　母

1、疑母分部

疑母在李漁韻書中，呈現兩種現象，一進入零聲母狀態，多與影、喻合流；一則由於後接細音，使硬顎音產生變化，唯例證不多。雖在《中原音韻》時期，疑母已因音素失落而進入零聲母狀態，然由李漁韻書所展露的內容看來，帶有細音成份的部分疑母字，並非成爲零聲母字，而是自成一格，獨立成部。

2、精莊合流

《切韻》時代的精、莊二系有類隔的情形，而李漁韻書中則呈現精、莊二系有合流的情況。以精、莊二母而言，皆以齒齦音爲主，唯精母係帶有齒齦音的塞擦音〔ts-〕，莊母則是帶有齒齦後音的塞擦音〔ʧ-〕，顯然在擦音部分合流。黃侃先生考訂上古音時有「精莊歸一」的看法，此合流現象或爲保留古音而存。

3、舌根聲母合流

舌根聲母見、曉、匣三母在李漁韻書中亦顯示合流跡象，當是由於發音部位太過相近所致。三母中以曉、匣二母合流例證爲多，顯然是因爲皆是喉音的關係。徐之明先生研究李善在《昭明文選》中的音注指出：「曉組一般用本紐字作切上字，可分兩類，但曉紐與匣紐有不少互切現象。值得注意的是匣紐與見紐也有互切現象。」〔註 57〕證明曉匣合流早有所見。現今通泰方言中有曉母，無匣母，顯然是匣母向曉母靠攏之結果。

二、韻　母

1、止遇互入

與遇攝互有關係之止攝字，皆爲合口三等，以《笠翁詩韻》直音字相註情況爲例，「徐－隨」、「處－吹」及「惴－朱」等字，都說明二者互有關涉。以末例來說，其語音變化約莫如此：tɕuei→tɕui→tɕy→tɕu。顧黔先生云：「在吳語，止攝合口三等的這種演變即所謂『支微入魚』。」〔註 58〕同時，顧黔先生亦提到「支微入魚」的現象在通泰區保存完整，且「數量頗多」，但就李漁所呈現者非然，顯見當時當地，該現象正在產生，尚未成氣候。

2、流遇有摻

流攝與遇攝互有摻合，主要表現在唇音字上。《笠翁詩韻》有少數例子，《笠翁詞韻》則有大量證據，顯示流攝唇音字與遇攝合流，如下圖所示：

〔註 57〕徐之明：〈《文選》李善音注聲類考〉，《貴州大學學報》（貴陽：貴州大學學報）頁 84。

〔註 58〕顧黔：《通泰方言音韻研究》（南京：南京大學出版社，2001）頁 178。

圖 5-1　流遇二攝合流部分

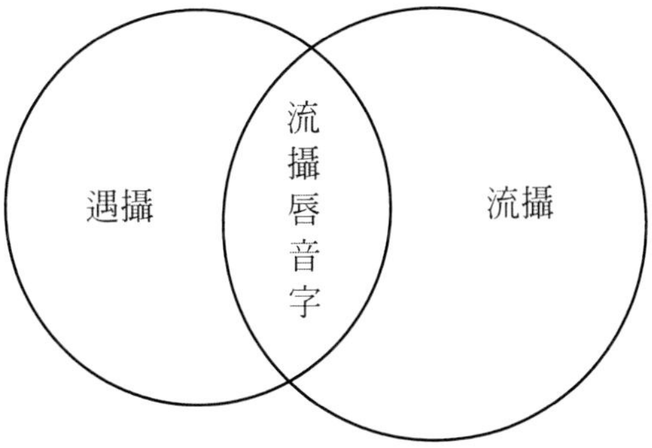

這些流攝脣音字，如「富」、「婦」、「負」等字，與遇攝脣音字「付」、「夫」、「孚」等字讀音趨於一致。

第二節　《中原音韻》的影響

《中原音韻》對李漁的影響主要體現在《笠翁詞韻》上，對此前文已有交代。李書不論是在體製、詞作表現、韻字分合上，皆前有所承，在在顯示《中原音韻》對李漁影響甚大。實際上，《笠翁詩韻》雖未能提供更多證據加以證明，然少數音韻現象仍可對此有所表述。

如前文所言，梗、曾二攝與通攝間的關係來自脣音、牙音合口及喉音合口字，在《中原音韻》中，此些韻字或歸東鍾，或入庚青；「崩繃烹鵬萌蜢艋孟轟橫」等字在二韻重出，在《中原音韻》中顯示爲周德清歸納曲韻得出的結果，在《笠翁詩韻》中則以此表明時音現象。由此可見，《中原音韻》不僅影響李漁著書，影響李漁製韻，在李漁對呈現時音的堅持上，《中原音韻》亦貢獻一番心力。

「入派三聲」雖是《中原音韻》最爲人所熟知的論點，但李漁所著韻書中，除《笠翁對韻》外，皆對入聲多所描繪，因此難以藉此窺知二者關係。然而，李漁既表現時音狀況，時音則體現出入聲韻尾弱化爲喉塞音甚或消亡的現象，顯示雖無法證明與《中原音韻》有涉，但語音情形確有相關。

第三節　聲韻擬音

藉由前文對李漁諸書的一番探討，已可稍微明瞭其音韻現象，本節根據前述，爲其擬音，求更加呈現其中變化。

一、聲　母

（一）唇　音

表 5-1　唇音聲母擬音

p 幫並	p´ 滂並	m 明	f 非敷奉	v 微

（二）舌　音

表 5-2　舌音聲母擬音

t 端定	t´ 透定	n 泥		

（三）牙　音

表 5-3　牙音聲母擬音

k 見群	k´ 溪群	ŋ 疑		

（四）齒　音

表 5-4　齒音聲母擬音

ts 精從	ts´ 清從		s 心	z 邪
tɕ 知澄照神莊	tɕ´ 徹澄穿神初	ȵ 娘	ɕ 審	ʑ 禪

（五）喉　音

表 5-5　喉音聲母擬音

Ø 影喻為	x 曉匣			

（六）舌齒音

表 5-6　舌齒音聲母擬音

l 來	ʐ 日			

二、韻　母

（一）陽聲韻（16）

表 5-7　陽聲韻擬音

ɔŋ　東冬庚耕登	iɔŋ　東鍾清青蒸		

ɑŋ 江陽唐	iɑŋ 江陽唐	uɑŋ 江陽唐	
an 寒山刪覃談咸銜		uan 桓山刪	
	iɛŋ 元先仙鹽添嚴凡		yɛŋ 元先仙
ən 眞臻欣痕	iən 眞欣	uən 諄文魂	yən 元
	iəm 侵		
am 覃談咸銜	iam 鹽添嚴凡		

（二）陰聲韻（14）

表 5-8　陰聲韻擬音

	i 支脂之微齊灰咍祭泰夬廢	u 虞模	y 魚虞
a 麻	ia 佳麻	ua 麻	
	iɛ 佳皆夬	uɛ 佳皆夬	
ɑ 歌戈		uɑ 戈	
au 肴豪	iau 蕭宵肴		
ou 侯	iou 尤幽		

（三）入聲韻（11）

表 5-9　入聲韻擬音

ɔk 屋沃	iɔk 屋燭		
ɑk 覺藥鐸	iɑk 覺藥鐸	uɑk 覺藥鐸	
aʔ 曷末合盍		uaʔ 曷末合盍	
eʔ 質物月黠屑陌錫職緝葉洽	ieʔ 質物月黠屑陌錫職緝葉洽	ueʔ 質物月黠屑陌錫職緝葉洽	yeʔ 質物月黠屑陌錫職緝葉洽

第六章　結　論

李漁所製的三部韻書對方音及時音現象雖多所描繪，然亦不脫語音演變的大方向，如入聲韻尾弱化、輔音韻尾合流……等。

一、入聲韻尾弱化

李書中保留入聲存在，然〔-p〕、〔-t〕、〔-k〕三者界線已在消融當中，可由《笠翁詩韻》入聲韻尾異部相註的現象，及《笠翁詞韻》異部同歸的狀態窺知一二，顯示入聲韻尾逐漸弱化中，萎縮爲喉塞音〔-ʔ〕。此外，某些入聲字與陰聲字互註，顯見其變化不只是朝喉塞音方向發展，更進一步已然消失，始得與陰聲韻同。

二、輔音韻尾合流

輔音韻尾有三，變化最爲明顯者當屬雙唇鼻音韻尾〔-m〕，由咸、山二攝的相混，可見幾與舌尖鼻音〔-n〕無異；深攝與臻攝、梗攝及曾攝皆有涉，顯示雙唇鼻音韻尾亦在逐漸變化當中。除此之外，前後鼻音亦有相混現象，如臻攝字與梗攝字間常有異部互見的情況，舉例來說，《笠翁詩韻》中即呈現痕韻與庚、登二韻，眞韻與清、青、蒸三韻間的互註。

整體而言，深、臻、曾、梗四攝互有相混，輔音韻尾有合流趨向，然而，因李漁著書仍襲詩韻、詞韻歸部立說，與韻書仍有差距，故是否因產生「鼻化韻」而相混，筆者無明顯證據，然可聊備一說。

三、舌根鼻音韻尾的變化

舌根鼻音韻尾分布在通、江、宕、梗、曾四攝，其中江、宕二攝關係密切，較其他數攝而言為獨立韻類；通、梗、曾三攝，亦有密近關係。《笠翁詩韻》中，通攝與曾、梗二攝間的關係來自於幫系、見系與影系，簡而言之便是唇、牙、喉三部分有合流現象，其中牙、喉音僅在合口時表現。由此可見，曾、梗二攝在唇、牙音合口、喉音合口時易與通攝相混，另外便如上文所言和舌尖鼻音有部分合流。

四、宕江匯融

江攝僅江韻，韻字極少，卻有大部分與宕攝互通，顯然已融入宕攝之中。由韻書部位排列，可見早期江韻與通攝較為密切，時至後期，無論經由韻文分析，或是韻書判斷，都顯示與宕攝較為貼近。如董同龢先生云：「現代方言也沒有能分別江與宕的了。」〔註1〕

總體而言，李漁做為一個戲曲小說大家，在聲韻上的用力程度，不下於傳奇、劇本的製作。《笠翁詩韻》直音系統的龐雜牽涉，《笠翁詞韻》小韻字間的同韻關係，甚或《笠翁對韻》選字擇詞之精煉細度，在在說明李漁以己備之音韻學養，獨立完成三部韻書。

在一連串的比較之後，筆者以為《笠翁詞韻》當較《笠翁詩韻》體系完備。首先，《笠翁詩韻》倉促付梓，是否已得李漁真意，無需修改，莫敢斷言；其次，同大多數韻書一般，取消傳統韻書的圈隔法式，使音系混亂；最後，使用過多註音字，即使將其系聯，也未必窺得實貌。《笠翁詞韻》雖未有研究指出實際著書年代，但由李漁言辭可知當晚於詩韻。由李漁尚有餘力摘取小韻字領首，並別出天欄，分置罕用於韻腳之字，顯見著作該書時有較充裕的時間與精神，始得細火慢熬，翩然成章。

李漁製韻不求肖於古人，當給世人一記當頭棒喝。目前學界討論「新韻」問題，朱光潛先生曾指出「中國舊詩用韻法的最大毛病在拘泥韻書，不顧到各字的發音隨時代與區域而變化。……許多在古代為同韻的字在現在已經不同韻

〔註1〕董同龢：《漢語音韻學》（台北：文史哲出版社，1998）頁166。

了。」〔註2〕並舉李漁〈笠翁詩韻・序〉爲例說明前人即有很透闢的議論。〔註3〕的確，世易時移，語音文字容易隨時空流轉產生變化，意義也會隨文化風俗而有新的詮釋，若一味固守韻書體製，其實我們就看不到如周德清《中原音韻》一類作品的出現，更不可能了解時音的眞諦。李漁此舉雖可說沿襲周德清而來，卻給予普世不同於音韻層面的教育意義。

三部韻書自古以來乏人問津，乃在於與時勢脫離過多，存在最多的，是書中的地域性方言，而這地域方言，從來又被踢皮球般的歸納在江淮官話或吳語裡，不得自己的地位。與強勢語言競爭的結果，就是至今未得注意。幸而，研究日益新增，不僅諸多學者關注通泰一地的方言現象，李漁傳世之韻書、詞論亦得文壇肯定，讓筆者得以站在巨人的肩膀，完成這一個承先啓後的任務。

〔註2〕朱光潛：《詩論》（台北：國文天地雜誌社，1990）頁235。

〔註3〕朱光潛：《詩論》（台北：國文天地雜誌社，1990）頁236。

參考文獻

凡　例

（一）總分兩部分，一爲專書，一爲單篇論文。

（二）專書依出版年代排序，因此民國前作品不另置於表頭。

（三）單篇論文首依發表年代排序，次依作者姓氏筆畫排序。

一、專　書

1. 清戈載，《詞林正韻》，臺北，世界書局，1956。
2. 清毛先舒，《韻學通指》，臺北，臺灣商務印書館，1983。
3. 清仲恆，《詞韻》，臺北，臺灣商務印書館，1983。
4. 寧忌浮，《中原音韻表稿》，長春，吉林文史出版社，1985。
5. 金周生，《宋詞音系入聲韻部考》，臺北，文史哲出版社，1985。
6. 王潔心，《中原音韻新考》，臺北，臺灣商務印書館，1988。
7. 清沈雄，《古今詞話》，臺北，新文豐出版社，1988。
8. 吳梅，《韻學通指》，臺北，臺灣商務印書館，1988。
9. 清楊受延等修／清馬汝舟等纂，《如皋縣志》，臺北，成文出版社有限公司，1989。
10. 清秦簧修／清唐壬森纂，《光緒蘭谿縣志》，臺北，成文出版社有限公司，1989。
11. 陳新雄，《中原音韻概要》，臺北，學海出版社，1990。
12. 朱光潛，《詩論》，臺北，國文天地雜誌社，1990。

13. 陳瑤玲，《新刊韻略研究》，臺北，私立中國文化大學中國文學研究所碩士論文，1991。
14. 李漁，《李漁全集》，杭州，浙江古籍出版社，1992。
15. 古苓光，《周德清及其曲學研究》，臺北，文史哲出版社，1992。
16. 林尹，《中國聲韻學通論》，臺北，黎明文化事業股份有限公司，1992。
17. 竺家寧，《聲韻學》，臺北，五南圖書出版有限公司，1992。
18. 麥耘／李新魁，《韻學古籍述要》，西安，陝西人民出版社，1993。
19. 陳慧劍，《入聲字箋論》，臺北，東大圖書股份有限公司，1993。
20. 宋韻珊，《韻法直圖》與《韻法橫圖》音系研究，高雄，國立高雄師範大學國文研究所碩士論文，1994。
21. 黃麗貞，《李漁研究》，臺北，國家出版社，1995。
22. 李師添富，《晚唐律體詩用韻通轉之研究》，臺北，文史哲出版社，1996。
23. 王力，《中國語言學史》，臺北，五南圖書出版有限公司，1996。
24. 郭娟玉，《沈謙詞學與其《沈氏詞韻》研究》，臺北，私立東吳大學中國文學研究所碩士論文，1997。
25. 沈新林，《李漁評傳》，南京，南京師範大學出版社，1998。
26. 董同龢，《漢語音韻學》，臺北，文史哲出版社，1998。
27. 王力，《漢語語音史》，北京，中國社會科學出版社，1998。
28. 謝國平，《語言學概論》，臺北，三民書局股份有限公司，1998。
29. 王福堂，《漢語方言語音的演變和層次》，北京，語文出版社，1999。
30. 薛鳳生，《漢語音韻史十講》，北京，華語教學出版社，1999。
31. 俞爲民，《李漁評傳》，南京，南京大學出版社，2000。
32. 張世祿，《中國音韻學史》，臺北，臺灣商務印書館，2000。
33. 明潘恩，《詩韻輯略》，北京，北京出版社，2000。
34. 顧黔，《通泰方言音韻研究》，南京，南京大學出版社，2001。
35. 袁家驊，《漢語方言概要》（第二版），北京，語文出版社，2001。
36. 鮑明煒主編，《南通地區方言研究》，南京，江蘇教育出版社，2002。
37. 林師慶勳／竺家寧，《古音學入門》，臺北，臺灣學生書局，2002。
38. 李漁，《李漁隨筆全集》，成都，巴蜀書社，2002。
39. 王力，《漢語詩律學》，上海，上海教育出版社，2002。
40. 王力，《漢語音韻》，北京，中華書局，2002。
41. 夏承燾／吳熊和，《讀詞常識》，香港，中華書局，2002。
42. 侯精一，《現代漢語方言概論》，上海，上海教育出版社，2002。
43. 寧忌浮，《洪武正韻研究》，上海，上海辭書出版社，2003。
44. 錢乃榮，《北部吳語研究》，上海，上海大學出版社，2003。

45. 魯師國堯，《魯國堯語言學論文集》，南京，江蘇教育出版社，2003。
46. 北京大學中國語言文學系語言學教研室編，《漢語方音字匯》（第二版重排本），北京，語文出版社，2003。
47. 瑞典高本漢，《中國音韻學研究》，北京，北京商務印書館，2003。
48. 李方桂，《上古音研究》，北京，商務印書館，2003。
49. 王力，《漢語史稿》（重排本），北京，中華書局，2004。
50. 宋陳彭年等，《新校宋本廣韻》，臺北，洪葉文化事業有限公司，2004。
51. 宋丁度等編，《宋刻集韻》，北京，中華書局，2005。

二、單篇論文

1. 丁邦新，〈如皋方言的音韻〉，《中央研究院歷史語言研究所集刊》，v.36/n.1/p.573-633，1966。
2. 鄭再發，〈漢語音韻史的分期問題〉，《中央研究院歷史語言研究所集刊》，v.36/n.1/p.635-648，1966。
3. 汪榮寶，〈歌戈魚虞模古讀考〉，《國立北京大學國學季刊》，v.1/n.2/p.241-263，1967。
4. 潘悟云/朱曉農，〈漢越語和《切韻》唇音字〉，《中華文史論叢語言文字專輯上卷》，p.323-356，1982。
5. 許金枝，〈詞林正韻部目分合之研究〉，《中正嶺學術研究期刊》，n.5/p.1-18，1986。
6. 何大安，〈「濁上歸去」與現代方言〉，《中央研究院歷史語言研究所集刊》，v.59/n.1/p.115-140，1988。
7. 林翠鳳，〈《清代名人傳略．李漁傳》糾補〉，《中國書目季刊社》，v.24/n.2/p.34-48，1990。
8. 金周生，〈元代散曲 mn 韻尾字通押現象之探討〉，《輔仁學誌》，v.6/p.217-224，1990。
9. John Ohala, “The phonetics of sound change”, Historical Linguistics: Problems and Perpectives，p.237-278，1993。
10. 林裕盛，〈《詞林正韻》第三部與第五部分合研究——以宋詞用韻爲例〉，《中國語言學論文集》，p.97-113，1993。
11. 徐之明，〈《文選》李善音注聲類考〉，《貴州大學學報》，n.4/p.80-84，1994。
12. 陳新雄，〈《廣韻》二百零六韻擬音之我見〉，《語言研究》，n.2/p.94-111，1994。
13. 吳宏一，〈李漁《窺詞管見》析論，《國立編譯館館刊》，v.24/n.1/p.101-128，1995。
14. 潘悟云，〈喉音考〉，《民族語文》，n.5/p.10-24，1997。
15. 林倫倫，〈粵西閩語的音韻特徵〉，《語文研究》，n.2/p.50-56，1998。
16. 張晶，〈詞的本體特徵：李漁詞論的焦點〉，《社會科學戰線》，n.6/p.124-128，1998。
17. 錢樹軍，〈總體研究，別開生面——評《李漁新論》〉，《藝術百家》，n.3/p.121-124，1998。
18. 竺家寧，〈論近代音研究的方法、現況與展望〉，《漢學研究》，v.18/p.175-198，2000。

19. 李鵑娟，〈蘇軾黃州詩用韻現象研究〉，《千古風流：東坡逝世九百年學術研討會》，p.227-250，2001。
20. 鄭張尚芳，〈漢語方言異常音讀的分層及滯古層次分析〉，《第三屆國際漢學會議論文集語言組》，p.97-127，2002。
21. 魯師國堯，〈論宋詞韻及其與金元詞韻的比較〉，《宋遼金用韻研究》，p.43-85，2002。
22. 駱兵，〈淺者深之，高者下之——論李漁《耐歌詞》雅俗相和的藝術特色〉，《南都學壇》（人文社會科學學刊），v.22/n.3/p.66-70，2002。
23. 李建強，〈關於曉匣影喻演變的研究〉，《南陽師範學院學報》（社會科學版），v.3/n.4/p.100-105.，2004。
24. 黃雅莉，〈李漁《窺詞管見》淺析〉，《國立新竹教育大學語文學報》，n.12/p.57-85，2005。
25. 林師慶勳，〈明清韻書韻圖反映吳語音韻特點觀察〉，《聲韻論叢》，n.14/p.91-112，2006。

李漁詩作韻字及歸部一覽表

凡　例

（一）版本爲江蘇古籍出版社於 1992 年出版之《李漁全集》卷二《笠翁一家言詩詞集》。

（二）首欄阿拉伯數字乃本文爲方便紀錄及統計所安排之序號。

（三）方框者爲單數句押韻之韻字。於近體詩中出現在首字即代表該詩首句入韻。

（四）古詩依序分「五言古詩」及「七言古詩」，每韻字後即書韻部。

（五）近體詩「五言律詩」、「七言律詩」、「五言絕句」、「六言絕句」及「七言絕句」，統一將韻字摘出後再書韻部。

（六）詩題過長者斟酌以刪節號取代部分文字，以求簡潔明了。

五言古詩

詩　作　名		韻　字笠翁詩韻韻部
續刻梧桐詩	1	艾九泰 壞十卦 大九泰 怪十卦 外九泰 待十賄 戒十卦
交友箴	2	[醇]十一眞 眞十一眞 筠十一眞 倫十一眞 臣十一眞 人十一眞 親十一眞 甄十一眞 [易]四寘 僞四寘 繼八霽 濟八薺 呂六語 許六語 心十二侵 尋十二侵 密四質 隔十一陌 漆四質 得十三職
問病答	3	知四支 飴四支 隨四支 醫四支 脾四支 衰四支 疑四支 爲四支 尸四支 差四支 危四支 私四支 施四支 移四支 之四支 辭四支

古從軍別	4	女六語 舉六語 恥四紙 死四紙 語六語 事四紙 矣四紙 子四紙 旨四紙 擬四紙
為周姬題扇贈鮑九	5	扇十七霰 霰十七霰 面十七霰 釧十七霰 便十七霰 怨十四願 片十七霰
立秋夜	6	光七陽 涼七陽 央七陽 香七陽 螿七陽 皇七陽 忙七陽
安貧述（其一）	7	樹七遇 戶七麌 具七遇 誤七遇 蠹七遇 路七遇 故七遇 數七遇
（其二）	8	心十二侵 林十二侵 霖十二侵 祲二十七沁 襟十二侵 貧十一真 吟十二侵 深十二侵 侵十二侵 陰十二侵 琴十二侵 今十二侵 沉十二侵 金十二侵
甲申紀亂	9	事四寘 思四寘 是四紙 致四寘 四四寘 二四寘 忌四寘 試四寘 治四寘 熾四寘 厲八霽 至四寘 利四寘 地四寘 累四寘 嗣四寘 廁（缺） 祟（缺） 輩十一隊 背十一隊 費四寘／五味 遂四寘 諱五味 魅四寘 稚四寘 瑞四寘 類四寘 避四寘
贈郭去疑	10	狂七陽 腸七陽 霜七陽 芳七陽 面十七霰 怨十四願 怡四支 知四支 斯四支 遲四支
胡上舍以金贈我報之以吉	11	豪四豪 霄二蕭 朝二蕭 交（缺）〔註 1〕 毫四豪 勞四豪 高四豪 嬌二蕭 腰二蕭 謠二蕭
送董雲客歸金陵	12	森十二侵 心十二侵 汝六語 恕六御 留十一尤 舟十一尤
戲贈曹冠五	13	錢一先 纏一先 翩一先 千一先 睊（缺） 羶一先 仙一先 眠一先 憐一先 連一先
有懷叶練師	14	鞅（缺） 想二十二養 網二十二養 爽二十二養 往二十二養 壤二十二養 鞅二十二養 漭二十二養 響二十二養
贈杜翁	15	師四支 篪四支 肢四支 慈四支 知四支 遲四支 鴟四支 資四支 之四支
向慧遠寺僧借几案筆墨譽詩	16	雪九屑 屑九屑 結九屑 業十六葉 篋十六葉 粒十四緝 舌九屑
西溪探梅同諸游侶（其一）	17	伴十四旱 面十七霰 賤十七霰 願十四願 忭（缺）
（其二）	18	折九屑 屧十六葉 接十六葉 節九屑 潔（缺） 紲（缺）
（其三）	19	人十一真 芬十二文 分十二文 聞十二文 珍十一真 親十一真
（其四）	20	論十三元 聞十二文 魂十三元 鄰十一真 因十一真
（其五）	21	消二蕭 交（缺） 寥二蕭 凋二蕭 桃四豪 遭四豪 逃四豪 號四豪
（其六）	22	枝四支 之四支 斯四支 知四支 時四支 遲四支 差四支 茲四支 知四支 思四支
予改琵琶明珠南西廂……因呈以詩所云為知者道也	23	攻一東 礱一東 龍二冬 窿一東 蒙一東 翁一東 聾一東 逢一東/二冬

〔註 1〕《笠翁詩韻・下平聲・三肴》下注「本部殘缺」，故「交」雖為常用字，仍無從得見。下同不贅。

懷阿倩沈因伯暨吾女淑昭（其一）	24	馳四支 雌四支 兒四支 之四支 辭四支 思四支 耔四支 資四支 貽四支 疵四支 斯四支 卮四支
（其二）	25	閒十五刪 潸十五刪 安十四寒 環十五刪 藩十三元 鄲十四寒 嫻（缺） 斕（缺） 三十三覃 男十三覃 蘭十四寒 班十五刪
贈吳玉繩	26	藏七陽 相七陽 狂七陽 涼七陽 姜七陽 方七陽 霜七陽 長七陽 腸七陽 卬七陽 鴴七陽 瘡七陽 芳七陽 忘七陽 鄉七陽
懷朱建三	27	朱七虞 渝七虞 叔一屋 胥六魚 危四支 需七虞 鎞八齊 醯八齊 疲四支 眉四支
懷王左軍	28	王七陽 腸七陽 望七陽 痒七陽 糧七陽 囊七陽 忘七陽
漢陽樹	29	樹七遇 處六御 祚七遇 措七遇 數七遇 箸六御 助六御 孺七遇 庶六御 怒七遇 露七遇 故七遇 賦七遇 顧七遇 鑄七遇 霧七遇 暮七遇 蠹七遇
晴川樓	30	始四紙 此四紙 紫四紙 紙四紙 死四紙 齒四紙 史四紙 爾四紙 旨四紙 矢四紙 邇四紙 指四紙 是四紙 子四紙
七夕感懷爲何鳴九渡江作	31	客十一陌 隔十一陌 出四質 夕十一陌 逼十三職 乞五物 楫十六葉 域十三職 役十一陌 得十三職 泣十四緝 碧十一陌 窄十一陌 即十三職 臆十三職 鬱五物 竹一屋 惻十三職 北十三職 七四質 刻十三職 密四質 懌十一陌 擲十一陌 國十三職 粟二沃 給十四緝 適十一陌 力十三職
讀史志憤	32	會九泰 閉八霽 泥八霽 意四寘 例八霽 異四寘 忌四寘 議四寘 慧八霽 昧九泰/十一隊 晦十一隊 罪十賄 地四寘 贅八霽 沸五味 愧四寘 諱五味 媚四寘 桂八霽 氣五味 吠十一隊 爲四寘 喙十一隊 厲八霽
閏七夕	33	七四質 夕十一陌 益十一陌 得十三職 即十三職 績十二錫 德十三職 匹四質 懌十一陌 億十三職 擇十一陌 適十一陌 極十三職 籍十一陌 擲十一陌
舟中懷諸病妾	34	舟十一尤 秋十一尤 裯十一尤 憂十一尤 喉十一尤 瘳十一尤 儔十一尤 咻十一尤 颼十一尤 柔十一尤 謀十一尤 愁十一尤 羞十一尤
泊蔡店夜逢驟雨	35	舟十一尤 流十一尤 漚十一尤 猴十一尤 籌十一尤 憂十一尤 謀十一尤 修十一尤 裘十一尤 庥十一尤 繆十一尤 猷十一尤 收十一尤
憶蟹	36	癖十一陌 瘠十一陌 釋十一陌 役十一陌 尺十一陌 益十一陌 沒六月 骨六月
陶白二公祠	37	地四寘 意四寘 契八霽 棄四寘 吏四寘 淚四寘 山十五刪 翰十四寒 壇十四寒 瘢十四寒 難十四寒 安十四寒 朽二十五有 有二十五有 守二十五有 首二十五有 友二十五有
三山夾阻風（其一）	38	里四紙 起四紙 醴八薺 女六語 宇七麌 許六語 雨七麌
（其二）	39	八八黠 刮八黠 獺七曷 法十七洽 答（缺）
壽馮易齋相國	40	侯十一尤 謳十一尤 秋十一尤 收十一尤 憂十一尤 籌十一尤 侔十一尤 儔十一尤 謀十一尤 猷十一尤 州十一尤 求十一尤 稠十一尤 留十一尤 投十一尤 修十一尤 庥十一尤 周十一尤 甌十一尤 游十一尤 疣十一尤

阿倩沈因伯…寄詩勉之	41	窮一東 鴻一東 冬二冬 封二冬 紅一東 攻一東 童一東 從二冬 空一東 傭二冬 工一東 翁一東 鋒二冬 中一東 風一東 宗二冬 同一東 蹤二冬 終一東
金臺高會詩作公宴體李湘北太史席上作	42	鄉七陽 長七陽 觴七陽 望七陽 腸七陽 方七陽 堂七陽 狂七陽 章七陽 翔七陽 涼七陽 量七陽 忘七陽
新浴	43	寒十四寒 攔（缺） 嘆十五翰 然一先 眠一先 歡十四寒 顏十五刪 翰十四寒 綿一先 鄲十四寒 餐十四寒
擬古	44	窮一東 龍二冬 蹤二冬 逢一東/二冬 蒙一東 終一東
古別離	45	柳二十五有 口二十五有 手二十五有 走二十五有 斗二十五有
偶興	46	勒十三職 佛五物 執十四緝 鬱五物 癖十一陌 筆四質 益十一陌 國十三職 夕十一陌 塞十三職 檗（缺）
和白樂天詠慵詩爲嵇叔夜解圍	47	慵二冬 工一東 雄一東 風一東 中一東 蹤二冬 同一東 窮一東 從二冬 通一東 慵二冬 豐一東 充一東 龍二冬 縫二冬 戎一東 濃二冬 攻一東
和白樂天齊物（其一）	48	時四支 枝四支 資四支 嗤四支 知四支 之四支
（其二）	49	齊八齊 提八齊 低八齊 嗤四支 奇四支 題八齊 遺四支 眉四支
語虔州兵士	50	軍十二文 人十一眞 賁十二文 身十一眞 斤十二文 吞十三元 孫十三元 神十一眞 貧十一眞 伸十一眞 坤十三元 聞十二文 昏十三元 嗔十一眞 民十一眞 春十一眞 論十三元 勳十二文 勤十二文 陳十一眞
月下與人對酌次日擬吊亡友	51	何五歌 歌五歌 皤五歌 河五歌 過五歌 跎五歌 多五歌 酡五歌 蘿五歌
早行書所見	52	沒六月 窄十一陌 白十一陌 翮十一陌 宅十一陌 摘十一陌 客十一陌 昔十一陌
伐竹辨	53	喧十三元 湲十三元 言十三元 原十三元 源十三元 援十三元 冤十三元 萱十三元 猿十三元 園十三元 軒十三元 存十三元 昏十三元 樽十三元 恩十三元 村十三元 門十三元
捕蚤（其一）	54	闌十四寒 難十四寒 時四支 之四支 岐四支 遲四支 戰十七霰 便十七霰 健十四願 嘆十五翰 案十五翰 簞十四寒 遠〔註2〕十四願
（其二）	55	保十九皓 少十七篠 蚤（缺） 攪十八巧 糧七陽 狂七陽 床七陽 利四寘 悴四寘 避四寘 蟲一東 通一東 宮一東 同一東 公一東 風一東
與杭人談粵中山水	56	岸十五翰 岸十五翰 飯十四願 慣十六諫 羨十七霰 賤十七霰 厭十六葉 變十七霰 願十四願 竄十五翰 片十七霰 絹十七霰 面十七霰 宴十七霰 忭（缺） 戀十七霰 姍（缺） 遍十七霰 線十七霰 幻十六諫 漢十五翰 澗十六諫 患十六諫 萬十四願 間十六諫 綻十六諫 扇十七霰 見十七霰 訕十六諫

〔註2〕李漁：《李漁全集》（浙江：江蘇古籍出版社，1992）卷2，頁30，李漁於「遠」字下小注「去聲」。

席上觀狂客飲酒	57	人十一眞 巡十一眞 唇十一眞 恂十一眞 伸十一眞 文十二文 捫十三元 身十一眞 巾十一眞 髡十三元 辛十一眞 吞十三元 盆十三元 伸十一眞 聞十二文 焚十二文 溫十三元 醺十二文 雲十二文 民十一眞 神十一眞 論十三元 親十一眞 云十二文 因十一眞
白頭花燭詩	58	事四寘 刺四寘 四四寘 字四寘 至四寘 駟四寘 二四寘 豉（缺） 至四寘 嗣四寘 自四寘 髢（缺） 翠四寘 瑞四寘 對十一隊 未五味 醉四寘 諱五味
擬十二日出門因雨不果改至次日	59	然一先 天一先 遷一先 邅一先 詮（缺） 禪一先 涓一先 憐一先 全一先 淵一先
途次中秋	60	觀十四寒 娟一先 全一先 慳（缺） 盤十四寒 圓一先 安十四寒 天一先 然一先 權一先 眠一先 煩十三元 篇一先
阿倩沈因伯四十初度時件予客苕川是日初至（其一）	61	予六語 軀七虞 居六魚 疏六魚 裾六魚 迂七虞 俱七虞 臾七虞 虛六魚 盂七虞 途七虞 無七虞 舒六魚 糊（缺） 弧七虞 沽七虞 扶七虞 餘六魚 娛七虞 廬六魚
（其二）	62	客十一陌 窄十一陌 隔十一陌 百十一陌 宅十一陌 劇十一陌 策十一陌 格十一陌 辟十一陌 白十一陌 畫十一陌 惜十一陌 脈十一陌 核十一陌 蟈（缺） 釋十一陌 獲十一陌
江行阻風	63	北十三職 域十三職 日四質 力十三職 鷁十二錫 立十四緝 密四質 術四質 息十三職 昃十三職 匿十三職 測十三職 翼十三職 塞十三職 弋十三職
偶感	64	帽二十號 糶十八嘯 傲二十號 窖二十號
書所聞	65	苦七虁 賭七虁 補七虁 釜七虁 怒七虁 土七虁 賈七虁 部七虁 舞七虁
元夜觀燈	66	寒十四寒 單十四寒 壇十四寒 觀十四寒 歡十四寒 嘆十五翰 寬十四寒 干十四寒 餐十四寒 攢十四寒 看十四寒 歡十四寒
題甘石橋王孫園內假山	67	痕十三元 存十三元 尊十三元 昆十三元 孫十三元 根十三元 峋十一眞 門十三元 噴十三元 氛十二文 人十一眞 言十一眞 湲十三元 軒十三元 源十三元 園十三元 騫十三元 諼十三元
月蝕	68	難十四寒 天一先 先一先 權一先 闐一先 冠十四寒 賢一先 憐一先 顛一先 然一先 間十五刪 艱十五刪 觀十四寒 寒十四寒 官十四寒 看十四寒

七言古詩

詩　作　名		韻　字笠翁詩韻韻部
薄命歌	69	弩七虁 舞七虁 滅九屑 妾十六葉 堤八齊 移四支 兒四支 玉一屋 哭一屋 讀一屋 嬌二蕭 簫二蕭 銷二蕭 豔二十九豔 線十七霰 燕十七霰 華六麻 家六麻 花六麻 栽十灰 開十灰 催十灰 怒七遇 妒七遇 訴七遇 妾十六葉 妾十六葉 劫十七洽 血九屑 兒四支 姿四支 癡四支

酒徒篇爲燕中褚山人作 71	70	都七虞 徒七虞 壺七虞 術四質 秫四質 日四質 陌十一陌 擲十一陌 白十一陌 佛五物 叱四質 入十四緝 赫十一陌 責十一陌 邪六麻 茶六麻 家六麻 變十七霰 面十七霰 羨十七霰 之四支 池四支 時四支 醑六語 許六語 侶六語
奇窮歌爲中表姜次生作	71	窮一東 工一東 空一東 五七麌 虎七麌 鼓七麌 家六麻 誇六麻 花六麻 獻十四願 見十七霰 絹十七霰 穿十七霰 見十七霰 記四寘 意四寘 字四寘 高四豪 毛四豪 遭四豪 去六御 住七遇 豎七麌 眠一先 編一先 煙一先 憲十四願 見十七霰 島十九皓 好十九皓 飽十八巧 生八庚 轟八庚 鈔十九效 笑十八嘯 成八庚 名八庚 耕八庚
中秋看月歌	72	鋪七虞 無七虞 看十五翰 院十七霰 群十二文 雲十二文 紛十二文 有二十五有 九二十五有 酒二十五有
鎮江舟中看雪歌	73	密四質 淅十二錫 翼十三職 只四紙 尺十一陌 白十一陌 脈十一陌 笠十四緝 急十四緝 得十三職 力十三職 滴十二錫 濕十四緝 責十一陌 嗇十三職 詰四質 匹四質 墨十三職 色十三職
避兵行	74	囊七陽 糧七陽 岡七陽 故七遇 路七遇 處六御 天一先 煙一先 然一先 地四寘 計八霽 替八霽 絕九屑 決九屑 劫十六葉 鐵九屑 妾十六葉 烈（缺） 九二十五有 朽二十五有 酒二十五有
婺城行吊胡中衍中輸	75	角三覺 落十藥 鑿十藥 洗八薺 喜四紙 已四紙 玉二沃 贖二沃 竹一屋
張敞畫眉行贈韓國士合巹	76	筆四質 側十三職 直十三職 彎十五刪 環十五刪 間十五刪 少十七篠 窈十七篠 兆十七篠 君十二文 聞十二文 雲十二文 媚四寘 備四寘 膩四寘 侶六語 舉六語 女六語
活虎行	77	虎七麌 數七麌 奇四支 威五微 獸二十六宥 鬥二十六宥 就二十六宥 觀十四寒 寒十四寒 蟠十四寒 酸十四寒 湍十四寒 肝十四寒 棺十四寒 拚（缺） 口二十五有 酒二十五有 有二十五有 狃二十五有 鄰十一真 人十一真 輪十一真 至四寘 事四寘 字四寘 稚四寘 人十一真 身十一真 親十一真 乞五物 尺十一陌 識十三職 物五物 宅十一陌 立十四緝 翼十三職 德十三職 寂十二錫 識十三職 獲十一陌 得十三職 嘖十一陌
廣陵肆中書所見	78	穠二冬 紅一東 空一東 醉四寘 珮（缺） 媚四寘 如六魚 徒七虞 胡七虞 色十三職 厄十一陌 述四質
前過十八灘行	79	八八黠 甲十七洽 發六月 水四紙 底八薺 鬼（缺） 鋒二冬 龍二冬 凶二冬 豚十三元 魂十三元 孫十三元 虐十藥 若十藥 弱十藥 惡（缺） 魄十一陌 渚六語 語六語 膂六語 情八庚 平八庚 陵十蒸 殺 發 猾 吾七虞 途七虞 乎七虞 辜七虞 績十二錫 百十一陌 穴九屑 集十四緝 域十三職 劾十三職 塞十三職 悔十賄 愧四寘 鬼（缺） 水四紙

後過十八灘行	80	裂（缺） 別九屑 絕九屑 強七陽 藏七陽 勷七陽 石十一陌 迹十一陌 翼十三職 立十四緝 笏六月 覓十二錫 得十三職 壁十二錫 崇一東 峰二冬 凶二冬 翁一東 汝六語 汝六語 煮六語
月夜聽兩侍兒并吹橫笛歌	81	雨七麌 許六語 開十灰 來十灰 苔十灰 月六月 孑九屑 悅九屑 簫二蕭 高四豪 調二蕭 翕十四緝 抑十三職 即十三職 如六魚 舒六魚 初六魚 曲二沃 肉一屋 竹一屋 高四豪 霄二蕭 橋二蕭 侶六語 汝六語 舉六語 杼六語 許六語 膂六語 呂六語
次韻和家仁熟送予之荊南	82	生八庚 平八庚 情八庚 精八庚 怦八庚 筆四質 匹四質 深十二侵 音十二侵 心十二侵
鐘山篇贈白子云	83	白十一陌 赫十一陌 擇十一陌 魄十一陌 笠十四緝 翮十一陌 惜十一陌 物五物 壁十二錫 色十三職 擲十一陌 得十三職 嗇十三職 述四質 白十一陌
行路難	84	鞍十四寒 難十四寒 湍十四寒 還十五刪 山十五刪 嘆十五翰 漫十四寒 看十四寒 闌十四寒 語六語 許六語 故七遇 汝六語 賤十七霰 電十七霰 變十七霰 燕十七霰 見十七霰 劵十四願 片十七霰
儋州行贈何主洛使君	85	賢一先 蟾十四鹽 年一先 老十九皓 矯十七篠 早十九皓 猷十一尤 侯十一尤 州十一尤 事四寘 字四寘 市四寘 南十三覃 含十三覃 籃十三覃 口二十五有 朽二十五有 有二十五有 酒二十五有 口二十五有 斗二十五有 櫕二十五有 迷八齊 移四支 題八齊 得 國 迹 方七陽 揚七陽 糧七陽 矢四紙 史四紙 駛四紙
賣船行和施愚山憲使	86	詩四支 遲四支 資四支 笠十四緝 楫十六葉 宅十一陌 翁一東 空一東 中一東 躬一東 日四質 潔（缺） 屑九屑 月六月 得十三職 蘖(缺） 拙九屑 竭九屑 結九屑 船一先 緣一先 錢一先 誶十一隊 慰五味 裨四支 神十一眞 人十一眞 辛十一眞 辰十一眞 親十一眞 轔十一眞 貧十一眞 津十一眞 文十二文 賣十卦 賚九泰 在十一隊 大九泰
題程雪池小像歌	87	圖七虞 雛七虞 儒七虞 泛三十陷 翰十五翰 岸十五翰 癡四支 之四支 池四支 久二十五有 守二十五有 口二十五有 有二十五有 斗二十五有 柳二十五有 否二十五有 行七陽 亡七陽 章七陽 唐七陽 箱七陽 傷七陽 堂七陽 鄉七陽 索十一陌 虐十藥 壑（缺） 寞十藥 樂三覺 藥十藥 閣（缺）
黃河篇	88	折九屑 泄九屑 竭九屑 西八齊 倪八齊 雞八齊 濟八薺 里四紙 理四紙 擬四紙 時四支 雌四支 師四支 知四支 辭四支 資四支 厚二十六宥 囿二十六宥 鬥二十六宥 就二十六宥 藏七陽 降三江 長七陽 防七陽 梁七陽 浪二十三漾 障二十三漾 丈二十二養 向二十三漾 上二十三漾 抗二十三漾 恙二十三漾 之四支 池四支 時四支 遲四支 司四支
大宗伯龔芝麓先生輓歌	89	儒七虞 書六魚 乎七虞 歿(缺） 七四質 北十三職 寂十二錫 年一先 懸一先 邅一先 仙一先 氈一先 前一先 日四質 律四質 策十一陌 宅十一陌 失四質 一四質 原十三元 編一先 天一先

菜根篇謝柯岸初給諫	90	識十三職 益十一陌 食十三職 君十二文 貧十一眞 身十一眞 芬十二文 慨四寘 改十賄 駭九蟹 采十賄 形九青 民十一眞 論十三元 蜜四質 膈（缺） 得十三職 澤十一陌 色十三職
萬柳堂歌呈馮易齋相國	91	者二十一馬 野二十一馬 也二十一馬 臣十一眞 身十一眞 辛十一眞 陰十二侵 霖十二侵 治四寘 致四寘 事四寘 志四寘 世八霽 置四寘 園十三元 田一先 連一先 賢一先 煙一先 相二十三漾 上二十三漾 望二十三漾 人十一眞 均十一眞 扃九青 掌二十二養 帑二十二養 攘二十二養 鏹（缺） 稀五微 鸝四支 菲五微 衣五微 眾一送 縫二冬 用二宋 有二十五有 手二十五有 柳二十五有
壽陳學山少宰	92	紫四紙 始四紙 子四紙 年一先 仙一先 邅一先 展十六銑 遠十三阮 阮十三阮 作二十一箇 若十藥 漠十藥 鴞二蕭 孫十三元 昏十三元 補七麌 蠱七麌 祖七麌 奇四支 衣五微 緋五微 菲五微 暉五微 日四質 昔十一陌 臆十三職 白十一陌 述四質
華山歌壽賈大中丞膠侯	93	天一先 巔一先 煙一先 氏四紙 熾四寘 峙四紙 連一先 穿一先 畋一先 紙四紙 子四紙 氏四紙 陲四支 歸五微 威五微 客十一陌 力十三職 嗇十三職 翼十三職 席十一陌 戚十二錫 觴七陽 章七陽 長七陽
贈施匪莪司城	94	倒十九晧 老十九晧 飽十八巧 窮一東 通一東 風一東 物五物 立十四緝 日四質 膝四質 職十三職 戟十一陌 益十一陌 人十一眞 身十一眞 金十二侵 情八庚 飲十二寢 冷二十三梗 騁二十三梗 言一先 賢一先 巔一先
柯岸初給諫以長歌送行有屢柬留君不能止之句倚韻和之	95	止四紙 史四紙 屣四紙 水四紙 是四紙 氏四紙 旨四紙 始四紙 指四紙 死四紙 底八薺 尾五尾 已四紙 洗八薺 倚四紙 擬四紙 晷四紙 矣四紙
贈許茗車	96	中一東 翁一東 同一東 士四紙 幟四寘 字四寘 吾七虞 粗七虞 書六魚 吳七虞 呼七虞 朱七虞 途七虞 遇七遇 聚七遇 具七遇 天一先 煙一先 然一先 早十九晧 好十九晧 少十七篠 名八庚 耕八庚 聲八庚 羹八庚 人十一眞 友二十五有 手二十五有 朽二十五有
壽獻明侄七十	97	稀五微 奇四支 爲四支 報二十號 療（缺） 道二十號 耄二十號 林十二侵 心十二侵 霖十二侵 音十二侵 四四寘 刺四寘 致四寘 旁七陽 行七陽 床七陽 九二十五有 斗二十五有 肘二十五有 沉十二侵 金十二侵 深十二侵
擔燈行贈程子穆倩	98	人十一眞 紛十二文 塵十一眞 刻十三職 律四質 席十一陌 得十三職 高四豪 嘈四豪 宵二蕭 物五物 側十三職 日四質 得十三職 滴十二錫 旁七陽 觴七陽 徨七陽 光七陽 莊七陽 醉四寘 祟（缺） 贅八霽 沸五味 吠十一隊 地四寘 燈十蒸 名八庚 醒九青
食笋歌又贈程子穆倩	99	客十一陌 珀十一陌 百十一陌 食十三職 膈（缺） 年一先 筵一先 涎一先 候二十六宥 瘦二十六宥 舊二十六宥 專一先 纏一先 邊一先 鮮一先 性二十四敬 并八庚 鏡二十四敬 襯十二震 廉十四鹽 添十四鹽 兼十四鹽 尖十四鹽

贈許于王直指	100	濱十一眞 屯十一眞 人十一眞 親十一眞 指四紙 此四紙 止四紙 軌四紙 履四紙 驚八庚 更八庚 枰八庚 則十三職 國十三職 一四質 日四質
江左夷吾行爲慕鶴鳴方伯賦	101	逋七虞 吳七虞 吾七虞 烈九屑 節九屑 孽九屑 戢十四緝 顧七遇 賦七遇 路七遇 心十二侵 今十二侵 吟十二侵 是四紙 爾四紙 此四紙 隅七虞 居六魚 鋤六魚
依劉行爲方艾賢觀察賦	102	稀五微 垂四支 熙四支 誰四支 郡十三問 問十三問 鎭十二震 燼十二震 侯十一尤 儔十一尤 憂十一尤 禱十九晧 好十九晧 表十七篠 陵十蒸 庭九青 憑十蒸 憑十蒸
吳太翁輓歌	103	高四豪 勞四豪 溥七麌 楚六語 年一先 賢一先 煙一先 有二十五有 友二十五有 手二十五有 閒十五刪 爛（缺） 餐十四寒 還十五刪 難十四寒 寒十四寒 完（缺） 願十四願 戀十七霰 喧（缺） 子四紙 矢四紙 死四紙
勝春歌	104	紅一東 風一東 松二冬 懼七遇 絮六御 去六御 足一屋 碌一屋 足一屋 東二沃 矜十蒸 能十蒸 冥九青 傾九青 層十蒸 扃九青 醒九青 靈九青 平八庚 驚八庚 絕九屑 粵六月 浙九屑 因十一眞 人十一眞 塵十一眞 氳十二文 此四紙 梓四紙 子四紙
周履坦山人自畫小像歌	105	照十八嘯 貌十九效 嘯十八嘯 精八庚 情八庚 生八庚 英八庚 技四紙 貴五味 利四寘 棄四寘 糧七陽 鄉七陽 堂七陽 祿一屋 竹一屋 讀一屋 客十一陌 肉一屋 屋一屋 來十灰 開十灰 回十灰 此四紙 紙四紙 耳四紙 子四紙 指四紙 始四紙
題壽星圖祝沈大匡使君	106	樣二十三漾 閬二十三漾 上二十三漾 相二十三漾 恙二十三漾 藏二十三漾 圖七虞 夫七虞 凫七虞 蕪七虞 儒七虞 如六魚 老十九晧 好十九晧 表十七篠 眞十一眞 人十一眞 神十一眞 此四紙 耳四紙 祉四紙
張敬止使君相馬圖歌	107	圖七虞 枯七虞 馬二十一馬 把二十一馬 煩十三元 爛（缺） 肝十四寒 敏十一軫 騁二十三梗 影二十三梗 吻十二吻 紛十二文 人十一眞 倫十一眞 麟十一眞 身十一眞 牡二十五有 否二十五有 走二十五有 口二十五有 朽二十五有 酒二十五有
高山仰止行贈程蕉鹿文宗	108	天一先 巔一先 是四紙 止四紙 子四紙 氏四紙 章七陽 唐七陽 光七陽 學三覺 犖三覺 灼十藥 略十藥 年一先 田一先 泉一先 舊二十六宥 覆二十六宥 漏二十六宥 人十一眞 貧十一眞 親十一眞 雲十二文
奇福歌爲陳母潘太夫人壽	109	逢一東 公一東 有二十五有 母二十五有 人十一眞 神十一眞 姻十一眞 子四紙 紫四紙 梓四紙 旨四紙 門十三元 紛十二文 尊十三元 數七麌 父七麌 輔七麌 潘十三元 冠十四寒 蘭十四寒 易四寘 備四寘 位四寘 瑞四寘 佩十一隊 地四寘 配十一隊 寐四寘 奇四支 基四支 楣四支 恢十灰

吳興太守歌	110	茶六麻 家六麻 口二十五有 手二十五有 酒二十五有 沽七虞 夫七虞 蚨七虞 勺十藥 藥十藥 瘧（缺） 稀五微 衣五微 揮五微 灰十灰 特十三職 識十三職 食十三職 即十三職 得十三職 黑十三職 物五物 術四質 日四質 出四質
軍興三異歌爲都師李鄴園先生作	111	瀾十四寒 難十四寒 寒十四寒 士四紙 事四寘 志四寘 旄四豪 號四豪 潮二蕭 地四寘 銳八霽 臂四寘 墜四寘 蔽八霽 燧四寘 異四寘 平八庚 驚八庚 兵八庚 派十卦 界十卦 稗十卦 老十九皓 好十九皓 飽十八巧 斯四支 知四支 時四支 飴四支 得十三職 出四質 瘠十一陌 窟六月 一四質 北十三職 笏六月
佳偶行贈錢子照五	112	偶二十五有 醜二十五有 苟二十五有 絕九屑 缺九屑 屑九屑 歸五微 眉四支 輝五微 匹四質 息十三職 國十三職 求十一尤 秋十一尤 榴十一尤 修十一尤
謝蟹歌爲歸安令君何紫雯作	113	寂十二錫 滴十二錫 敵十二錫 色十三職 螯（缺） 時四支 知四支 咨四支 得十三職 默十三職 息十三職 肘二十五有 酒二十五有 手二十五有 窮一東 鋒二冬 饔二冬 口二十五有 剖二十五有 朽二十五有 塵十一眞 樽十三元 貧十一眞 食十三職 邑十四緝 穡十三職 憐一先 錢一先 捐一先 懸一先 然一先 汝六語 睹七麌 舞七麌
丁巳小春…即席同賦韻限蟹頭魚尾	114	蟹九蟹 解九蟹 買九蟹 窮一東 瓏一東 益十一陌 踖十一陌 易十一陌 兵八庚 行八庚 嬰八庚 精八庚 橫二十四敬 命二十四敬 阱二十四敬 鏡二十四敬 并八庚 應二十五徑 常七陽 忙七陽 償七陽 福一屋 屋一屋 祝（缺） 伏一屋 虛六魚 居六魚 魚六魚
念庵招飲後…仍用蟹頭魚尾之韻	115	蟹九蟹 采十賄 海十賄 妒七遇 怒七遇 霧七遇 亡七陽 王七陽 揚七陽 死四紙 己四紙 尾五尾 筵一先 錢一先 捐一先 逞二十三梗 鯁二十三梗 餅二十三梗 吃（缺） 厄十一陌 食十三職 域十三職 德十三職 一四質 歟六魚 虛六魚 魚六魚
一人知己行贈佟碧枚使君	116	濫二十八勘 憾二十八勘 算十五翰 彈十四寒 難十四寒 懸一先 此四紙 是四紙 死四紙 紙四紙 始四紙 奇四支 脾四支 隨四支 出四質 筆四質 日四質 力十三職 實四質 君十二文 聞十二文 焚十二文 貌十九效 肖十八嘯 效十九效 調十八嘯 召十八嘯 好二十號 間十五刪 顏十五刪 鬢十五刪 切九屑 結九屑 截（缺） 葉十六葉 闋九屑

五言律詩

詩　作　名		韻　　字	笠翁詩韻韻部	
新竹	117	閒 刪 斑 間	上平 15	刪
虎丘賣花市	118	坊 香 忙 光	下平 7	陽
早行	119	遲 時 詩 之	上平 4	支
戚園怪石	120	妝 羊 香 旁	下平 7	陽

十三夜月	121	頭 鉤 樓 愁	下平 11	尤
十四夜月	122	前 圓 先 眠	下平 1	先
十五夜月	123	游 酬 秋 流 頭	下平 11	尤
十六夜月	124	先 圓 憐 權	下平 1	先
十七夜月	125	之 遲 颸 時	上平 4	支
過五路嶺	126	眠 巔 拳 肩	下平 1	先
過太陽嶺	127	衣 梯 霓 低 西	上平 5 上平 8	微 齊
病疫	128	時 詩 知 思	上平 4	支
內子病	129	逋 孥 枯 姑	上平 7	虞
送周參戎雲山之浦陽	130	倫 身 人 屯	上平 11 上平 13	眞 元
九日京口早發	131	光 黃 霜 陽	下平 7	陽
錢塘晚渡	132	降 雙 江 缸	上平 3	江
廣陵歸值家慈誕日	133	居 廬 餘 虛 閭	上平 6	魚
賣劍	134	辛 人 貧 津	上平 11	眞
賣琴	135	途 沽 無 呼	上平 7	虞
賣硯	136	田 錢 年 全 穿	下平 1	先
賣畫	137	峋 貧 新 珍	上平 11	眞
從郡署移寓婺寧庵	138	峰 縫 松 容	上平 2	冬
從婺寧庵移寓舟中	139	秋 鷗 浮 樓	下平 11	尤
辛卯元日	140	場 忘 楊 狂	下平 7	陽
宿長山廢寺	141	尊 存 門 根	上平 13	元
宿長山倪氏山莊贈七十叟	142	存 尊 婚（缺） 村	上平 13	元
有以得書不報…寄此解嘲	143	疏 書 舒 除	上平 6	魚
偶興	144	間 閒 山 顏	上平 15	刪
山居雜詠（其一）	145	交（缺） 茅（缺） 巢（缺） 匏	下平 3	肴
（其二）	146	年 錢 天 仙	下平 1	先
（其三）	147	裀（缺） 人 眞 親	上平 11	眞
（其四）	148	論 根 萱 魂	上平 13	元
（其五）	149	顏 灣 閒 慳（缺）	下平 1 上平 15	先 刪
殘菊用韻	150	神 人 頻 春	上平 11	眞
壬午除夕	151	酣 三 諳 甘	下平 13	覃
夜夢先慈…醒書自懲	152	人 親 眞 身	上平 11	眞
答姜次生問山居近狀	153	蘿 蓑 多 波	下平 5	歌

江城晚眺	154	城 行 平 清	下平 8	庚
郭去非詩訂過訪	155	長 將 香 藏	下平 7	陽
內子與側室…即以二姓爲韻可也走筆應之（其一）	156	徐 居 書 餘 躕[註1]	上平 6 上平 7	魚 虞
（其二）	157	勞 高 繅 曹	下平 4	豪
菊枕	158	收 秋 流 頭	下平 11	尤
送吳與迪葬親	159	昆 孫 奔 村	上平 13	元
應試中途聞警歸	160	成 平 聲 清	下平 8	庚
甲申避亂	161	鄉 囊 香 場	下平 7	陽
乙酉除夕	162	歌 多 酡 儺	下平 5	歌
清明前一日	163	天 煙 鞭 錢	下平 1	先
洪山人隱居	164	峰 松 供 儂	上平 2	冬
婺城亂居感懷	165	經 停 星 硎	下平 9	青
花朝日…時有不期而至者（其一）	166	辰 人 鄰 新	上平 11	眞
（其二）	167	侯 籌 疣 蝣	下平 11	尤
懷韓國士（其一）	168	緣 年 天 痊	下平 1	先
（其二）	169	柴 懷 儕 乖	上平 9	佳
過陳子壯山居留宿	170	旋 緣 年 船	下平 1	先
輓季海濤先生	171	堅 氈 憐 天	下平 1	先
丙戌除夜	172	田 邊 全 年	下平 1	先
過某氏荒居題壁	173	開 來 栽 回	上平 10	灰
雲居春雪…限岩字	174	凡 衫 岩 帆	下平 15	咸
尋梅	175	僵 芳 香 陽	下平 7	陽
憂歲	176	過 多 歌 科	下平 5	歌
苦雨	177	雲 裙 筋 紛	上平 12	文
閒	178	山 閒 還 斑	上平 15	删
飯冷然和尚	179	冰 僧 蒸 增（蒸登）	下平 10	蒸
趺坐	180	編 天 煙 眠	下平 1	先
虞君哉待詔…并志豆觴之盛	181	塵 珍 賓 因	上平 11	眞

[註1] 該詩句爲「占定莫躊躕」，於李詩中書爲「躕」，然《笠翁詩韻・六魚》於「躇」字條下云：「除。躊—。」案《笠翁詩韻》中認定「躊躇」之「躇」，而非「躊躕」。《笠翁詩韻・七虞》於「躕」字條下云：「廚。行不進。」未造詞。除後人誤植的情況可堪考慮之外，此詩成爲魚虞通押，或可視爲李漁作詩與造韻矛盾之處。

某醫士臥病屢詢未起詩以嘲之	182	床 方 腸 盲	下平 7	陽
田間柳	183	坡 多 蓑 禾	下平 5	歌
深巷酒家與祝子長康分韻	184	鄉 坊 香 涼	下平 7	陽
冬至後梅花未開	185	葩 查 花 撾	下平 6	麻
丁亥守歲	186	稱 膯 僧 增	下平 10	蒸
春湖早泛	187	遲 枝 時 知	上平 4	支
贈行腳僧默止	188	經 停 形 仃	下平 9	青
登華嶽（其一）	189	同 中 松 翁	上平 1 上平 2	東 冬
（其二）	190	平 成 名 聲	下平 8	庚
（其三）	191	謳 浮 不 由	下平 11	尤
（其四）	192	何 歌 柯 魔	下平 5	歌
贈定遠驛某丞	193	丞 蠅 僧 能（蒸登）	下平 10	蒸
贈九十翁瞿定宇	194	升 僧 藤 登	下平 10	蒸
不寐（其一）	195	多 跎（缺） 皤 何	下平 5	歌
（其二）	196	雞 西 奚 迷	上平 8	齊
（其三）	197	暉 非 衣 晞	上平 5	微
寓頤眞宮（其一）	198	群 墳 雲 聞	上平 12	文
（其二）	199	聞 耘 雲 云	上平 12	文
周姬席上寄鮑九	200	場 郎 涼 將	下平 7	陽
谷霖蒼學憲賜馬	201	誇 窪 家 駼	下平 6	麻
翁維魚別駕賜馬	202	驚 情 輕 名	下平 8	庚
都門報國寺松	203	心 深 森 陰	下平 12	侵
秋懷	204	衣 噺 饑 題	上平 5 上平 8	微 齊
粵東家報	205	憂 頭 州 留	下平 11	尤
閩中食鮮荔枝（其一）	206	平 名 瀛 清	下平 8	庚
（其二）	207	晶 擎 情 名	下平 8	庚
題西安旅舍	208	新 人 新重 珍	上平 11	眞
秦游家報	209	舟 丘 留 秋	下平 11	尤
秦游頗壯歸後僅償積逋一散無遺感而賦此	210	無 逋 途 壺	上平 7	虞
過王子敬山居留贈	211	時 知 祠 詩	上平 4	支
元宵無月次汪然明封翁韻	212	飛 輝 威 歸	上平 5	微
聞老友陸麗京棄家逃禪寄贈（其一）	213	孤 途 狐 無	上平 7	虞

（其二）	214	賢 禪 天 船	下平 1	先
二十年不返故鄉重歸誌感	215	刪 顏 閒 湲	上平 15 上平 13	刪 元
富春道中	216	民 鄰 顰 人	上平 11	眞
次竹馬館	217	暉 微 飛 歸	上平 5	微
旅況	218	年 天 錢 篇	下平 1	先
紫霞岩訪陸洪濛羽士	219	斜 家 花 霞	下平 6	麻
聞砧	220	更 聲 枰 城	下平 8	庚
得家書	221	來 開 猜 諧	上平 10 上平 9	灰 佳
次韻和朗公寄懷	222	冰 增 僧 燈（蒸登）	下平 10	蒸
送人游白下並託寄書	223	開 回 台 陪	上平 10	灰
贈如是上人	224	僧 燈 憑 登	下平 10	蒸
夢中贈人止成五句醒足成之	225	暘 章 忘 藏	下平 7	陽
病起試筆	226	年 仙 天 芊	下平 1	先
送屠十七歸長山喜凌七適至仍拉歸同飲	227	船 泉 賢 然	下平 1	先
答吳彥遠述游況蕭索	228	千 田 便 錢	下平 1	先
新歲寄同社	229	眠 天 弦 巔	下平 1	先
阻風登燕子磯	230	濱 津 塵 神	上平 11	眞
早發	231	輝 歸 違 非	上平 5	微
次韻和尤悔庵水哉亭（其一）	232	哉 台 杯 來	上平 10	灰
（其二）	233	然 天 眠 傳	下平 1	先
（其三）	234	濱 人 塵 綸	下平 11	眞
（其四）	235	間 閒 山 還	上平 15	刪
夜深不寐聞童子鼾聲	236	長 鄉 霜 涼	下平 7	陽
登樓	237	侵 心 深 金	下平 12	侵
贈郇	238	民 薪 貧 伸	上平 11	眞
粵歸寄內	239	頭 秋 求 羞	下平 11	尤
自眞州放艇…其捷如此	240	威 磯 暉 歸	上平 5	微
贈瓢隱道人五七言各一律	241	身 神 人 眞	上平 11	眞
楚游別芥子園	242	荒 將 傷 忘	下平 7	陽
江行阻風（其一）	243	遊 仇 尤 舟	下平 11	尤
（其二）	244	時 欺 知 疑	上平 4	支

（其三）	245	濤 騷 毛 曹	下平 4	豪
（其四）	246	才 開 來 回	上平 10	灰
贈九江郡伯江念鞠	247	長 桑 荒 章	下平 7	陽
謝江郡守分俸贈舟兼免關吏誅求之苦	248	程 聲 行 征	下平 8	庚
夜泊漢口次日鄰舫諸客	249	宵 潮 驕 瓢	下平 2	蕭
抵漢陽十日目疾未癒不獲即登黃鶴樓	250	樓 留 游 眸	下平 11	尤
贈家仁熟（其一）	251	音 潯 深 心	下平 12	侵
（其二）	252	堂 鄉 行 場	下平 7	陽
吳王廟神鴉	253	憑 騰 鷹 增（蒸登）	下平 10	蒸
吳主廟	254	間 山 刪 閒	上平 15	刪
讀王茂衍少參韜香詩刻	255	時 詩 髭 詞	上平 4	支
寄懷龔伯通（其一）	256	都 無 逋 徒	上平 7	虞
（其二）	257	丘 浮 愁 舟	下平 11	尤
別吳修蟾徐東來二詩友	258	雲 分 勤 聞	上平 12	文
答家人問楚游壯否	259	深 侵 金 斟	下平 12	侵
都門報國寺海棠	260	燕 妍 天 肩	下平 1	先
淩山人索贈	261	嗟 花 瓜 霞	下平 6	麻
頌錢神（其一）	262	靈 溟 翎 經	下平 9	青
（其二）	263	求 頭 憂 羞	下平 11	尤
（其三）	264	人 親 身 貧	上平 11	眞
（其四）	265	流 仇 休 修	下平 11	尤
李湘北太史…諸君已脫稿矣	266	群 曛 斤 紛	上平 12	文
題程天臺畫梅卷子	267	工 中 風 翁	上平 1	東
茉莉	268	情 橫 清 英	下平 8	庚
閒	269	逢 中 功 宮	上平 1	東
客窗夜雨	270	深 音 心 霖	下平 12	侵
江村止宿	271	先 鮮 緣 眠	下平 1	先
江村晏起	272	磁 知 遲 斯	上平 4	支
眞州夜渡	273	騰 燈 層 能	下平 10	蒸
泊草鞋夾	274	氛 雲 群 聞	上平 12	文
夜半上小樓獨坐	275	登 乘 扃 冥（登蒸青）	下平 10 下平 9	蒸 青
偶暇檢殘書焚其可以不讀者	276	壺 徒 儒 辜（虞模）	上平 7	虞

雪眺	277	坡 皤 蓑 多	下平 5	歌
宿南雄蕭寺	278	游 流 留 幽	下平 11	尤
智果寺避雨	279	行 晴 聲 明	下平 8	庚
坐葛氏尚義堂留贈	280	親 塵 人 身	上平 11	眞
立夏前一日餞人	281	行 征 情 聲	下平 8	庚
喜抄書人至	282	書 除 虛 予	上平 6 上聲 6	魚 語
寄題王山人別墅	283	栽 開 回 陪	上平 10	灰
遣婢	284	年 天 懸 緣	下平 1	先
喜故人至	285	靈 庭 零 星	下平 9	青
獲兔	286	吁 拘 愚 驅	上平 7	虞
賦得夏雲多奇峰	287	年 巔 天 眠	下平 1	先
孤雁	288	何 多 莎 窠	下平 5	歌
飲第一泉（其一）	289	泉 旋 涎 箋	下平 1	先
（其二）	290	鐺 聲 清 烹	下平 8	庚
泊燕子磯看月與王安節同賦（其一）	291	然 賢 圓 眠	下平 1	先
（其二）	292	篇 船 前 天	下平 1	先
寫憂（其一）	293	桑 霜 長 囊	下平 7	陽
（其二）	294	囚 愁 收 劉	下平 11	尤
（其三）	295	何 鵝 多 酡	下平 5	歌
（其四）	296	憂 籌 秋 頭	下平 11	尤
阻風泊沙渚…蘆蒿伴宿而已	297	舟 鳩 愁 休	下平 11	尤
瞘水道中	298	灣 山 閒 間	上平 15	刪
廣陵歸日示諸兒女	299	年 錢 天 眠	下平 1	先
懷王北山給諫	300	飛 歸 衣 揮	上平 5	微
歲暮檢殘歷感而賦此	301	憐 天 年 然	下平 1	先
洪烈女詩	302	英 名 情 貞	下平 8	庚
代送許煉師入蜀	303	虛 居 驢 予	上平 6 上聲 6	魚 語
贈李西禹文學	304	通 中 風 同	上平 1	東
贈吳睿公（其一）	305	遲 詩 時 知	上平 4	支
（其二）	306	心 音 深 尋	下平 12	侵

七言律詩

詩作名		韻字	笠翁詩韻韻部	
贈俠少年	307	顱 夫 盧 壺 無	上平 7	虞
白燕	308	堂 颺 妝 忘 長	下平 7	陽
早梅	309	籬 期 肌 凝 遲	上平 4	支
瓶梅	310	牆 芳 光 香 妝	下平 7	陽
擬構伊山別業未遂	311	邊 煙 泉 錢 川	下平 1	先
丁卯元日試筆	312	常 光 香 長 霜	下平 7	陽
朱梅溪宗侯謫婺州	313	司 支 私 宜 詩	上平 4	支
榜後柬同時下第者	314	遭 豪 髦 騷 高	下平 4	豪
山中飯客	315	珍 鄰 賓 巾 人	上平 11	眞
朱叔文過訪留宿	316	居 予 魚 沮 虛	上平 6 上聲 6	魚 語
朱母方孺人寫眞索題	317	班 環 彎 顏 間	上平 15	刪
夜半自溪上納涼歸	318	翁 烘 風 從 中	上平 1 上平 2	東 冬
旅宿不寐夜半忽聞洞簫	319	開 杯 灰 來 回	上平 10	灰
惠安寺宿寓公講堂	320	翁 同 風 空 宗	上平 1 上平 2	東 冬
梅村	321	家 麻 花 斜 槎	下平 6	麻
喜潘大生至	322	思 卮 時 知 之	上平 4	支
諸友攜酒登佛印寺浮屠予獨後至	323	先 天 煙 肩 傳	下平 1	先
寄韓國士讀書金山	324	江 窗 雙 航 降	上平 3 下平 7	江 陽
韓國士七夕後一日合巹	325	餘 車ㄐㄩ 書 魚 如	上平 6	魚
送阿咸晉侯司鐸安吉	326	年 氈 先 賢 玄	下平 1	先
投宿錢澹叟山居看菊自出數錢沽酒	327	車ㄑㄧㄚ 花 家 霞 賒	下平 6	麻
雪彌勒	328	林 侵 金 心 深	下平 12	侵
漁燈	329	暉 微 歸 輝 扉	上平 5	微
姜次生留宿齋頭雷雨忽晴起就月中看牡丹得臺字	330	栽 開 來 杯 台	上平 10	灰
七夕雨過登江樓看巧雲有數少年踏歌至	331	輕 城 晴 聲 情	下平 8	庚

旅病	332	除 梳 疏 初 書	上平 6	魚
答王子立山人問病兼釋致病之疑	333	顰 春 人 因 眞	上平 11	眞
午日王使君問病兼賜蘄艾彩勝賦謝	334	嗟 花 家 霞 蛇	下平 6	麻
櫻桃	335	筵 先 前 燃 眠	下平 1	先
楊梅	336	兒 宜 時 脂 枝	上平 4	支
十六夜湖舫獨宿	337	過 多 波 跎（缺） 歌	下平 5	歌
賣樓	338	人 新 身 緡 賓	上平 11	眞
清明日掃先慈墓	339	萊 栽 才 灰 哉	上平 10	灰
閱耕	340	關 間 閒 顏 艱	上平 15	刪
祝長康善畫復善詩觀其近作有筆底賣青山之句賦以贈之	341	纏 川 錢 懸 傳	下平 1	先
祝長康唐萬叔姜次生攜酒過予不值代柬謝之兼訂後約	342	雲 群 勤 君 分	上平 12	文
紅樹	343	黃 場 妝 囊 陽	下平 7	陽
烏傷道中	344	程 平 名 聲 耕	下平 8	庚
避兵過趙山人隱居	345	層 勝 僧 肱 冰	下平 10	蒸
避兵歸值清明日	346	寬 安 看 寒 攤	上平 14	寒
次韻贈賈姬	347	絲 時 知 兒 詩	上平 4	支
吊書（其一）	348	分 氛 雲 勤 墳	上平 12	文
（其二）	349	迂 俱 徒 糊（缺） 儒	上平 7	虞
（其三）	350	台 煨 來 灰 堆	上平 10	灰
（其四）	351	中 紅 風 攻 空	上平 1	東
焚故友骸骨	352	身 眞 薪 鶉（缺） 倫	上平 11	眞
亂後無家暫入許司馬幕	353	煙 賢 翩 錢 鞭	下平 1	先
許司馬亂中得家報爲賦誌喜	354	回 台 來 災 萊	上平 10	灰
婺城亂後感懷	355	吁 予 居 墟 躇	上平 7 上聲 6 上平 6	虞 語 魚
同許孩如登仙華絕頂（其一）	356	山 攀（缺） 閒 還 頑（缺）	上平 15	刪
（其二）	357	身 津 人 頻 巾	上平 11	眞

白龍洞	358	龍 淙 春 逢 縫	上平 2	冬
游善提庵贈了義上人	359	游 秋 流 樓 謳	下平 11	尤
衢游返棹	360	山 斑 閒 間 還	上平 15	刪
伊山別業成寄同社(其一)	361	堂 牆 忘 嘗 廊	下平 7	陽
(其二)	362	流 舟 鉤 頭 求	下平 11	尤
(其三)	363	涼 方 常 香 囊	下平 7	陽
(其四)	364	完 看 竿 寬 癩	上平 14	寒
(其五)	365	農 龍 封 蜂 峰	上平 2	冬
紅村沽酒與鄒十七	366	秋 樓 留 求 謀	下平 11	尤
贈王欽衷解元	367	誇 紗 花 葩 車	下平 6	麻
寄許孩如同學	368	篪 支 知 髭 詩	上平 4	支
庚子舉第一男時予五十初度	369	孤 顱 呼 逋 沽	上平 7	虞
五十初度答賀客	370	邊 田 年 然 憐	下平 1	先
初度日七十老人高碩甫攜樽過訪留宿三日而去	371	青 齡 星 靈 停	下平 9	青
花間偶興	372	思 遲 詩 疲 移	上平 4	支
胡彥遠過訪不值留札及詩	373	林 臨 尋 音 心	下平 12	侵
詠綠燭和稚皋諸友	374	煎 年 天 蓮 煙	下平 1	先
陳瓠庵憲副…武林小築初成	375	苔 來 杯 裴 徊	上平 10	灰
清明日…兼列紅妝	376	流 舟 頭 愁 游	下平 11	尤
英山道上	377	閒 間 鬟 山 還	上平 15	刪
粵中即事	378	情 更 行 迎	下平 8	庚
舟次彭城…相留度歲	379	春 人 親 身	上平 11	真
旅中病瘧…詩以讓之	380	津 人 鄰 塵 神	上平 11	真
辛丑舉第二男…志佳兆也	381	蘿 歌 多 戈 酡	下平 5	歌
送張韓二子遊燕	382	難 安 寒 單 丹	上平 14	寒
重陽日居停主人送酒	383	芳 鄉 陽 腸 傷	下平 7	陽
贈鄭汝器	384	千 仙 錢 年 懸	下平 1	先
賀同人子朱霓窗捷武科	385	同 弓 雄 紅 翁	上平 1	東
渡揚子	386	舟 游 頭 樓 洲	下平 11	尤
晚興	387	閒 關 山 還 顏	上平 15	刪
長至日	388	編 年 天 燃（缺） 眠	下平 1	先
冬至後十日隔村看海	389	華 沙 花 遮 家	下平 6	麻

立春日	390	新 春 陳 貧 巾	上平 11	眞
人日遲一二素心人對酒	391	辰 賓 人 神 倫	上平 11	眞
新歲登玄暢樓	392	先 鞭 煙 錢 眠	下平 1	先
春陰	393	晴 生 萍 輕 耕	下平 8 下平 9	庚 青
掃雪	394	遮 笆（缺） 家 茶 花	下平 6	麻
煮雪	395	泉 煎 湔 鮮 憐	下平 1	先
雪霽	396	晴 情 行 輕 聲	下平 8	庚
姑蘇雪泊	397	晴 明 輕 城 更	下平 8	庚
清明日海陵道中	398	賒 花 華 家	下平 6	麻
桃花	399	晴 生 輕 情 城	下平 8	庚
白牡丹	400	華 花 瑕 嘉 家	下平 6	麻
過稚皋憶先大兄	401	生 鳴 荊 驚 聲	下平 8	庚
春遲	402	留 秋 牛 抽 仇	下平 11	尤
立夏	403	初 舒 書 蔬 鋤	上平 6	魚
閏四月	404	訛（缺） 和 多 陀 禾	下平 5	歌
有年	405	戈 何 多 蓑 過	下平 5	歌
野性	406	回 猜 來 回重 催	上平 10	灰
壬寅舉第三子復舉第四子	407	萌 生 丁 兄 名	下平 8 下平 9	庚 青
癸卯元日	408	虛 虞 軀 窬 駒	上平 6 上平 7	魚 虞
贈葉天木太守	409	身 人 春 津 鄰	上平 11	眞
贈江晚柯老友	410	巔 眠 先 仙 錢	下平 1	先
贈瓢隱道人	411	賒 華 家 瓜 嗟	下平 6	麻
度庾嶺（其一）	412	山 鷴 顏 灣 間	上平 15	刪
（其二）	413	輿 徐 車 徐重 餘	上平 6	魚
予攜婦女出遊…詩以解嘲	414	騰 乘 僧 簦 升	下平 10	蒸
甘泉道中即事	415	沙 華 花 家 賒	下平 6	麻
贈張大將軍飛熊	416	儒 無 扶 孤 呼	上平 7	虞
答張大將軍飛熊問病	417	怦 盈 鯖 行 生	下平 8	庚
重過婺城別金孟英老友	418	眠 年 仙 筵 邊	下平 1	先
六秩自壽（其一）	419	辰 眞 神 身 貧	上平 11	眞
（其二）	420	材 萊 來 杯 開	上平 10	灰

（其三）	421	盈 更 情 嬴 聲	下平 8	庚
（其四）	422	觴 場 陽 狂 王	下平 7	陽
家累	423	民 貧 人 均 薪	上平 11	眞
驚老	424	斑 顏 刪 閒 間	上平 15	刪
和諸友稱觴悉次來韻（其一）	425	筒 翁 功 雄 紅	上平 1	東
（其二）	426	年 篇 天 船 傳	下平 1	先
（其三）	427	中 躬 公 窮 功	上平 1	東
（其四）	428	瀾 難 官 歡 鄲	上平 14	寒
酒家翁索詩…疾書以應	429	賒 家 花 葭 叉	下平 6	麻
登黃鶴樓	430	名 輕 生 爭 聲	下平 8	庚
登懷大宗伯龔芝麓先生（其一）	431	窮 公 中 雄 通	上平 1	東
（其二）	432	差 兒 斯 癡 絲	上平 4	支
寄紀伯紫	433	湮 鄰 榛 神 人	上平 11	眞
寄答陳學山少宰（其一）	434	同 公 中 雄 風	上平 1	東
（其二）	435	人 神 眞 鈞	上平 11	眞
贈高欽如臬憲	436	心 深 今 林 金	下平 12	侵
吳平輿…未及終席而返	437	流 收 喉 頭 鷗	下平 11	尤
羲山道人過訪	438	山 間 鷴 閒 班	上平 14	寒
次韻和鄭房…兼送荊南之別（其一）	439	聞 群 雲 氳 分	上平 12	文
（其二）	440	心 深 襟 音	下平 12	侵
次韻和熊元獻寄懷	441	過 何 多 皤 歌	下平 5	歌
謁荊州關夫子廟	442	奢 牙 家 嗟 爺	下平 6	麻
贈荊州李雨商太守	443	臣 貧 馴 神 民	上平 11	眞
壽楊鄂州樞部四秩	444	臣 身 人 輪 勻	上平 11	眞
贈答徐東來	445	容 恭 鐘 濃 儂	上平 2	冬
徐東來以詩筒贈我即書新句內其中持以索和	446	常 長 觴 將 章	下平 7	陽
次韻和吳休蟾使君過訪（其一）	447	然 前 肩 仙 船	下平 1	先
（其二）	448	泱（缺） 章 香 凰 浪	下平 7	陽
再至漢陽喜周伯衡憲副未去	449	濱 醇 塵 親 因	上平 11	眞

次韻和婁鏡湖使君顧曲（其一）	450	誇 家 華 麻 珈	下平 6	麻
（其二）	451	喉 流 鉤 求 游	下平 11	尤
壽家人熟	452	筵 年 眠 先 仙	下平 1	先
次韻和熊元獻贈詩	453	名 生 聲 笙 驚	下平 8	庚
元獻贈詩…仍次前韻解嘲	454	名 生 聲 笙 驚	下平 8	庚
補祝熊元獻初度	455	時 詩 知 遲	上平 4	支
寄懷荊州張秀升司馬	456	情 聲 傾 輕 盈	下平 8	庚
夏寒不雨爲楚人憂歲	457	颼 秋 優 州 仇	下平 11	尤
寄懷王左車…次公宓草（其一）	458	車 家 賒 花 華	下平 6	麻
（其二）	459	峰 醲 重 淙 筇	上平 2	冬
寄懷樊會公吳遠度二韻友	460	頭 收 愁 秋 游	下平 11	尤
次韻和朱甸方見贈(其一)	461	年 賢 傳 蓮 弦	下平 1	先
（其二）	462	回 開 來 徊 裁	上平 10	灰
送紀靜以入都應試	463	難 看 官 歡 觀	上平 14	寒
贈張九如方伯	464	人 神 畇 輪	上平 11	眞
壽劉元輔方伯	465	稠 秋 收 劉 州	下平 11	尤
將別漢陽預告郡伯邑侯兩地主	466	晴 城 明 情	下平 8	庚
壽盧亨一大中丞	467	頭 流 樓 裘 籌	下平 11	尤
補祝何鳴九初度	468	頭 游 浮 鷗 樓	下平 11	尤
別漢上諸同人歸白門	469	醒 仃 鴒 零	下平 9	青
別熊元獻…居停之誼	470	家 涯 車 賒 花	下平 6	麻
奇窮詩挽姜次生中表	471	閒 關 刪 山 還	上平 15	刪
次韻和徐東來贈別	472	來 開 回 才 梅	上平 10	灰
東來座上…兼訂黃鶴之游	473	期 嶷 隨 靡 宜	上平 4 上聲 4	支 紙
別黃鶴樓	474	周 遊 裘 浮 樓	下平 11	尤
斷腸詩二十首哭亡姬喬氏（其一）	475	時 詩 斯 卮 馳	上平 4	支
（其二）	476	腸 商 凰 禳 香	下平 7	陽
（其三）	477	年 肩 天 篇 然	下平 1	先
（其四）	478	枝 辭 奇 癡 時	上平 4	支
（其五）	479	嬌 樵 瓢 宵 喬	下平 2	蕭

（其六）	480	扳 班 寰 間 還	上平 15	刪
（其七）	481	斯 遲 知 欺 兒	上平 4	支
（其八）	482	歌 和 梭 何 多	下平 5	歌
（其九）	483	神 眞 人 身 因	上平 11	眞
（其十）	484	兜 遊 柔 愁 舟	下平 11	尤
（其十一）	485	杯 醅 灰 回	上平 10	灰
（其十二）	486	茵 貧 人 塵 倫	上平 11	眞
（其十三）	487	年 先 然 偏 前	下平 1	先
（其十四）	488	萌 鶊 驚 情 聲	下平 8	庚
（其十五）	489	非 歸 帷 衣 希	上平 8 上平 4	齊 支
（其十六）	490	床 妝 腸 香 茫	下平 7	陽
（其十七）	491	親 鄰 顰 人	上平 11	眞
（其十八）	492	妝 祥 囊 凰	下平 7	陽
（其十九）	493	音 心 禁 尋	下平 12	侵
（其廿）	494	多 歌 他 娥 梭	下平 5	歌
重過江州…呈江念鞠太守	495	舟 頭 喉 休 州	下平 11	尤
次韻和黃無傲廣陵懷古	496	疆 洋 塘 陽 亡	下平 7	陽
自喬姬亡後…遂成四首（其一）	497	時 思 枝 絲 癡	上平 4	支
（其二）	498	王 行 場 長 裳	下平 7	陽
（其三）	499	餘 琚 初 予 虛	上平 6 上聲 6	魚 語
（其四）	500	情 鳴 驚 卿 傾	下平 8	庚
次韻和黃無傲舟中漫興	501	波 過 和 多 河	下平 5	歌
舟泊清江守閘…內度清歌	502	偏 賢 錢 天 眠	下平 1	先
贈張力臣郯度讓訌三三昆仲	503	壇 難 蘭 寒 翰	上平 14	寒
次韻和金長眞太守	504	疆 鄉 長 香 方	下平 7	陽
送金長眞太守之任維揚仍次前韻	505	疆 鄉 長 香 方	下平 7	陽
和黃仙裳韻仍其首句	506	人 塵 貧 宸（缺） 茵	上平 11	眞
次韻贈孫雪崖使君	507	淮 偕 諧 釵 懷	上平 9	佳
後斷腸詩（其一）	508	年 篇 懸 泉 冤	下平 1 上平 13	先 元

（其二）	509	頭 流 羞 舟 收	下平 11	尤
（其三）	510	人 親 眞 鄰 神	上平 11	眞
（其四）	511	天 娟 錢 邊 年	下平 1	先
（其五）	512	柔 籌 羞 求 丘	下平 11	尤
（其六）	513	堅 天 前 憐 泉	下平 1	先
（其七）	514	兒 癡 時 絲 詩	上平 4	支
（其八）	515	髫 喬 凋 寥 宵	下平 2	蕭
（其九）	516	攜 其 時 詩	上平 8 上平 4	齊 支
（其十）	517	時 司 詞 私	上平 4	支
南歸道上生兒自賀（其一）	518	稀 暉 圍 肥 歸	上平 5	微
（其二）	519	橫 生 聲 行 名	下平 8	庚
金長眞…擢江南憲副	520	濤 旄 勞 高 袍	下平 4	豪
金長眞…時新得擢音	521	光 觴 芳 鄉 狂	下平 7	陽
贈金華太守李恂九公祖	522	斯 時 支 辭 思	上平 4	支
寄壽譚愼伯榷使	523	辛 身 辰 鱗 親	上平 11	眞
和諸同人九日宴集韻	524	黃 陽 霜 狂 忘	下平 7	陽
送徐果亭太史典試還朝	525	何 多 科 戈 歌	下平 5	歌
送王巢雲掌科典試還朝	526	眞 臣 貧 麟 詢	上平 11	眞
再過武林舊居時已再易其主	527	稠 遊 愁 幽 羞	下平 11	尤
洪節婦詩	528	詩 絲 慈 知 兒	上平 4	支
房愼庵…攜尊適至	529	陪 苔 開 杯 來	上平 10	灰
午睡	530	茵 鄰 人 親 神	上平 11	眞
六月六日湖邊即事	531	苔 隈 徊 才 來	上平 10	灰
謁禹廟	532	功 翁 通 風 公	上平 1	東
贈鄭輔庵協鎭	533	軍 聞 雲 分 氛	上平 12	文
贈蘭溪令君楊父母	534	年 然 賢 眠 篇	下平 1	先
暑夜集朱其恭…分得五微	535	輝 微 磯 飛 歸	上平 5	微
又得六魚	536	居 蕖 初 徐 餘	上平 6	魚
贈葉修卜使君	537	聞 君 雲 分 氛	上平 12	文
病起補和徐方虎太史婺城喜遇之作（其一）	538	親 塵 貧 銀 眞	上平 11	眞
（其二）	539	親 塵 貧 銀 眞	上平 11	眞

送趙聲伯之官定海	540	年 賢 連 天 遷	下平 1	先
初度日和長女淑昭稱觴韻	541	年 顛 筵 先 仙	下平 1	先
又和次女淑慧稱觴韻	542	筵 年 鮮 仙 前	下平 1	先
寄懷鄭彰魯文學	543	鄉 場 腸 長 唐	下平 7	陽
壽武林別駕許漢昭	544	先 年 賢 天 遷	下平 1	先
贈嘉禾太守盧耀斗	545	聲 明 成 卿 城	下平 8	庚
贈苕川太守胡子懷	546	酬 侯 憂 周 騶	下平 11	尤
贈顧梁汾典籍	547	安 冠 官 寒 竿	上平 14	寒
別韓子蘧十五年…賦以贈之	548	華 家 花 加 誇	下平 6	麻
吳興諸…詩以謝之	549	盤 歡 餐 蘭 寒	上平 14	寒
顧梁汾…代柬賦謝	550	貧 匀 人 薪 神	上平 11	眞
吳興喜遇寄湖上諸同人	551	才 萊 開 杯 來	上平 10	灰
嚴存庵太史以詩刻見貽賦贈	552	旒 投 遊 流 頭	下平 11	尤
嚴修仁使君…賦贈	553	傳 年 天 偏 圓	下平 1	先
寄懷石庵家孟暨毛子稚黃	554	身 神 人 新 醇	上平 11	眞
阿倩沈因伯…時伴予客苕川（其一）	555	過 多 跎（缺） 何 科	下平 5	歌
（其二）	556	開 來 回 雷 頹	上平 10	灰
贈吳興郡司馬于勝斯	557	時 遲 知 詩 斯	上平 4	支
秋日同于勝斯郡司馬…聽新到梨園度曲	558	囊 芳 腸 香 狂	下平 7	陽
又自步前韻一首	559	囊 芳 腸 香 狂	下平 7	陽
又作誡隱詩一首亦步前韻	560	囊 芳 腸 香 狂	下平 7	陽
向陳仲抒借書	561	違 歸 依 非	上平 5	微
余士元園亭假榻	562	丘 收 遊 休 留	下平 11	尤
訪韓子文使君於舟中不遇留贈	563	州 求 遊 舟 侯	下平 11	尤
贈徐周道文學	564	科 何 跎（缺） 多 歌	下平 5	歌
寄贈蘇小眉使君	565	篇 賢 千 憐 邊	下平 1	先
贈皋憲郭生洲先生	566	來 開 才 萊 培	上平 10	灰
贈梁冶湄明府	567	時 支 師 詞 私	上平 4	支
贈法瑩齋使君	568	私 時 師 姿 資	上平 4	支
次韻和法瑩齋使君見贈之作	569	名 英 程 情 清	下平 8	庚

贈徐子電發	570	藏 鷸 郎 香 芒	下平 7	陽
贈丁藥園儀部	571	音 禁 吟 金 心	下平 12	侵
贈孫子宇臺	572	予 居 魚 餘 虛	上聲 6 上平 6	語 魚
舟中讀毛稚黃…亦以寄之	573	編 前 傳 遷 錢	下平 1	先
贈孫雪崖使君	574	禾 多 歌 鵝 戈	下平 5	歌
中秋前一夕飲張來遠蒓秋堂	575	筵 賢 先 泉 眠	下平 1	先
即席賦別來遠持遠諸昆仲	576	天 煙 然 前 年	下平 1	先
鶴浦中秋偕阿倩沈因伯看月	577	何 過 歌 蓑 波	下平 5	歌
寄懷法瑩齋使君	578	忘 香 腸 傷 量	下平 7	陽
寄懷毛稚黃同學時臥病已久	579	床 長 霜 蒼 王	下平 7	陽
送劉夢錫使君宰諸暨	580	名 行 聲 城 清	下平 8	庚
投歇稍遲覓旅舍不得止宿農家	581	溫 昏 豚 恩 奔	上平 13	元
江樓晚眺	582	窮 紅 風 鴻 空	上平 1	東
于勝斯郡丞…攜菊而歸	583	杯 陪 催 頹 回	上平 10	灰
偶過余霽岩…限陽字	584	常 陽 芒 香 旁	下平 7	陽
丁巳冬日…二名勝賦得三首（其一）	585	勞 曹 豪 舠 濤	下平 4	豪
（其二）	586	青 亭 屏 聽 型（缺）	下平 9	青
（其三）	587	攀（缺） 還 間 刪 山	上平 15	刪
次韻和張壺陽觀察題層園（其一）	588	緣 賢 傳 仙 廛	下平 1	先
（其二）	589	途 辜 湖 嚅 無	上平 7	虞
（其三）	590	行 情 酲 清 平	下平 8	庚
（其四）	591	春 陳 濱 塵 新	上平 11	真
（其五）	592	乘 層 朋 增 憑	下平 10	蒸
（其六）	593	顏 間 攀（缺） 山 刪	上平 15	刪
（其七）	594	莊 忙 章 香 陽	下平 7	陽
（其八）	595	逢 濃 蓉 龍 松	上平 2	冬
（其九）	596	游 留 洲 流 酬	下平 11	尤
（其十）	597	居 舒 輿 書 如	上平 6	魚
許漢昭別駕擢漢陽司馬	598	年 天 邊 錢 懸	下平 1	先

寄張敬止刺史	599	圖 鳧 無 枯 蘇	上平 7	虞
雪中柬佟碧枚使君	600	單 難 安 殘 餐	上平 14	寒
贈李毅可方伯	601	凋 僚 潮 霄 杓	下平 2	蕭
次韻和劉直方過訪見贈之作	602	遊 留 鶹 鷗 樓	下平 11	尤
又倒和前詩名曰回紋韻此余創格也	603	樓 鷗 鶹 留 遊	下平 11	尤
留別佟懷侯明府	604	煙 船 天 弦 前	下平 1	先

五言絕句

詩　作　名		韻　　字	笠翁詩韻韻部	
山中送客	605	顧 路	去聲 7	遇
題畫雜詩（其一）	606	蓑 蘿	下平 5	歌
（其二）	607	事 記	去聲 4	寘
（其三）	608	多 阿	下平 5	歌
（其四）	609	素 杜	去聲 7	遇
（其五）	610	過 多	下平 5	歌
（其六）	611	龍 峰	上平 2	冬
（其七）	612	去 絮	去聲 6	御
（其八）	613	路 戶	去聲 7	遇
（其九）	614	隈 來	上平 10	灰
（其十）	615	網 長	上聲 22	養
（其十一）	616	舟 秋 流	下平 11	尤
（其十二）	617	脫 活	入聲 7	曷
夢中得句…補成一絕	618	花 霞	下平 6	麻
客中聞鄰婦夜泣	619	啼 妻	上平 8	齊
窮途遇故人…戲成二絕（其一）	620	無 徒 胡	上平 7	虞
（其二）	621	逢 風	上平 1	東
答友二絕（其一）	622	眉 題	上平 4 上平 8	支 齊
（其二）	623	人 春	上平 11	眞
伊園雜詠（其一）	624	招 橋	下平 2	蕭
（其二）	625	險 淺	上聲 28 上聲 16	琰 銑

（其三）	626	浴 曲	入聲 2	沃
（其四）	627	蠹 故 兔	去聲 7	遇
（其五）	628	間 山	上平 15	刪
（其六）	629	瓦 打	上聲 21	馬
（其七）	630	折 捷	入聲 9 入聲 16	屑 葉
（其八）	631	影 荇	上聲 23	梗
（其九）	632	橋 瓢	下平 2	蕭
題朱子年畫蘭冊子	633	方 香	下平 7	陽
贈山中人	634	間 閒	上平 15	刪
我愛江村晚（其一）	635	鷗 舟	下平 11	尤
（其二）	636	霞 沙	下平 6	麻
（其三）	637	雲 聞	上平 12	文
（其四）	638	光 黃	下平 7	陽
（其五）	639	時 詩	上平 4	支
（其六）	640	車 漁	上平 6	魚
（其七）	641	時 思	上平 4	支
（其八）	642	孤 呼	上平 7	虞
庭中怪石	643	峋 人	上平 11	眞
立秋日雨	644	流 秋	下平 11	尤
梨花海棠便面	645	結 雪	入聲 9	屑
書尺	646	編 然	下平 1	先
虎丘（其一）	647	空 中	上平 1	東
（其二）	648	郎 荒	下平 7	陽
過九江…備嘗逆境(其一)	649	頭 州	下平 11	尤
（其二）	650	遊 侯	下平 11	尤
（其三）	651	邅 然	下平 1	先
（其四）	652	收 頭	下平 11	尤
異鄉對月	653	親 人	上平 11	眞
楚中家報	654	疏 魚	上平 6	魚
雨晴喜客至	655	時 時	上平 4	支
治圃（其一）	656	娛 須	上平 7	虞
（其二）	657	天 延	下平 1	先
脫劍示客	658	難 彈	上平 14	寒
鄉居口號	659	飧 孫	上平 13	元

題郝子山居	660	時 斯	上平 4	支
壬子夏日…即席成之（其一）	661	多 何	下平 5	歌
（其二）	662	時 宜	上平 4	支
（其三）	663	難 看	上平 14	寒
（其四）	664	明 音（m n）	下平 8 下平 12	庚 侵
（其五）	665	雄 中	上平 1	東
（其六）	666	弦 宣	下平 1	先
（其七）	667	侵 襟	下平 12	侵
（其八）	668	猜 來	上平 10	灰
（其九）	669	間 顏	上平 15	刪
（其十）	670	雷 回	上平 10	灰
春陰	671	天 煙	下平 1	先
答陸子訒晤期	672	花 家	下平 6	麻
久雪	673	飛 饑	上平 5	微
閨詞（其一）	674	磨 多	下平 5	歌
（其二）	675	條 腰	下平 2	蕭
（其三）	676	色 拭	入聲 13	職
（其四）	677	開 來	上平 10	灰
宮詞	678	形 星	下平 9	青
漁人換酒圖（其一）	679	濱 人	上平 11	眞
（其二）	680	綸 身	上平 11	眞
題雲林小景	681	握 落	入聲 3 入聲 10	覺 藥
午睡	682	蹊 啼	上平 8	齊
吳鉤行	683	離 誰	上平 4	支
客中送鄉人	684	暉 歸	上平 5	微
倚樓美人圖	685	濱 人	上平 11	眞
題雲林小幅（其一）	686	蒙 中	上平 1	東
（其二）	687	樹 住	去聲 7	遇
守歲	688	酌 卻	入聲 10	藥
促袁大登舟	689	頻 人	上平 11	眞
生日口號	690	多 跎（缺）	下平 5	歌
偶得	691	風 同	上平 1	東
逐蚊	692	憐 天	下平 1	先

看雲掃葉圖	693	分 雲	上平 12	文
寄友	694	杯 來	上平 10	灰
夏日雜詠（其一）	695	涼 光	下平 7	陽
（其二）	696	遲 時	上平 4	支
（其三）	697	遮 花	下平 6	麻
夜起獨坐聞塔上鈴聲	698	蟲 風	上平 1	東
秋聲（其一）	699	愁 頭 颼	下平 11	尤
（其二）	700	砧 深	下平 12	侵
寓中即事	701	苔 來	上平 10	灰
老僧自嗟頭白口占答之	702	霜 陽	下平 7	陽
七夕	703	屈 乞	入聲 5	物
奴子覓火…知爲鬼火云	704	辛 貧	上平 11	眞
月下渡河	705	光 霜	下平 7	陽
嚴陵釣臺	706	淹 嚴	下平 14	鹽
聞笳	707	聲 驚	下平 8	庚
贈友（其一）	708	生 鳴 聲	下平 8	庚
（其二）	709	馴 人	上平 11	眞
（其三）	710	知 詩	上平 4	支
制花欄	711	湍 欄（缺）	上平 14	寒
喜晴（其一）	712	晴 驚 明	下平 8	庚
（其二）	713	人 鞾	上平 11	眞
新嫁娘（其一）	714	斑 鬟	上平 15	刪
（其二）	715	涕 意	去聲 8 去聲 4	霽 寘
（其三）	716	手 母	上聲 25	有
（其四）	717	羞 愁	下平 11	尤
臨高臺二首送人之閩（其一）	718	台 開 來	上平 10	灰
（其二）	719	別 烈（缺）	入聲 9	屑
虎丘千人石上聽曲(其一)	720	聽 釘	下平 9	青
（其二）	721	遏 咄	入聲 7 入聲 6	曷 月
（其三）	722	分 聞	上平 12	文
（其四）	723	血 月	入聲 9 入聲 6	屑 月
送無上人行腳	724	寬 團	上平 14	寒

留別	725	設 別	入聲 9	屑
桃花源圖	726	逢 中	上平 1	東
偶感	727	花 家	下平 6	麻
風聲	728	墜 沸 碎	去聲 4 去聲 5 去聲 11	寘 味 隊
謔友	729	人 因	上平 11	真
菊葉爲蟲所蝕	730	凋 宵	下平 2	蕭
澆古墓	731	杯 壘	上平 10	灰
梅花	732	梅 才	上平 10	灰
戲題友人太湖泛月圖	733	波 何	下平 5	歌
旅夜	734	門 溫	上平 13	元
贈友水中丞	735	時 池	上平 4	支
七月七抵家	736	根 褌	上平 13	元
訪漱上人…書几上謔之	737	時 之	上平 4	支
桃花	738	紅 中	上平 1	東
聞社鼓	739	鳴 聲	下平 8	庚
題友人山居	740	窩 多	下平 5	歌
家有藏醪爲童子盜飲幾盡	741	謀 頭	下平 11	尤
亂後借書	742	樓 州	下平 11	尤
訪友不値	743	過 多	下平 5	歌
早讀（其一）	744	書 如	上平 6	魚
（其二）	745	時 兒	上平 4	支
辭酒帖	746	人 身	上平 11	眞
題畫（其一）	747	顧 住	去聲 7	遇
（其二）	748	巾 人	上平 11	眞
（其三）	749	響 想	上聲 22	養
（其四）	750	尊 門	上平 13	元
泊塘棲口號（其一）	751	攜 棲	上平 8	齊
（其二）	752	菱（缺） 能	下平 10	蒸
中秋日抵嘉禾	753	歌 多	下平 5	歌
和友人春遊芳草地三十詠（其一）	754	紅 中	上平 1	東
（其二）	755	逢 慵	上平 2	冬
（其三）	756	江 降	上平 3	江
（其四）	757	遲 時	上平 4	支

（其五）	758	飛 微	上平 5	微
（其六）	759	漁 驢	上平 6	魚
（其七）	760	毹 俱	上平 7	虞
（其八）	761	題 奚	上平 8	齊
（其九）	762	儕 鞵	上平 9	佳
（其十）	763	催 灰	上平 10	灰
（其十一）	764	塵 人	上平 11	眞
（其十二）	765	紛 分	上平 12	文
（其十三）	766	坤 恩	上平 13	元
（其十四）	767	鞍 彈	上平 14	寒
（其十五）	768	閒 還	上平 15	刪
（其十六）	769	煙 仙	下平 1	先
（其十七）	770	招 橋	下平 2	蕭
（其十八）	771	郊（缺） 交（缺）〔註 2〕	下平 3	肴
（其十九）	772	曹 毛	下平 4	豪
（其廿）	773	何 羅	下平 5	歌
（其廿一）	774	誇 花	下平 6	麻
（其廿二）	775	亡 場	下平 7	陽
（其廿三）	776	鐺 烹（非ㄤㄥ）	下平 8	庚
（其廿四）	777	亭 青	下平 9	青
（其廿五）	778	乘 城	下平 10 下平 8	蒸 庚
（其廿六）	779	流 流重	下平 11	尤
（其廿七）	780	尋 林	下平 12	侵
（其廿八）	781	諳 參	下平 13	覃
（其廿九）	782	鹽 黏	下平 14	鹽
（其卅）	783	衫 帆（銜凡）	下平 15	咸
有借予……以詩答之	784	闌 餐	上平 14	寒
乞友改詩	785	觀 瘢	上平 14	寒

〔註 2〕李漁〈和友人春遊芳草地三十詠〉連章詩中，以詩韻上下平聲三十韻爲基礎，各作一絕。雖《笠翁詩韻・三肴》條下註明「本部殘缺」，故缺少許多韻字，如該詩所押「交」、「郊」二字，然由其押韻規則看來，至少「交」、「郊」二字可補於《笠翁詩韻・三肴》中。

六言絕句

詩作名		韻字	笠翁詩韻韻部	
山家（其一）	786	昏 存	上平 13	元
（其二）	787	鳴 醒	下平 8 下平 9	庚 青
垂綸（其一）	788	談 函	下平 13	覃
（其二）	789	心 針	下平 12	侵
（其三）	790	衣 磯	上平 8	齊
山行（其一）	791	雲 分	上平 12	文
（其二）	792	聲 成	下平 8	庚
暑夜招同輩小飲	793	弦 憐	下平 1	先
釀酒	794	今 琴	下平 12	侵

七言絕句

詩作名		韻字	笠翁詩韻韻部	
上航驛伍使君送酒	795	航 牆 床	下平 7	陽
制衣寄內	796	風 鴻 中	上平 1	東
擬木蘭父送女從軍詩	797	臣 親 身	上平 11	眞
少年行	798	休 樓 仇	下平 11	尤
小至日	799	遲 詩 枝	上平 4	支
聞鳩	800	休 愁 鳩	下平 11	尤
瓶梅	801	紗 茶 花	下平 6	痲
山中留客	802	君 醺 雲	上平 12	文
病起作書	803	僵 方 章	下平 7	陽
漁父	804	疇 舟 流	下平 11	尤
賣樓徙居舊宅	805	門 村 孫	上平 13	元
贈金山老衲	806	年 禪 泉	下平 1	先
早行	807	裝 忙 霜	下平 7	陽
寄內	808	林 心 針	下平 12	侵
贈左藩幕客	809	馳 隨 詩	上平 4	支
自常山底開化道中即事（其一）	810	平 輕 晴	下平 8	庚
（其二）	811	材 嵬 來	上平 10	灰

（其三）	812	凝 塍 乘	下平 10	蒸
（其四）	813	眠 拳 天	下平 1	先
（其五）	814	盧 餘 車	上平 6	魚
（其六）	815	民 薪 人	上平 11	眞
自開化抵常山舟行即事（其一）	816	湍 寒 乾	上平 14	寒
（其二）	817	茫 行 長	下平 7	陽
（其三）	818	山 閒 間	上平 15	刪
（其四）	819	舟 浮 頭	下平 11	尤
（其五）	820	醒 程 聲	下平 9 下平 8	青 庚
（其六）	821	醺 群 雲	上平 12	文
杜園海棠	822	來 培 開	上平 10	灰
采蓮歌（其一）	823	嬌 橋 橈	下平 2	蕭
（其二）	824	巡 神 人	上平 11	眞
（其三）	825	詞 私 兒	上平 4	支
（其四）	826	年 船 先	下平 1	先
（其五）	827	央 郎 鴦	下平 7	陽
（其六）	828	樓 頭 舟	下平 11	尤
（其七）	829	藻 徐 梳	上平 6	魚
（其八）	830	香 將 郎	下平 7	陽
（其九）	831	看 歡 團	上平 14	寒
（其十）	832	無 珠 輸	上平 7	虞
伊園十便（其一）	833	關 灣 間	上平 15	刪
（其二）	834	瓏 中 工	上平 1	東
（其三）	835	舠 鰲 儵	下平 4 下平 11	豪 尤
（其四）	836	塘 長 方	下平 7	陽
（其五）	837	牆 長 香	下平 7	陽
（其六）	838	行 清 纓	下平 8	庚
（其七）	839	閒 間 山	上平 15	刪
（其八）	840	村 門 根	上平 13	元
（其九）	841	開 來 萊	上平 10	灰
（其十）	842	山 還 間	上平 15	刪

伊園十二宜（其一）	843	湖 株 殊	上平 7	虞
（其二）	844	遮 家 花	下平 6	麻
（其三）	845	屏 青 醒	下平 9	青
（其四）	846	冬 沖 供	上平 2 上平 1	冬 東
（其五）	847	雲 昕 紋	上平 12	文
（其六）	848	休 幽 留	下平 11	尤
（其七）	849	寒 寬 看	上平 14	寒
（其八）	850	開 催 來	上平 10	灰
（其九）	851	灘 寒 看	上平 14	寒
（其十）	852	牆 香 章	下平 7	陽
（其十一）	853	煙 錢 年	下平 1	先
（其十二）	854	枚 栽 來	上平 10	灰
從賣花者…約來歲償其値	855	池 癡 兒	上平 4	支
植棗	856	枚 栽 來	上平 10	灰
養苔	857	池 癡 兒	上平 4	支
移薔薇	858	菲 歸 薇	上平 5	微
作屏種月月紅	859	幡 藩 番	上平 13	元
收雞冠花子	860	雯 芬 雲	上平 12	文
種水仙	861	編 仙 妍	下平 1	先
郡邸有花…移歸誌喜	862	風 叢 翁	上平 1	東
芭蕉（其一）	863	如 初 書	上平 6	魚
（其二）	864	私 思 詩	上平 4	支
惜桂	865	台 來 開	上平 10	灰
病中口占	866	春 身 人	上平 11	眞
乞巧辭	867	離 隨	上平 4	支
遺友棕帚代柬	868	君 勤 雲	上平 12	文
閨詞	869	羅 磨	下平 5	歌
輓韓國士（其一）	870	神 倫 人	上平 11	眞
（其二）	871	餘 如 車	上平 6	魚
渡錢塘	872	銷 飄（缺） 潮	下平 2	蕭
七里溪	873	凡 函 帆	下平 15 下平 13	咸 覃
題畫	874	斜 花 家	下平 6	麻

西子半身像	875	溫 捫 魂	上平 13	元
賢內吟十首之四（其一）	876	吟 陵 燈	下平 12 下平 10	侵 蒸
（其二）	877	憐 然 圓	下平 1	先
（其三）	878	班 鬟 山	上平 15	刪
（其四）	879	房 香 常	下平 7	陽
納姬（其一）	880	萊 猜 來	上平 10	灰
（其二）	881	衣 圍 飛	上平 5	微
（其三）	882	攀（缺） 顏 間	上平 15	刪
新醸初熟邀二三鄰友共嘗戲柬（其一）	883	漣 眠 涎	下平 1	先
（其二）	884	漿 嘗 裳	下平 7	陽
游白龍洞	885	來 台 開	上平 10	灰
美人位置（其一）	886	風 紅 中	上平 1	東
（其二）	887	倫 人 身	上平 11	眞
（其三）	888	違 飛 歸	上平 5	微
（其四）	889	泉 妍 年	下平 1	先
（其五）	890	奇 移	上平 4	支
（其六）	891	眉 時	上平 4	支
（其七）	892	風 中 宮	上平 1	東
（其八）	893	天 緣 仙	下平 1	先
鄭將軍蕩寇凱歌（其一）	894	州 貅 頭	下平 11	尤
（其二）	895	師 旗 詩	上平 4	支
（其三）	896	齊 西 蹄	上平 8	齊
髮（其一）	897	分 氳 雲	上平 12	文
（其二）	898	香 芳 旁	下平 7	陽
爲金長眞太守題畫(其一)	899	山 灣 閒	上平 15	刪
（其二）	900	神 倫 人	上平 11	眞
（其三）	901	升 庭 鈴	下平 10 下平 9	蒸 青
（其四）	902	山 間 閒	上平 15	刪
（其五）	903	蕭 瓢 橋	下平 2	蕭
（其六）	904	妍 天 前	下平 1	先
（其七）	905	東 窮 中	上平 1	東
（其八）	906	顰 濱 人	上平 11	眞

四方諸友…二詩共之（其一）	907	難 鄲 看	上平 14	寒
（其二）	908	嗔 人 勻	上平 11	眞
對鏡	909	時 髭 詞	上平 4	支
五十生男自題小像誌喜（其一）	910	條 凋 宵	下平 2	蕭
（其二）	911	詞 詩 時	上平 4	支
涼州	912	遊 州 秋	下平 11	尤
題酒家壁	913	仙 緣 年	下平 1	先
潼關阻雨	914	中 窮 風	上平 1	東
送友之燕	915	支 遲 詩	上平 4	支
春日署門	916	遲 時 詩	上平 4	支
召仙	917	天 仙 鞭	下平 1	先
鮮荔枝	918	降 雙	上平 3	江
題畫	919	過 多	下平 5	歌
新正自秣陵…以詩紀其候	920	家 花 差	下平 6	麻
堵天柱…倚韻和之（其一）	921	何 娥 多	下平 5	歌
（其二）	922	商 房 王	下平 7	陽
（其三）	923	鈿 箋	下平 1	先
（其四）	924	愁 州 遊	下平 11	尤
寄懷荊南王鳴石憲副（其一）	925	南 含 籃	下平 13	覃
（其二）	926	賓 貧 身	上平 11	眞
（其三）	927	絲 時 遲	上平 4	支
（其四）	928	鏘 梁 郎	下平 7	陽
次韻和王茂衍少參過呂仙祠（其一）	929	津 濱 塵	上平 11	眞
（其二）	930	干 難 鄲	上平 14	寒
（其三）	931	鄉 長 方	下平 7	陽
（其四）	932	眞 親 人	上平 11	眞
次韻和王茂衍少參新柳（其一）	933	勻 春 人	上平 11	眞
（其二）	934	腰 搖 朝	下平 2	蕭
題畫龍送熊元獻赴試	935	霆 靈 形	下平 9	青
題畫龍送紀靜以歸燕赴試	936	曦 時 宜	上平 4	支

沃游山房二首次紀子湘郡伯原韻（其一）	937	情 橫 聲	下平 8	庚
（其二）	938	天 船 邊	下平 1	先
次韻和顧赤方見贈（其一）	939	樓 秋 愁	下平 11	尤
（其二）	940	青 星 聽	下平 9	青
（其三）	941	眉 枝 兒	上平 4	支
題陳松野所畫山水（其一）	942	成 生 聲	下平 8	庚
（其二）	943	山 還 閒	上平 15	刪
觀楚人種竹	944	枝 祠 時	上平 4	支
大宗伯…以速其成（其一）	945	堂 長 裳	下平 7	陽
（其二）	946	荊 丁 生	下平 8 下平 9	庚 青
（其三）	947	談 諳 甘	下平 13	覃
（其四）	948	貧 鄰 民	上平 11	眞
題何鳴九小像	949	趺 圖 無	上平 7	虞
鄭房季…遂成八首爲荀氏八龍之兆（其一）	950	安 歡 酸	上平 14	寒
（其二）	951	妃 緯 飛	上平 5 去聲 5	微 味
（其三）	952	呼 鋪 珠	上平 7	虞
（其四）	953	新 民 人	上平 11	眞
（其五）	954	施 差 雌	上平 4	支
（其六）	955	生 兄	下平 8	庚
（其七）	956	成 生 星	下平 8 下平 9	庚 青
（其八）	957	長 行 床	下平 7	陽
和劉子岸先十無詩（其一）	958	鴻 同 中	上平 1	東
（其二）	959	車 餘 輿	上平 6	魚
（其三）	960	搴 眠 天	下平 1	先
（其四）	961	增 升 能（蒸登）	下平 10	蒸
（其五）	962	年 然	下平 1	先
（其六）	963	光 良 煌	下平 7	陽
（其七）	964	來 灰 才	上平 10	灰
（其八）	965	然 錢 仙	下平 1	先
（其九）	966	同 風	上平 1	東
（其十）	967	除 書 如	上平 6	魚

陳宗來…以瓜字限韻遂成三首（其一）	968	涯 瓜 花	下平 6	麻
（其二）	969	芽 瓜 誇	下平 6	麻
（其三）	970	叉 花 瓜	下平 6	麻
熊元獻生孫	971	兒 遲 絲	上平 4	支
初聞元獻生孫賦詩…再賦一絕以正其訛	972	年 先 天	下平 1	先
有遺侍兒…遂成四絕（其一）	973	名 倫 城（ㄣ ㄥ）	下平 8 上平 11	庚 眞
（其二）	974	湘 妝 鄉	下平 7	陽
（其三）	975	洲 頭 秋	下平 11	尤
（其四）	976	香 光 妝	下平 7	陽
題陳松野畫煙雨圖	977	開 來	上平 10	灰
雪後泛湖	978	壺 圖 湖	上平 7	虞
謁岳武穆王墓	979	他 何 多	下平 5	歌
有以舊貂…代柬嘲之	980	攻 風 同	上平 1	東
端陽前五日…首倡八絕依韻和之（其一）	981	開 回 來	上平 10	灰
（其二）	982	張 腸	下平 7	陽
（其三）	983	眞 神 人	上平 11	眞
（其四）	984	天 仙 年	下平 1	先
（其五）	985	歸 衣 飛	上平 5	微
（其六）	986	雙 窗 缸	上平 3	江
端陽後七日…又疊前韻即席和之（其一）	987	開 回 來	上平 10	灰
（其二）	988	郎 張 腸	下平 7	陽
（其三）	989	眞 神 人	上平 11	眞
（其四）	990	天 仙 年	下平 1	先
（其五）	991	歸 衣 飛	上平 10	灰
（其六）	992	雙 窗 缸	上平 3	江
拉友看月	993	巡 身 人	上平 11	眞
避兵前一日自餞	994	經 星 聽	下平 8 下平 9	庚 青
阻風秦郵…喜成四絕（其一）	995	攜 泥 啼	上平 8	齊
（其二）	996	舟 留 尤	下平 11	尤

（其三）	997	嘗 香 藏	下平 7	陽
（其四）	998	遲 鰣 時	上平 4	支
湖汀晚泊是夕有酒無魚數日來僅事也	999	中 空 風	上平 1	東
題清河陳氏宅	1000	開 徊 來	上平 10	灰
舟次桃源戲作	1001	源 冤 垣	上平 13	元
舟中題王安節畫冊（其一）	1002	疏 初 書	上平 6	魚
（其二）	1003	稀 暉 衣	上平 5	微
（其三）	1004	吟 禽 陰	下平 12	侵
（其四）	1005	葭 花 麻	下平 6	麻
（其五）	1006	間 刪 山	上平 15	刪
（其六）	1007	流 樓 秋	下平 11	尤
（其七）	1008	潮 飄（缺） 霄	下平 2	蕭
（其八）	1009	灣 間 山	上平 15	刪
楚宮詞（其一）	1010	顰 辰 人	上平 11	眞
（其二）	1011	同 風 中	上平 1	東
有母壽六旬…索詩漫意	1012	璋 堂 長	下平 7	陽
許茗車…次韻酬之	1013	悲 眉 籬	上平 4	支
秋夜閉門圖（其一）	1014	潭 庵 貪	下平 13	覃
（其二）	1015	村 門 昏	上平 13	元
督師尚書李鄴園先生靖逆凱歌（其一）	1016	霞 家 蛇	下平 6	麻
（其二）	1017	塘 長 蒼	下平 7	陽
（其三）	1018	機 飛 旗	上平 8 上平 4	齊 支
（其四）	1019	爭 聲 兵	下平 8	庚
（其五）	1020	行 明 輕	下平 8	庚
（其六）	1021	文 軍 聞	上平 12	文
（其七）	1022	鞭 先 捐	下平 1	先
（其八）	1023	威 非 衣	上平 5	微
（其九）	1024	圍 飛 歸	上平 5	微
（其十）	1025	千 天 眠	下平 1	先
（其十一）	1026	人 春 頻	上平 11	眞
（其十二）	1027	千 懸 鮮	下平 1	先

（其十三）	1028	驕 囂 朝	下平 2	蕭
（其十四）	1029	俘 顱 夫	上平 7	虞
（其十五）	1030	來 哀 腮	上平 10	灰
（其十六）	1031	迎 聲 名	下平 8	庚
（其十七）	1032	師 時 遲	上平 4	支
（其十八）	1033	長 疆 方	下平 7	陽
（其十九）	1034	騮 留 仇	下平 11	尤
（其廿）	1035	同 功 東	上平 1	東
壽佟孚六別駕	1036	臣 春 辰	上平 11	眞
古燈上人懷詩過訪偶出不遇（其一）	1037	回 來 苔	上平 10	灰
（其二）	1038	波 何 蘿	下平 5	歌
看紅葉	1039	筇 濃 容	上平 2	冬
曉過採石磯睡猶未醒	1040	何 多 過	下平 5	歌
茉莉	1041	芳 房 妝	下平 7	陽
邊詞	1042	臣 人 頻	上平 11	眞
席上贈歌妓王友蘭兼嘲座客	1043	腸 揚 郎	下平 7	陽
食松菌	1044	天 涎 田	下平 1	先
柬吳修蟾	1045	門 樽 痕	上平 13	元
拉張十九過寓看梅	1046	賒 斜 花	下平 6	麻
望故人速來以詩勸駕	1047	開 台 來	上平 10	灰
次韻答鄰翁索酒	1048	賓 鄰 人	上平 11	眞
都門送客	1049	塵 頻 人	上平 11	眞
都門遇故人…二十年前好友	1050	蘭 韓 看	上平 14	寒
寒食後一日歸自燕京（其一）	1051	來 回 開	上平 10	灰
（其二）	1052	絲 知 時	上平 4	支
燕歸速客以詩代柬	1053	春 賓 輪	上平 11	眞
偶得	1054	萊 台 開	上平 10	灰
有持紈素…援筆立就	1055	親 鄰 人	上平 11	眞
冬夜懷熊元獻家仁熟二好友	1056	陪 回 來	上平 10	灰
雨中送客	1057	時 斯 思	上平 4	支

山中書所見	1058	慵 松 春	上平 2	冬
詠史十絕（其一）	1059	頗 何 多	下平 5	歌
（其二）	1060	奇 移 棋	上平 4	支
（其三）	1061	傳 錢 憐	下平 1	先
（其四）	1062	輕 情 名	下平 8	庚
（其五）	1063	捫 尊 溫	上平 13	元
（其六）	1064	觀 看	上平 14	寒
（其七）	1065	同 窮 中	上平 1	東
（其八）	1066	棲 低 妻	上平 8	齊
（其九）	1067	綸 巾 鄰	上平 11	眞
（其十）	1068	人 身	上平 11	眞
和閨端陽（其一）	1069	中 翁 同	上平 1	東
（其二）	1070	家 賒 花	下平 6	痲
（其三）	1071	多 娥 何	下平 5	歌
（其四）	1072	追 宜 鼙	上平 4 上平 8	支 齊
次韻贈朱□□醫士	1073	年 牽 傳	下平 1	先
嚴陵紀事（其一）	1074	收 樓 鉤	下平 11	尤
（其二）	1075	春 濱 人	上平 11	眞
（其三）	1076	壺 趺 無	上平 7	虞
（其四）	1077	修 裘 侯	下平 11	尤
（其五）	1078	文 分 君	上平 12	文
（其六）	1079	留 舟 收	下平 11	尤
（其七）	1080	鋤 書 初	上平 6	魚
（其八）	1081	猜 來 台	上平 10	灰
甲寅到家口號	1082	還 刪 關	上平 15	刪
葺園	1083	持 茨 時	上平 4	支
早度居庸關	1084	山 間 關	上平 15	刪
馬上逢故人索彈琵琶一曲而別	1085	跎（缺） 過 多	下平 5	歌
喜友遷寓	1086	霞 家 花	下平 6	痲

李漁詞作韻字及歸部一覽表

凡　例

（一）版本爲江蘇古籍出版社於 1992 年出版之《李漁全集》卷二《笠翁一家言詩詞集》。

（二）詞牌名遵照《笠翁一家言詩詞集》，若有出入則更動後附註於下；詞牌順序以同詞牌名者同列。

（三）韻字摘取原則先以內證，再行外證。內證者乃取李漁同詞牌作品以證，若有押韻上的出入則輔以《欽定詞譜》、《詞律》爲證；外證者乃因於同一詞牌僅得一闋，故逕取前述詞譜證之。

（四）第一欄阿拉伯數字乃本文爲方便紀錄及統計所安排。

（五）第二欄阿拉伯數字乃本文爲方便正文行文所安排，《笠翁詞韻》於各韻部上無編號。

（六）沈謙《詞韻略》韻目分部參考清人蔣景祁《瑤華集》版本《詞韻略》、清人毛先舒《韻學通指》版本《詞韻略》及今人郭娟玉碩士論文《沈謙詞學與其《沈氏詞韻》研究》。若有與上述三書相異者，則更動後附註於下。

（七）戈載《詞林正韻》韻目分部參考世界書局於 1956 年出版之《詞林正韻》及華正書局有限公司於 2001 年出版《唐宋詞選注》附錄三〈戈載詞林正韻常用字節錄〉。

詞牌名		韻字	笠翁詞韻韻部		沈謙詞韻韻部	詞林正韻韻部
花非花	1	面 見 賤	10	寒罕旱	元阮韻	第 7 部
	2	影 猛 冷	15	經景敬	庚梗韻	第 11 部
	3	意 避 寄	5	奇起氣	支紙韻	第 3 部
	4	血 泄 熱	23	屑葉	物月韻	第 18 部
荷葉杯	5	上 望 時 遲 疑 疑	2 3 5	江講絳 支紙寘 奇起氣	江講韻 支紙韻	第 2 部 第 3 部
	6	遇 去 承 聲 驚 驚	6 15	魚雨御 經景敬	魚語韻 庚梗韻	第 4 部 第 11 部
南鄉子	7	長 行 勾 咒 就	2 16	江講絳 尤有又	江講韻 尤有韻	第 2 部 第 12 部
夢江南	8	東 筒 踪	1	東董棟	東董韻	第 1 部
	9	西 蹊 啼	5	奇起氣	支紙韻	第 3 部
	10	巔 錢 禪	10	寒罕旱	元阮韻	第 7 部
	11	幽 秋 颼	16	尤有又	尤有韻	第 12 部
	12	橋 宵 朝	11	簫小笑	蕭篠韻	第 8 部
	13	遲 私 知	3	支紙寘	支紙韻	第 3 部
	14	泥 飛 隨	4 5	圍委未 奇起氣	支紙韻	第 3 部
	15	敲 嘈 宵	11	簫小笑	尤有韻	第 12 部
	16	坊 黃 防	2	江講絳	江講韻	第 2 部
	17	眞 伸 人	9	眞軫震	眞軫韻	第 6 部
	18	沙 差 家	13	家假駕	佳馬韻	第 10 部
	19	方 妝 長	2	江講絳	江講韻	第 2 部
搗練子	20	絲 資 兒	3	支紙寘	支紙韻	第 3 部
	21	何 多 波	12	哥果箇	歌哿韻	第 9 部
	22	家 花 霞	13	家假駕	佳馬韻	第 10 部
	23	濃 叢 風	1	東董棟	東董韻	第 1 部
	24	顰 春 勻	9	眞軫震	眞軫韻	第 6 部
	25	遲 枝 時	3	支紙寘	支紙韻	第 3 部
	26	煙 開 前	10	寒罕旱	元阮韻	第 7 部
	27	垂 催 梅	4	圍委未	支紙韻	第 3 部
（次韻）	28	垂 催 梅	4	圍委未	支紙韻	第 3 部
	29	濃 風 中	1	東董棟	東董韻	第 1 部

竹枝	30	三 藍 衫	18	甘感紺	覃感韻	第 14 部
法駕道引〔註 1〕	31	雲 津 輪	9	眞軫震	眞軫韻	第 6 部
	32	鰲 橋 聊	11	簫小笑	蕭篠韻	第 8 部
	33	秋 舟 流	16	尤有又	尤有韻	第 12 部
憶王孫	34	長 墻 梁 光 忙	2	江講絳	江講韻	第 2 部
	35	蛙 花 茶 他 家	13 12	家假駕 哥果箇	佳馬韻 歌哿韻	第 10 部 第 9 部
	36	中 翁 功 松 空	1	東董棟	東董韻	第 1 部
	37	萊 鬟 開 乖 財	8	皆解戒	街蟹韻	第 5 部
一葉落	38	落 作 覺 昨 昨 斫	21	覺藥	覺藥韻	第 16 部
	39	落 鐸 樂 藥 藥 涸	21	覺藥	覺藥韻	第 16 部
調笑令	40	障 障 上 孤 奴 滕 滕 淨	2 7 15	江講絳 夫甫父 經景敬	江講韻 魚語韻 庚梗韻	第 2 部 第 4 部 第 11 部
如夢令	41	夢 送 痛 重 重 弄	1	東董棟	東董韻	第 1 部
	42	挽 返 轉 遠 遠 滿	10	寒罕旱	元阮韻	第 7 部
	43	小 渺 掃 惱 惱 了	11	簫小笑	蕭篠韻	第 8 部
	44	井 徑 幸 蹬 蹬 淨	15	經景敬	庚梗韻	第 11 部
	45	墾 菌〔註 2〕 品 隱 隱 穩	9	眞軫震	眞軫韻	第 6 部
	46	顆 朵 躲 那 那 鎖	12	哥果箇	歌哿韻	第 9 部
	47	孔 冗 恐 種 種 俑	1	東董棟	東董韻	第 1 部

〔註 1〕《耐歌詞》書爲「導法駕引」，經查《欽定詞譜》，實爲「法駕道引」，今據詞譜改之。

〔註 2〕《笠翁詞韻・眞軫震》上聲副格有「箘」字，無「菌」字，經查異體字字典發現「箘」爲「菌」之異體。

	48	鎖 可 左 朵 朵 我	12	哥果箇	歌哿韻	第 9 部
	49	據 去 颶 慮 慮 鋸	6	魚雨御	魚語韻	第 4 部
	50	亮 傍 強 忘 忘 誑	2	江講絳	江講韻	第 2 部
思帝鄉	51	微 歸 泥 真	4 5	圍委未 奇起氣	支紙韻	第 3 部
（另一體）	52	游 頭 羞 稠 流	16	尤有又	尤有韻	第 12 部
風流子	53	上 放 向 唱 喪	2	江講絳	江講韻	第 2 部
	54	月 子 血 切 闕	24 23	厥月褐缺 屑葉	物月韻	第 18 部
	55	古 五 楚 汝 主	7	夫甫父	魚語韻	第 4 部
	56	立 濕 識 集 舄	22	質陌錫職緝	質陌韻	第 17 部
長相思	57	思 思 時 絲 知 知 癡 疑	3 5	支紙寘 奇起氣	支紙韻	第 3 部
	58	波 波 摩 何 蛾 蛾 和 多	12	哥果箇	歌哿韻	第 9 部
	59	山 山 灣 慳 煩 煩 番 難	10	寒罕旱	元阮韻	第 7 部
	60	晴 明 箏 聽 生 鳴 清 更	15	經景敬	庚梗韻	第 11 部
河滿子	61	裀 韗 昏	9	眞軫震	眞軫韻	第 6 部
	62	羅 多 魔	12	哥果箇	歌哿韻	第 9 部
	63	潛 纖 添	19	兼撿劍	覃感韻	第 14 部
	64	眠 煙 弦	10	寒罕旱	元阮韻	第 7 部
	65	添 帘 沾	19	兼撿劍	覃感韻	第 14 部
	66	年 邊 涎	10	寒罕旱	元阮韻	第 7 部
生查子	67	氣 細 幾 計	5	奇起氣	支紙韻	第 3 部
	68	膩 翠 避 婿	5 4	奇起氣 圍委未	支紙韻	第 3 部
	69	背 轡 碎 閉	4	圍委未	支紙韻	第 3 部
	70	馬 灑 者 剮	13	家假駕	佳馬韻	第 10 部
	71	冗 勇 恐 捧	1	東董棟	東董韻	第 1 部

	72	軸 旭 哭 宿	20	屋沃	屋沃韻	第 15 部
	73	巧 惱 少 飽	11	簫小笑	蕭篠韻	第 8 部
柳枝〔註 3〕	74	聲 更 城 橫 柳 手 情 成	15 16	經景敬 尤有又	庚梗韻 尤有韻	第 11 部 第 12 部
	75	黃 妝 香 忙 去 絮 長 量	2 6	江講絳 魚雨御	江講韻 魚語韻	第 2 部 第 4 部
賀聖朝引〔註 4〕	76	雲 孫 分 津 辰 人 紛	9	眞軫震	眞軫韻	第 6 部
昭君怨	77	枉 掌 才 開 好 早 徐 腴	2 8 11 6	江講絳 皆解戒 簫小笑 魚雨御	江講韻 街蟹韻 蕭篠韻 魚語韻	第 2 部 第 5 部 第 8 部 第 4 部
	78	夜 辭 成 冰 戶 數 微 隨	13 15 7 4	嗟姐借 經景敬 夫甫父 圍委未	佳麻韻 庚梗韻 魚語韻 支紙韻	第 5 部 第 11 部 第 4 部 第 3 部
	79	疚 瘦 醫 著 己 死 神 筠	16 5 3 9	尤有又 奇起氣 支紙寘 眞軫震	尤有韻 支紙韻 眞軫韻	第 12 部 第 3 部 第 6 部
	80	海 解 心 音 值〔註 5〕 石 歌 軻	8 17 22 12	皆解戒 深審甚 質陌錫職緝 哥果箇	街蟹韻 侵寢韻 質陌韻 歌哿韻	第 5 部 第 13 部 第 3 部 第 17 部 第 9 部
	81	嗽 透 頭 愁 九 否 看 攔	16 10	尤有又 寒罕旱	尤有韻 元阮韻	第 12 部 第 7 部

〔註 3〕《耐歌詞》於「柳枝」下書「第二體」，經查《欽定詞譜》，此詞有唐宋兩體，唐體換頭句押仄韻，與李詞合；然宋體朱敦儒〈樵歌詞〉之另名才是「柳枝」。

〔註 4〕《欽定詞譜・添聲楊柳枝》條下云：「按《碧雞漫志》云，黃鐘商有〈楊柳枝〉曲……今名〈添聲楊柳枝〉，歐陽修詞名〈賀聖朝影〉，賀鑄詞名〈太平時〉。……」施蟄存云：「詞調中還有用『影』字的，我懷疑它就是引。……賀聖朝影亦可能是賀聖朝的引申。不過賀聖朝是四十七字，而賀聖朝影只有四十字，又恐未必然。」經過比較，李詞〈賀聖朝引〉實與氏作二首〈添聲楊柳枝〉同體。

〔註 5〕《廣韻》直吏切，歸之韻去聲；《集韻》逐力切，歸入聲職韻。以《集韻》音與本文相合，故取之。

	82	里 水 拋 騷 見 扇 家 花	5 4 11 10 13	奇起氣 圍委未 簫小笑 寒罕旱 家假駕	支紙韻 蕭篠韻 元阮韻 佳麻韻	第 3 部 第 8 部 第 7 部 第 10 部
	83	外 在 仙 夫 憤 懶 宜 妻	8 10 5	皆解戒 寒罕旱 奇起氣	街蟹韻 元阮韻 支紙韻	第 5 部 第 7 部 第 3 部
	84	夜 借 來 懷 六 卜 詩 之	13 8 20 3	嗟姐借 皆解戒 屋沃 支紙寘	佳麻韻 街蟹韻 屋沃韻 支紙韻	第 10 部 第 5 部 第 15 部 第 3 部
	85	就 透 才 來 倦 愿 諧 開	16 8 10	尤有又 皆解戒 寒罕旱	尤有韻 街蟹韻 元阮韻	第 12 部 第 5 部 第 7 部
春光好	86	妍 天 穿 阡 仙	10	寒罕旱	元阮韻	第 7 部
	87	叢 蒙 紅 瓏 工	1	東董棟	東董韻	第 1 部
	88	衣 堤 攜 齊 嘶	5	奇起氣	支紙韻	第 3 部
	89	多 河 娥 羅 何	12	哥果箇	歌哿韻	第 9 部
女冠子	90	好 炒 杯 陪 爲 歸	11 4	簫小笑 圍委未	蕭篠韻 支紙韻	第 8 部 第 3 部
	91	嘯 噪 來 杯 開 財	11 8 4	簫小笑 皆解戒 圍委未	蕭篠韻 街蟹韻 支紙韻	第 8 部 第 5 部 第 3 部
點絳唇	92	語 句 雨 住 故 土 數	6 7	魚雨御 夫甫父	魚語韻	第 4 部
	93	節 熱 歇 烈 舌 劣 別	23 24	屑葉 厥月褐缺	物月韻	第 18 部
	94	許 雨 覷 際 語 寺 侶	6 5 3	魚雨御 奇起氣 支紙寘	魚語韻 支紙韻	第 4 部 第 3 部
浣溪紗	95	雲 人 魂 坤 貧	9	眞軫震	眞軫韻	第 6 部
	96	裳 妝 蒼 黃 鄉	2	江講絳	江講韻	第 2 部

	97	諳 憨 堪 南 帆	18 10	甘感紺 寒罕旱	覃感韻	第 14 部
玉蝴蝶	98	黃 香 陽 鶬 鄉 腔 腸	2	江講絳	江講韻	第 2 部
菩薩蠻	99	沐 宿 生 明 水 髓 吟 砧	20 15 4 9	屋沃 經景敬 圍委未 眞軫震	屋沃韻 庚梗韻 支紙韻 眞軫韻	第 15 部 第 11 部 第 3 部 第 6 部
	100	雨 許 名 晴 酒 口 愁 頭	6 15 16	魚雨御 經景敬 尤有又	魚語韻 庚梗韻 尤有韻	第 4 部 第 11 部 第 12 部
	101	粟 綠 黃 妝 紫 始 郎 芳	20 2 3	屋沃 江講絳 支紙寘	屋沃韻 江講韻 支紙韻	第 15 部 第 2 部 第 3 部
	102	溜 奏 郎 雙 顧 誤 看 冤	16 2 7 10	尤有又 江講絳 夫甫父 寒罕旱	尤有韻 江講韻 魚語韻 元阮韻	第 12 部 第 2 部 第 4 部 第 7 部
	103	線 倩 裳 狂 柳 否 羅 何	10 2 16 12	寒罕旱 江講絳 尤有又 哥果箇	元阮韻 江講韻 尤有韻 歌哿韻	第 7 部 第 2 部 第 12 部 第 9 部
	104	鏡 性 奴 辜 巧 好 吹 隨	15 7 11 4	經景敬 夫甫父 簫小笑 圍委未	庚梗韻 魚語韻 蕭篠韻 支紙韻	第 11 部 第 4 部 第 8 部 第 3 部
	105	管 短 針 深 拍 厄 兒 遲	10 17 22 3	寒罕旱 深審甚 質陌錫職緝 支紙寘	元阮韻 侵寢韻 質陌韻 支紙韻	第 7 部 第 13 部 第 17 部 第 3 部
	106	徹 揭 遙 簫 肉 玉 教 橋	23 11 20	屑葉 簫小笑 屋沃	物月韻 蕭篠韻 屋沃韻	第 18 部 第 8 部 第 15 部
卜算子	107	堵 舞 賈 土	7	夫甫父	魚語韻	第 4 部
	108	至 字 始 紙	3	支紙寘	支紙韻	第 3 部
	109	具 聚 樹 去	6 7	魚雨御 夫甫父	魚語韻	第 4 部
	110	號 到 較 鈔	11	簫小笑	蕭篠韻	第 8 部

巫山一段雲	111	翻山間寒干蘭	10	寒罕旱	元阮韻	第7部
	112	霜荒光償芳腸	2	江講絳	江講韻	第2部
添字昭君怨	113	到覺桐蛩此紫秋愁	11 1 3 16	簫小笑 東董棟 支紙寘 尤有又	蕭篠韻 東董韻 支紙韻 尤有韻	第8部 第1部 第3部 第12部
醜奴兒令	114	紅銅儂籠踪中	1	東董棟	東董韻	第1部
	115	階階腮才才開	8	皆解戒	街蟹韻	第5部
	116	施施姿脂脂斯	3	支紙寘	支紙韻	第3部
減字木蘭花	117	瘦舊他差幅瀫儂容	16 12 13 20 1	尤有又 哥果箇 家假駕 屋沃 東董棟	尤有韻 歌哿韻 佳馬韻 屋沃韻 東董韻	第12部 第9部 第10部 第15部 第1部
	118	十七多過意氣殘刪	22 12 5 10	質陌錫職緝 哥果箇 奇起氣 寒罕旱	質陌韻 哥哿韻 支紙韻 元阮韻	第17部 第9部 第3部 第7部
	119	矣倚連天債怪談三	5 10 8 18	奇起氣 寒罕旱 皆解戒 甘感紺	支紙韻 元阮韻 街蟹韻 覃感韻	第3部 第7部 第5部 第14部
	120	客白毛消去住年天	22 11 6 7 10	質陌錫職緝 簫小笑 魚雨御 夫甫父 寒罕旱	質陌韻 蕭篠韻 魚語韻 元阮韻	第17部 第8部 第4部 第7部
	121	讀足門村好了田年	20 9 11 10	屋沃 真軫震 簫小笑 寒罕旱	屋沃韻 眞軫韻 蕭篠韻 元阮韻	第15部 第6部 第8部 第7部

	122	屋 東 年 天 瓦 打 家 嘩〔註 6〕	20 10 13	屋沃 寒罕旱 家假駕	屋沃韻 元阮韻 佳麻韻	第 15 部 第 7 部 第 10 部
	123	養 港 然 錢 市 貫 膻 鮮	2 10 3	江講絳 寒罕旱 支紙寘	江講韻 元阮韻 支紙韻	第 2 部 第 7 部 第 3 部
	124	畜 犢 騎 犁 老 保 收 疇	20 5 11 16	屋沃 奇起氣 簫小笑 尤有又	屋沃韻 支紙韻 蕭篠韻 尤有韻	第 15 部 第 3 部 第 8 部 第 12 部
	125	唳〔註 7〕 淅 檐 蟾 你 起 汀 行	5 22 10 5 15	奇起氣 質陌錫職緝 寒罕旱 奇起氣 經景敬	支紙韻 質陌韻 元阮韻 支紙韻 庚梗韻	第 3 部 第 17 部 第 7 部 第 3 部 第 11 部
	126	富 住 皇 防 日 寂 時 枝	7 2 22 3	夫甫父 江講絳 質陌錫職緝 支紙寘	魚語韻 江講韻 質陌韻 支紙韻	第 4 部 第 2 部 第 17 部 第 3 部
	127	巧 草 殘 干 老 好 鬬 繁	11 10	簫小笑 寒罕旱	蕭篠韻 元阮韻	第 8 部 第 7 部
	128	驟 瘦 陽 狂 在 態 然 天	16 2 8 10	尤有又 江講絳 皆解戒 寒罕旱	尤有韻 江講韻 街蟹韻 元阮韻	第 12 部 第 2 部 第 5 部 第 7 部
	129	晚 懶 時 遲 杏 蹬 殘 番	10 3 15	寒罕旱 支紙寘 經景敬	元阮韻 支紙韻 庚梗韻	第 7 部 第 3 部 第 11 部
好事近	130	信 盡 陣 噴	9	眞軫震	眞軫韻	第 6 部
謁金門	131	徹 葉 結 熱 血 別 悅 設	23	屑葉	物月韻	第 18 部

〔註 6〕《笠翁詞韻．家假駕》條下「花」韻例字有「譁」，但無「嘩」，二字各爲彼此之或體，故將李詞中「嘩」視爲「譁」，歸「家假駕」韻。頁 17〈風入松〉第八闋亦據此改之，不贅。

〔註 7〕「唳」字在《廣韻》有兩切語：一爲「郎計切」，歸齊韻去聲；一爲「練結切」，歸入聲薛韻。然在《笠翁詞韻》中僅得去聲音，不見入聲音。

	132	酒 酉 斗 友 醜 嘔 口 否	16	尤有又	尤有韻	第 12 部
杏園芳	133	迎 情 惺 平 生 青 評	15	經景敬	庚梗韻	第 11 部
好時光	134	紅 工 窮 濃	1	東董棟	東董韻	第 1 部
	135	眠 錢 千 纖	10	寒罕旱	元阮韻	第 7 部
	136	青 痕 峋 情	15 9	經景敬 眞軫震	庚梗韻 眞軫韻	第 11 部 第 6 部
	137	春 人 紋 痕	9	眞軫震	眞軫韻	第 6 部
	138	紗 加 花 斜	13	家假駕	佳麻韻	第 10 部
	139	親 塵 醺 形	9 15	眞軫震 經景敬	眞軫韻 庚梗韻	第 6 部 第 11 部
	140	秋 收 頭 憂	16	尤有又	尤有韻	第 12 部
	141	昏 分 魂 親	9	眞軫震	眞軫韻	第 6 部
	142	多 何 跎 過	12	哥果箇	哥哿韻	第 9 部
	143	葩 花 茶 華	13	家假駕	佳麻韻	第 10 部
	144	蛇 花 家 嗟	13	家假駕	佳麻韻	第 10 部
	145	嗔 辛 豚 巾	9	眞軫震	眞軫韻	第 6 部
	146	紛 人 君 唇	9	眞軫震	眞軫韻	第 6 部
	147	時 遲 宜 移	3	支紙寘	支紙韻	第 3 部
	148	求 溝 休 游	16	尤有又	尤有韻	第 12 部
	149	閒 看 冠 間	10	寒罕旱	元阮韻	第 7 部
	150	禪 憐 妍 天	10	寒罕旱	元阮韻	第 7 部
	151	朝 瓢 號 袍	11	簫小笑	蕭篠韻	第 8 部
	152	鞍 閒 壇 然	10	寒罕旱	元阮韻	第 7 部
	153	鄰 分 親 辰	9	眞軫震	眞軫韻	第 6 部
誤佳期	154	妒 負 度 怒	7	夫甫父	魚語韻	第 4 部
憶秦娥	155	攪 老 老 惱 鳥 好 好 曉	11	簫小笑	蕭篠韻	第 8 部
	156	曉 蚤 蚤 卯 鳥 杳 杳 少	11	簫小笑	蕭篠韻	第 8 部
	157	了 鳥 鳥 好 惱 老 老 曉	11	簫小笑	蕭篠韻	第 8 部
	158	未 醉 醉 意 被 例 例 麗	4 5	圍委未 奇起氣	支紙韻	第 3 部
	159	矣 起 起 底 幾 喜 喜 悔	5 4	奇起氣 圍委未	支紙韻	第 3 部

	160	矣 水 水 砥 美 倚 倚 己	5 4 3	奇起氣 圍委未 支紙寘	支紙韻	第 3 部
	161	坐 過 過 破 臥 唾 唾 和	12	哥果箇	哥賀韻	第 9 部
	162	水 起 起 吹 瑞 喜 喜 蕊	4 5	圍委未 奇起氣	支紙韻	第 3 部
	163	水 底 底 洗 累 計 計 際	4 5	圍委未 奇起氣	支紙韻	第 3 部
	164	俠 怯 怯 鐵 葉 貼 靨	26 23	撻伐 屑葉	物月韻 合洽韻〔註 8〕	第 18 部 第 19 部
	165	手 有 有 酒 友 吼 吼 剖	16	尤有又	尤有韻	第 12 部
清平樂	166	地 沸 醉 瑞 宗 同 筒	5 4 1	奇起氣 圍委未 東董棟	支紙韻 東董韻	第 3 部 第 1 部
	167	素 故 副 路 人 身 親	7 9	夫甫父 眞軫震	魚語韻 眞軫韻	第 4 部 第 6 部
	168	瘦 扣 皺 透 情 鐺 盈	16 15	尤有又 經景敬	尤有韻 庚梗韻	第 12 部 第 11 部
	169	假 啞 話 打 多 科 苛	13 12	家假駕 哥果箇	佳麻韻 哥賀韻	第 10 部 第 9 部
	170	雨 許 語 侶 梅 霏 非	6 4	魚雨御 圍委未	魚語韻 支紙韻	第 4 部 第 3 部
	171	了 早 鳥 杳 醒 輕 明	11 15	簫小笑 經景敬	蕭篠韻 庚梗韻	第 8 部 第 11 部
	172	下 畫 話 罷 流 偷 柔	13 16	家假駕 尤有又	佳麻韻 尤有韻	第 10 部 第 12 部
相思引	173	看 殘 杆 煩 顏	10	寒罕旱	元阮韻	第 7 部
	174	澆 瓢 號 凋 飆	11	簫小笑	蕭篠韻	第 8 部

〔註 8〕郭娟玉：《沈謙詞學與其《沈氏詞韻》研究》（台北：東吳大學中國文學研究所碩士論文，1997）頁 486，將業韻「怯」字置於「物月韻」。然考沈謙《詞韻略》，蓋以詩韻分部爲主，再行就詞作觀查進行詞韻分部。其中「合洽韻」包括詩韻十五合及十七洽，即《廣韻》合、盍、業、洽、狎、乏等六韻。再者，作者乃僅以沈謙詞作中〈滿江紅 詠燈〉一闋詞即定其分部，許是巧婦難爲無米之炊，然本文就詩韻分部，歸業韻爲「合洽韻」。

	175	分 傾 盈 樽 聲	9 15	眞軫震 經景敬	眞軫韻 庚梗韻	第 6 部 第 11 部
	176	慵 風 容 溶 東	1	東董棟	東董韻	第 1 部
	177	晴 征 冰 城 聲	15	經景敬	庚梗韻	第 11 部
山花子	178	吞 春 魂 痕 身	9	眞軫震	眞軫韻	第 6 部
	179	帷 菲 眉 啼 誰	4 5	圍委未 奇起氣	支紙韻	第 3 部
眼兒媚	180	柔 頭 流 投 樓	16	尤有又	尤有韻	第 12 部
朝中措	181	公 雄 濃 慵 容	1	東董棟	東董韻	第 1 部
	182	中 風 翁 踪 公	1	東董棟	東董韻	第 1 部
人月圓	183	時 時 思 知	3	支紙寘	支紙韻	第 3 部
喜團圓	184	蹙 肉 玉 粟 目 屋 速 哭	20	屋沃	屋沃韻	第 15 部
三字令	185	伊 提 垂 歸 宜 妻 遲 知	5 4 3	奇起氣 圍委未 支紙寘	支紙韻	第 3 部
陽台夢	186	惜 識 嫉 植 及	22	質陌錫職緝	質陌韻	第 17 部
偷聲木蘭花	187	蝶 歇 時 枝 去 處 俱 虛	23 24 3 6	屑葉 厥月褐缺 支紙寘 魚雨御	物月韻	第 18 部 第 3 部 第 4 部
	188	枕 冷 來 開 帶 解 逢 東	9 15 8 1	眞軫震 經景敬 皆解戒 東董棟	眞軫韻 庚梗韻 街蟹韻 東董韻	第 6 部 第 11 部 第 5 部 第 1 部
少年游（平韻體）	189	明 情 青 仃 傾	15	經景敬	庚梗韻	第 11 部
（仄韻體）	190	瀆 福 屋 蹙 褥	20	屋沃	屋沃韻	第 15 部
（仄韻體）	191	語 縷 許 倚 里	6 5	魚雨御 奇起氣	魚語韻 支紙韻	第 4 部 第 3 部
（平韻體）	192	鄉 郎 香 量 邦	2	江講絳	江講韻	第 2 部

雙調望江南	193	邊 年 眠 天 連 牽	10	寒罕旱	元阮韻	第 7 部
迎春樂	194	面 怨 漢 叛 伴 院 盼	10	寒罕旱	元阮韻	第 7 部
秋夜雨	195	日 十 月 一 食 佛	22 24 25	質陌錫職緝 厥月褐缺 物北	質陌韻 物月韻	第 17 部 第 18 部
醉花陰	196	午 苦 府 賭 鼓 武	7	夫甫父	魚語韻	第 4 部
南柯子	197	寒 難 干 官 冤 天	10	寒罕旱	元阮韻	第 7 部
憶餘杭	198	到 貌 聞 魂 繫 地 空 工	11 9 5 1	簫小笑 眞軫震 奇起氣 東董棟	蕭篠韻 眞軫韻 支紙韻 東董韻	第 8 部 第 6 部 第 3 部 第 1 部
	199	卓 好 提 歸 噪 到 空 蟲	11 5 4 1	簫小笑 奇起氣 圍委未 東董棟	蕭篠韻 支紙韻 東董韻	第 8 部 第 3 部 第 1 部
紅窗聽	200	病 命 更 應 定 勝	15	經景敬	庚梗韻	第 11 部
浪淘沙	201	山 難 竿 彈 閒 關 看 顏	10	寒罕旱	元阮韻	第 7 部
	202	颺 光 塘 觴 忙 香 庄 央	2	江講絳	江講韻	第 2 部
	203	濃 中 叢 慵 東 逢 肱 翁	1	東董棟	東董韻	第 1 部
	204	來 排 開 諧 哉 栽 杯 回	8 4	皆解戒 圍委未	街蟹韻 支紙韻	第 5 部 第 3 部
	205	歸 垂 悲 啼 眉 持 帷 其	4 5 3	圍委未 奇起氣 支紙寘	支紙韻	第 3 部
	206	賢 翩 箋 先 筵 眠 仙 園	10	寒罕旱	元阮韻	第 7 部
	207	鳴 層 生 聲 城 星 名 行	15	經景敬	庚梗韻	第 11 部
	208	奔 均 鄰 釁 雲 雯 人 塵	9	眞軫震	眞軫韻	第 6 部
一七令	209	月 說 缺 割 悅 奪 拙	24	厥月褐缺	物月韻	第 18 部

減字南鄉子	210	涼 雙 翔 鄉 凰〔註 9〕 廂 防 襄	2	江講絳	江講韻	第 2 部
月照梨花	211	曉 鳥 倒 衾 尋 道 稿 好 蘭 看	11 9 10	簫小笑 眞軫震 寒罕旱	蕭篠韻 眞軫韻 元阮韻	第 8 部 第 6 部
戀繡衾	212	游 頭 舟 偷 留	16	尤有又	尤有韻	第 12 部
虞美人	213	造 竅 人 魂 婦 顧 今 心	11 9 7 17	簫小笑 眞軫震 夫甫父 深審甚	蕭篠韻 眞軫韻 魚語韻 侵寢韻	第 8 部 第 6 部 第 4 部 第 13 部
	214	汝 祖 年 煎 惱 攪 根 坤	7 10 11 9	夫甫父 寒罕旱 簫小笑 眞軫震	魚語韻 元阮韻 蕭篠韻 眞軫韻	第 4 部 第 7 部 第 8 部 第 6 部
玉樓春	215	個 破 做 惰 過 坐	12	哥果箇	哥哿韻	第 9 部
	216	惱 好 曉 早 少 老	11	簫小笑	蕭篠韻	第 8 部
	217	媚 慰 未 起 理 里	4 5	圍委未 奇起氣	支紙韻	第 3 部
	218	啞 耍 打 者 舍 惹	13	家假駕	佳麻韻	第 10 部
	219	惜 蜜 密 如 責 喫	22 6	質陌錫職緝 魚雨御	質陌韻	第 17 部 第 4 部
小重山	220	啼 離 肌 爲 衣 帷 凄 題	5 4	奇起氣 圍委未	支紙韻	第 3 部
七娘子	221	說 舌 鐵 劣 折 月 設 別	24 23	厥月褐缺 屑葉	物月韻	第 18 部
	222	步 赴 樹 固 住 附 悟 塑	7	夫甫父	魚語韻	第 4 部
踏莎行	223	玉 斛 掬 燭 褥 卜	20	屋沃	屋沃韻	第 15 部
	224	漲 唱 上 亮 悵 障	2	江講絳	江講韻	第 2 部

〔註 9〕《笠翁詞韻・江講絳》「黄」條下，舉「簧、潢、璜、皇、鳳、蝗、篁、惶、徨、艎、遑、隍、煌」等十三例字，不見「凰」。筆者以爲乃「鳳」之筆誤，逕改之。

	225	岸 半 伴 畔 玩 瓣	10	寒罕旱	元阮韻	第 7 部
惜分釵	226	路 誤 步 妍 鬟 然 仙 仙 處 注 數 緣 憐 牽 天 天	7 10	夫甫父 寒罕旱	魚語韻 元阮韻	第 4 部 第 7 部
	227	媚 醉 淚 風 叢 同 空 空 晦 寐 味 從 松 蹤 濃 濃	4 1	圍委未 東董棟	支紙韻 東董韻	第 3 部 第 1 部
臨江仙	228	琴 心 深 金 斟 今	17	深審甚	侵寢韻	第 13 部
	229	茫 藏 場 旁 商 香	2	江講絳	江講韻	第 2 部
	230	機 鸝 陪 歸 揮 題	5 4	奇起氣 圍委未	支紙韻	第 3 部
	231	依 啼 飢 時 歸 棲	5 3 4	奇起氣 支紙寘 圍委未	支紙韻	第 3 部
荊州亭	232	候 僽 瘦 晝 又 受	16	尤有又	尤有韻	第 12 部
一剪梅	233	身 分 人 裙 貧 親 嗔 勤	9	眞軫震	眞軫韻	第 6 部
	234	游 州 樓 頭 流 秋 溝 舟	16	尤有又	尤有韻	第 12 部
	235	鞭 年 然 泉 錢 間 難 淵	10	寒罕旱	元阮韻	第 7 部
蝶戀花	236	我 鎖 可 果 火 顆 躲 頗	12	哥果箇	歌哿韻	第 9 部
	237	架 卦 亞 話 假 瓦 啞 耍	13	家假駕	佳馬韻	第 10 部
	238	到 詔 好 造 早 寶 禱 惱	11	簫小笑	蕭篠韻	第 8 部
	239	補 堵 土 鼓 苦 處 俯 吐	7	夫甫父	魚語韻	第 4 部
	240	祟 味 爲 媚 恚 淚 避 遂	4	圍委未	支紙韻	第 3 部
	241	鼎 冷 永 頃 醒 影 整 頃	15	經景敬	庚梗韻	第 11 部

	242	共縫縱動 用鳳夢送	1	東董棟	東董韻	第 1 部
釵頭鳳	243	幻慣看塞 隔吃〔註 10〕 客客客見 變電揖識 得賊賊賊	10 22 25	寒罕旱 質陌錫職緝 物北	元阮韻 質陌韻 物月韻	第 7 部 第 17 部
	244	美惢水日 膝泣不不 不矣起悔 默色額忒 忒忒	4 22	圍委未 質陌錫職緝	支紙韻 質陌韻	第 3 部 第 17 部
唐多令	245	光忙腔床 廊長涼鄉	2	江講絳	江講韻	第 2 部
	246	圖無沽糊 孤徒吾壚	7	夫甫父	魚語韻	第 4 部
後庭宴	247	火裹我朵 頗可	12	哥果箇	歌哿韻	第 9 部
錦帳春	248	減染遠滿 展轉遠轉 款	10	寒罕旱	元阮韻	第 7 部
漁家傲	249	一術膝特 厄得格默 詰述	22	質陌錫職緝	質陌韻	第 17 部
	250	酒九否酉 手首藕斗 守口	16	尤有又	尤有韻	第 12 部
	251	泊濁覺惡 虐較愕錯 樂著	21	覺藥	覺藥韻	第 16 部
破陣子	252	憂由秋收 游愁	16	尤有又	尤有韻	第 12 部
蘇幕遮	253	霧鑄扈住 兔步富路	7	夫甫父	魚語韻	第 4 部
	254	曉杳草了 飽好巧少	11	簫小笑	蕭篠韻	第 8 部

〔註 10〕《笠翁詞韻・質陌錫職緝》條下有「喫」字例，下列「慸溺」兩同音字；《笠翁詞韻・物北》條下有「吃」字例，下列「乞迄訖」三同音字。

醉春風	255	勾又舊舊舊瘦壽漏皺皺皺後	16	尤有又	尤有韻	第12部
	256	別節怯怯怯說滅歇越越越鐵	23 24	屑葉 厥月褐缺	物月韻 合洽韻〔註11〕	第18部 第19部
	257	淚會碎碎碎未昧醉啐啐啐睡	4	圍委未	支紙韻	第3部
	258	好鳥少少少渺巧表惱惱惱杳	11	簫小笑	蕭篠韻	第8部
	259	節揭缺缺缺子咽撤月月月說	23 24	屑葉 厥月褐缺	物月韻	第18部
	260	有守否否否偶牡久醜醜醜口	16	尤有又	尤有韻	第12部
酷相思	261	顧布露樹苦路誤住	7	夫甫父	魚語韻	第4部
行香子	262	枝芝時詩思髭癡	3	支紙寘	支紙韻	第3部
	263	筇驄空雄胸松風	1	東董棟	東董韻	第1部
	264	囊香楊雙張防腸	2	江講絳	江講韻	第2部
青玉案	265	地婿醉異易氣謎味	5 4	奇起氣 圍委未	支紙韻	第3部
	266	路住霧暮付務補路	7	夫甫父	魚語韻	第4部
	267	路數露度顧誤渡唾	7 12	夫甫父 哥果箇	魚語韻 歌哿韻	第4部 第9部
兩同心	268	恣二誓志思世四	3	支紙寘	支紙韻	第3部
天仙子	269	足六燭掬育谷玉屋讀續	20	屋沃	屋沃韻	第15部

〔註11〕同註8。

	270	北國瀝滴 得迹夕集 逼立	22	質陌錫職緝	質陌韻	第 17 部
	271	祝掬軸幅 欲福服粟 牧綠	20	屋沃	屋沃韻	第 15 部
	272	立匹入出 忽核夕得 失嫡	22 25	質陌錫職緝 物北	質陌韻 物月韻	第 17 部 第 18 部
	273	阻虎沮腐 鼠斧鼓苦 舞譜	7 6	夫甫父 魚雨御	魚語韻	第 4 部
	274	愛外在賣 界派代耐 待債	8	皆解戒	街蟹韻	第 5 部
	275	人塵津身 雲分昏門 村勤	9	眞軫震	眞軫韻	第 6 部
小桃紅	276	去覷遽遇 懼〔註 12〕慮 據絮	6	魚雨御	魚語韻	第 4 部
	277	惡落縛擱 托樂索藥	21	覺藥	覺藥韻	第 16 部
	278	曉早好巧 鳥襖曉小	11	簫小笑	蕭篠韻	第 8 部
千秋歲	279	歲配對最 內會萃繪 睡背	4	圍委未	支紙韻	第 3 部
離亭宴〔註 13〕	280	乍謝射話 掛舍借下	13 14	家假駕 嗟姐借	佳馬韻	第 10 部
風入松	281	闐偏妍禪 眠蓮憐緣	10	寒罕旱	元阮韻	第 7 部
	282	衣窺蕤幃 輝堆肌回	5 4	奇起氣 圍委未	支紙韻	第 3 部
	283	前仙年淵 錢賢傳顏	10	寒罕旱	元阮韻	第 7 部

〔註 12〕《笠翁詞韻・魚雨御》條下有「懼」字，無「惧」字，而俱乃懼之或體，今從懼。頁 21〈摸魚兒〉第一闋同此，不贅。

〔註 13〕《李漁全書》書爲「離亭燕」，經查《欽定詞譜》，實爲《離亭宴》，今據詞譜改之。

	284	徉 忙 光 郎 行 香 滿 陽	2	江講絳	江講韻	第 2 部
	285	名 稱 平 鐺 横 庭 聲 鳴	15	經景敬	庚梗韻	第 11 部
	286	前 筵 船 錢 箋 篇 然 千	10	寒罕旱	元阮韻	第 7 部
	287	潮 腰 搖 敲 濤 嘲 交 遙	11	簫小笑	蕭篠韻	第 8 部
	288	家 花 遮 車 麻 瓜 爺 嘩	13	家假駕	佳馬韻	第 10 部
	289	拋 瓢 消 腰 朝 挑 饒 霄	11	簫小笑	蕭篠韻	第 8 部
	290	橈 飄 燒 樵 敲 皋 瓢 消	11	簫小笑	蕭篠韻	第 8 部
	291	朝 宵 霄 韶 消 豪 消 搖	11	簫小笑	蕭篠韻	第 8 部
	292	稀 齊 頤 飛 鸝 歸 宜 隨	5 4	奇起氣 圍委未	支紙韻	第 3 部
	293	天 鮮 連 眠 傳 前 綿 憐	10	寒罕旱	元阮韻	第 7 部
百媚娘	294	事 使 死 史 子 二 字 此 紙 耳	3	支紙寘	支紙韻	第 3 部
剔銀燈	295	用 腫 空 餙 寵 重 汞 弄 眾 送	1 22	東董棟 質陌錫職緝	東董韻 質陌韻	第 1 部 第 17 部
撲蝴蝶	296	國 宿 速 蕩 束 續 逐 簇 幅	22 20 16	質陌錫職緝 屋沃 尤有又	質陌韻 屋沃韻	第 17 部 第 15 部
一叢花	297	家 耶 喳 花 麻 蝦 涯 誇	13 14	家假駕 嗟姐借	佳馬韻	第 10 部
送入我門來〔註 14〕	298	頭 愁 收 饈 求 舟	16	尤有又	尤有韻	第 12 部
	299	更 停 行 醒 聽 承	15	經景敬	庚梗韻	第 11 部

〔註 14〕《李漁全書》書爲「送我入門來」，經查《欽定詞譜》，實爲「送入我門來」，今據詞譜改之。

	300	情 聲 聽 憑 燈 經	15	經景敬	庚梗韻	第 11 部
	301	源 錢 泉 捐 邊 餐	10	寒罕旱	元阮韻	第 7 部
最高樓	302	廬 居 予 娛 俱 嘘	7 6	夫甫父 魚雨御	魚語韻	第 4 部
	303	何 多 他 羅 苛 魔	12	哥果箇	歌哿韻	第 9 部
簇水	304	意 底 味 矣 會 退 美 瑞	5 4	奇起氣 圍委未	支紙韻	第 3 部
江城梅花引	305	聲 更 更 明 鳴 鳴 鳴 明 生 情 清 明 星	15	經景敬	庚梗韻	第 11 部
一枝花	306	掛 罵 假 下 詐 啞 謝	13	家假駕	佳馬韻	第 10 部
滿江紅	307	主 鼓 魯 苦 補 黼 古 俎 土	7	夫甫父	魚語韻	第 4 部
	308	杖 上 創 樣 障 緉 餉 丈 尙	2	江講絳	江講韻	第 2 部
	309	七 敵 術 佛 出 沒 赤 筆 北	22 25	質陌錫職緝 物北	質陌韻 物月韻	第 17 部
水調歌頭	310	眠 篇 閒 天 鞭 年 仙 編	10	寒罕旱	元阮韻	第 7 部
	311	僧 明 成 醒 憑 營 更 靈	15	經景敬	庚梗韻	第 11 部
	312	騧 家 誇 花 嗟 沙 霞 賒	13	家假駕	佳馬韻	第 10 部
	313	風 紅 逢 公 濃 封 瓏 衷	1	東董棟	東董韻	第 1 部
滿庭芳	314	情 醒 傾 成 聲 評 勝 乘	15	經景敬	庚梗韻	第 11 部
	315	濤 霄 曹 梢 包 朝 饒 條	11	簫小笑	蕭篠韻	第 8 部
	316	升 行 爭 層 征 醒 征 平	15	經景敬	庚梗韻	第 11 部
	317	腰 簫 飄 髫 聊 挑 饒 條	11	簫小笑	蕭篠韻	第 8 部

	318	雙 鴦 腸 香 忙 狂 唐 量	2	江講絳	江講韻	第 2 部
	319	知 滋 飴 宜 醯 支 離 時	3 5	支紙寘 奇起氣	支紙韻	第 3 部
	320	多 何 和 他 痾 科 磨 戈	12	哥果箇	歌哿韻	第 9 部
	321	隨 迷 歸 非 遲 飛 思 癡	4 5 3	圍委未 奇起氣 支紙寘	支紙韻	第 3 部
鳳凰臺上憶吹簫	322	分 旬 春 云 人 雲 辰 顰 曛	9	眞軫震	眞軫韻	第 6 部
	323	消 郊 敲 宵 料〔註 15〕 寥 朝 勞 簫	11	簫小笑	蕭篠韻	第 8 部
燭影搖紅	324	綠 屋 竹 蠋 福 速 玉 六	20	屋沃	屋沃韻	第 15 部
	325	起 洗 里 女 背 繫 地 被	5 6 4	奇起氣 魚雨御 圍委未	支紙韻 魚語韻	第 3 部 第 4 部
	326	出 識 色 佛 國 疾 厄 息	22 25	質陌錫職緝 物北	質陌韻 物月韻	第 17 部 第 18 部
	327	強〔註 16〕 降 颺 放 當 讓 樣 妄	2	江講絳	江講韻	第 2 部
大江東	328	麓 幅 速 目 熟 竹 續 屋	20	屋沃	屋沃韻	第 15 部
帝臺春	329	色 得 即 得 溢 入 濕 出 沒 笠 食 滴	22 25	質陌錫職緝 物北	質陌韻 物月韻	第 17 部 第 18 部
	330	雨 旅 侶 與 語 女 醑 嫗 縷 踽 許 取 〔註 17〕	6	魚雨御	魚語韻	第 4 部

〔註 15〕《耐歌詞．鳳凰臺上憶吹簫》第二闋，於下片首句「誰料」下注「平聲」，指「料」爲平聲，然於《笠翁詞韻．簫小笑》平聲中不見收字。

〔註 16〕《耐歌詞．燭影搖紅》第四闋，於上片第二句「黃鸝舌帶三分強」下注「去聲」，指「強」爲去聲，並可於《笠翁詞韻．江講絳》去聲中得其字音。

〔註 17〕《笠翁詞韻．魚雨御》上聲中不見「取」字，經查該字位於去聲副格。

金菊對芙蓉	331	舟憂羞浮瘳流游州酬	16	尤有又	尤有韻	第 12 部
玉蝴蝶	332	情鐺瞠成清仃聲枰爭	15	經景敬	庚梗韻	第 11 部
	333	凌零鶯星評情齡婷成	15	經景敬	庚梗韻	第 11 部
花心動	334	說月節囁缺別舌孽鐵	24 23	厥月褐缺 屑葉	物月韻	第 18 部
	335	有咒口手否守柳剖九	16	尤有又	尤有韻	第 12 部
	336	幅屋宿馥屬族躅續叔	20	屋沃	屋沃韻	第 15 部
	337	世意底醉戲沸已氣淚	3 5 4	支紙寘 奇起氣 圍委未	支紙韻	第 3 部
二郎神慢	338	巷降放唱颺悵上相像帳	2	江講絳	江講韻	第 2 部
歸朝歡	339	月雪悅訣列設冽拙妾節褻蝶	24 23	厥月褐缺 屑葉	物月韻	第 18 部
	340	妒醋固顧暮怒怖故訴誤霧賦	7	夫甫父	魚語韻	第 4 部
	341	了曉繞少惱殍巧討飽掃好稿	11	簫小笑	蕭篠韻	第 8 部
	342	酒口有叟九柳手甌守醜偶帚	16	尤有又	尤有韻	第 12 部
	343	客澤滴譎吃息蜜賊術色極汁粒	22 25	質陌錫職緝 物北	質陌韻 物月韻	第 17 部 第 18 部

	344	尺一剔力 晝惜側拾 得息脊逸 識	22	質陌錫職緝	質陌韻	第 17 部
	345	壁隙立黠 恤濕密嚇 惜必得默 述	22 26	質陌錫職緝 撻伐	質陌韻 物月韻	第 17 部 第 18 部
	346	榼月咄潑 渴奪蕨割 納喝撥跋 曰	27 24	合洽 厥月褐缺	合洽韻 物月韻	第 18 部 第 19 部
合歡帶	347	天間冤年 前肩鮮前 緣	10	寒罕旱	元阮韻	第 7 部
望遠行	348	樹處據句 絮聚住雨 具	6 7	魚雨御 夫甫父	魚語韻	第 4 部
離別難〔註 18〕	349	襠湯瘡囊 妨糧嘗行 翔徨鄉	2	江講絳	江講韻	第 2 部
摸魚兒	350	句緒羽住 趣懼遇絮 樹負路	6 7	魚雨御 夫甫父	魚語韻	第 4 部
	351	哭速馥觸 燭讀谷毒 束促熟	20	屋沃	屋沃韻	第 15 部
賀新郎	352	賀過做個 我可鎖裏 頗伙妥左	12	哥果箇	歌哿韻	第 9 部
	353	急色得棘 默述謫舄 歷格膝夕	22	質陌錫職緝	質陌韻	第 17 部
	354	掛射畫化 卸下稼暇 跨把惹罷	13	家假駕	佳馬韻	第 10 部
	355	矣起洗已 鄙米里費 幾醉蔽味	5 4	奇起氣 圍委未	支紙韻	第 3 部

〔註 18〕《李漁全書》書為「別離難」，經查《欽定詞譜》，實為「離別難」，今據詞譜改之。

春風裊娜	356	人 昏 根 魂 存 春 晨 分 豚 村	9	眞軫震	眞軫韻	第 6 部
	357	分 魂 春 捫 塵 盆 身 親 村 嗔	9	眞軫震	眞軫韻	第 6 部
	358	南 亟 藍 酣 談 添 尖 堪 廉 帆	18 19 10	甘感紺 兼撿劍 寒罕旱	覃感韻	第 14 部
多麗	359	登 行 憎 輕 生 名 層 纓 星 驚 瞠	15	經景敬	庚梗韻	第 11 部
	360	哀 抬 災 萊 釵 鞋 乖 儕 才 懷 台	8	皆解戒	街蟹韻	第 5 部
鶯啼序	361	妒 府 怒 付 度 顧 露 負 戶 補 舞 楚 嫵 五 姆 伍 苦	7	夫甫父	魚語韻	第 4 部